古典ルネッサンス
国文学研究資料館 企画

百人一首

王朝和歌から中世和歌へ

井上 宗雄 著

Hyakunin-Issyu

INOUE Muneo

笠間書院

百人一首

——王朝和歌から中世和歌へ

はしがき

本書は、「国文学研究資料館　平成14年度　古典連続講演」として、九月二十六日から十一月二十一日まで、五回にわたって行われた「百人一首――王朝和歌から中世和歌へ――」に基づいて執筆したものであります。講演でありますから、繁簡よろしきを得ぬ所、またお話し申し上げる運びにも、筋道にも、明晰でない所が当然出て参りますので、相当程度に手を入れてまとめたものである点、御了承下さい。また必ずしも古典和歌が専門でない方々にお話しいたしたものですから、繰返しや解説が多くなり、一々典拠・資料を挙げるのも煩瑣になりますので省いた点もあることなど、これも御容赦いただきたく存じます。

右の講演に基づいた章立てなどに依りはいたしましたが、いちおう『百人一首』の書としてまとめたものですから、取り上げた歌については最初に「現代語訳」「出典」「作者」の解説などを掲げました。また右の講演では取り上げられなかった歌につきましても、その略注を記して第三章の終わりに付しました。その際、主として拙著『百人一首を楽しくよむ』（笠間書院、'03）に依った所の多かった点をおことわりしておきます。なお、引用歌には『新編国歌大観』の番号（万葉集のみ旧番号）を添えるようにしました。引用した古注その他の文章は、適宜信頼すべき本によりました。

本書をまとめるに当たって、多くの先学の書から多大の恩恵を受けましたが、記述に当たって、頻出する参考文献は一々掲げると却って煩項になりますので、その個所では氏または氏名のみを記し、その説の載る書名や誌名についてはすべて付録の参考文献にゆずりました。なお参考文献を多く収録した『百人一首研究集成』は本文中では「研究集成」と略しました。

多大な学恩を与えて下さった方々、また連続講演でお世話下さった国文学研究資料館の担当の方々に厚く御礼申し上げます。

二〇〇三年十二月

井上　宗雄

百人一首●目次

百人一首表

百人一首歌を通行の順序に従って配列し、扱った本文の頁を（　）に入れて示した。

1●秋の田のかりほの庵の苫を荒みわが衣手は露にぬれつつ……………天智天皇（117）
2●春過ぎて夏来にけらし白妙の衣ほすてふ天の香具山……………持統天皇（26）
3●あしびきの山鳥の尾のしだり尾の長々し夜をひとりかも寝む……………柿本人麿（98）
4●田子の浦にうちいでて見れば白妙の富士の高嶺に雪は降りつつ……………山辺赤人（27）
5●奥山に紅葉踏みわけ鳴く鹿の声聞く時ぞ秋は悲しき……………猿丸大夫（29）
6●鵲の渡せる橋におく霜の白きを見れば夜ぞふけにける……………中納言家持（33）
7●天の原ふりさけ見れば春日なる三笠の山に出でし月かも……………安倍仲麿（163）
8●わが庵は都のたつみしかぞ住む世をうぢ山と人はいふなり……………喜撰法師（36）
9●花の色は移りにけりないたづらにわが身世にふるながめせし間に……………小野小町（44）
10●これやこの行くも帰るも別れては知るも知らぬも逢坂の関……………蟬丸（68）

11●わたの原八十島かけて漕ぎ出でぬと人には告げよ海人の釣舟……参議篁（168）
12●天つ風雲の通ひ路吹き閉ぢよをとめの姿しばしとどめむ……僧正遍昭（205）
13●筑波嶺の峰より落つるみなの川恋ぞつもりて淵となりぬる……陽成院（206）
14●陸奥のしのぶもぢずり誰ゆゑに乱れそめにしわれならなくに……河原左大臣（47）
15●君がための春の野に出でて若菜つむわが衣手に雪は降りつつ……光孝天皇（48）
16●立ち別れいなばの山の峰に生ふるまつとし聞かば今帰り来む……中納言行平（102）
17●ちはやぶる神代も聞かず竜田川からくれなゐに水くくるとは……在原業平朝臣（50）
18●住の江の岸に寄る波よるさへや夢の通ひ路人目よくらむ……藤原敏行朝臣（207）
19●難波潟短き蘆のふしの間も逢はでこのよを過ぐしてよとや……伊勢（111）
20●わびぬれば今はた同じ難波なるみをつくしても逢はむとぞ思ふ……元良親王（208）
21●今来むといひしばかりに長月の有明の月を待ち出でつるかな……素性法師（54）
22●吹くからに秋の草木のしをるればむべ山風をあらしといふらむ……文屋康秀（209）
23●月見れば千々に物こそ悲しけれわが身ひとつの秋にはあらねど……大江千里（121）
24●このたびは幣も取り敢へず手向山紅葉の錦神のまにまに……菅家（210）

25●名にし負はば逢坂山のさねかづら人に知られでくるよしもがな……三条右大臣（211）
26●小倉山峰のもみぢ葉心あらばいまひとたびのみゆき待たなむ……貞信公（212）
27●みかの原わきて流るるいづみ川いつみきとてか恋しかるらむ……中納言兼輔（112）
28●山里は冬ぞさびしさまさりける人目も草もかれぬと思へば……源宗于朝臣（212）
29●心あてに折らばや折らむ初霜のおきまどはせる白菊の花……凡河内躬恒（213）
30●有明のつれなく見えし別れより暁ばかり憂きものはなし……壬生忠岑（55）
31●朝ぼらけ有明の月と見るまでに吉野の里に降れる白雪……坂上是則（214）
32●山川に風のかけたるしがらみは流れもあへぬ紅葉なりけり……春道列樹（72）
33●久方の光のどけき春の日にしづ心なく花の散るらむ……紀　友則（123）
34●誰をかも知る人にせむ高砂の松も昔の友ならなくに……藤原興風（215）
35●人はいざ心も知らずふるさとは花ぞ昔の香ににほひける……紀　貫之（171）
36●夏の夜はまだ宵ながら明けぬるを雲のいづくに月宿るらむ……清原深養父（216）
37●白露に風の吹きしく秋の野はつらぬきとめぬ玉ぞ散りける……文屋朝康（76）
38●忘らるる身をば思はず誓ひてし人の命の惜しくもあるかな……右　近（217）

39●浅茅生の小野の篠原忍ぶれどあまりてなどか人の恋しき……………参議等（79）
40●忍ぶれど色に出でにけりわが恋は物や思ふと人の問ふまで……………平　兼盛（218）
41●恋すてふわが名はまだき立ちにけり人知れずこそ思ひそめしか……………壬生忠見（218）
42●契りきなかたみに袖をしぼりつつ末の松山波越さじとは……………清原元輔（219）
43●逢ひ見ての後の心にくらぶれば昔は物を思はざりけり……………権中納言敦忠（220）
44●逢ふことのたえてしなくはなかなかに人をも身をも恨みざらまし……中納言朝忠（124）
45●あはれともいふべき人は思ほえで身のいたづらになりぬべきかな……………謙徳公（221）
46●由良のとを渡る舟人かぢを絶え行方も知らぬ恋の道かな……………曽禰好忠（100）
47●八重葎しげれる宿のさびしきに人こそ見えね秋は来にけり……………恵慶法師（222）
48●風をいたみ岩うつ波のおのれのみ砕けて物を思ふころかな……………源　重之（224）
49●御垣守衛士の焚く火の夜は燃え昼は消えつつ物をこそ思へ……………大中臣能宣朝臣（114）
50●君がため惜しからざりし命さへ長くもがなと思ひぬるかな……………藤原義孝（225）
51●かくとだにえやはいぶきのさしも草さしも知らじな燃ゆる思ひを…藤原実方朝臣（103）
52●明けぬれば暮るるものとは知りながらなほ恨めしき朝ぼらけかな…藤原道信朝臣（226）

53●嘆きつつひとり寝る夜の明くる間はいかに久しきものとかは知る……右大将道綱母（174）
54●忘れじの行末まではかたければ今日を限りの命ともがな…………儀同三司母（227）
55●滝の音は絶えて久しくなりぬれど名こそ流れてなほ聞こえけれ………大納言公任（126）
56●あらざらむこの世のほかの思ひ出にいまひとたびの逢ふこともがな……和泉式部（128）
57●めぐり逢ひて見しやそれともわかぬ間に雲隠れにし夜半の月かげ…………紫式部（177）
58●有馬山猪名の笹原風吹けばいでそよ人を忘れやはする…………………大弐三位（130）
59●やすらはで寝なましものを小夜ふけてかたぶくまでの月を見しかな……赤染衛門（227）
60●大江山いく野の道の遠ければまだふみもみず天の橋立……………小式部内侍（181）
61●いにしへの奈良の都の八重桜けふ九重ににほひぬるかな………………伊勢大輔（184）
62●夜をこめて鳥の空音ははかるともよに逢坂の関はゆるさじ……………清少納言（187）
63●今はただ思ひ絶えなむとばかりを人づてならでいふよしもがな……左京大夫道雅（189）
64●朝ぼらけ宇治の川霧たえだえにあらはれわたる瀬々の網代木………権中納言定頼（132）
65●恨みわびほさぬ袖だにあるものを恋に朽ちなむ名こそ惜しけれ…………相　模（146）
66●もろともにあはれと思へ山桜花よりほかに知る人もなし…………前大僧正行尊（228）

67●春の夜の夢ばかりなる手枕にかひなく立たむ名こそ惜しけれ……………周防内侍（192）
68●心にもあらでうき世にながらへば恋しかるべき夜半の月かな……………三条院（193）
69●あらし吹く三室の山のもみぢ葉は竜田の川の錦なりけり……………能因法師（133）
70●さびしさに宿を立ち出でてながむればいづくも同じ秋の夕暮……………良暹法師（135）
71●夕されば門田の稲葉おとづれて蘆のまろやに秋風ぞ吹く……………大納言経信（136）
72●音に聞く高師の浜のあだ波はかけじや袖のぬれもこそすれ……祐子内親王家紀伊（81）
73●高砂の尾上の桜咲きにけり外山の霞立たずもあらなむ……………権中納言匡房（230）
74●憂かりける人をはつせの山おろしよはげしかれとは祈らぬものを……源俊頼朝臣（105）
75●契りおきしさせもが露を命にてあはれ今年の秋もいぬめり……………藤原基俊（195）
76●わたの原漕ぎ出でて見れば久方の雲ゐにまがふ沖つ白波……法性寺入道前関白太政大臣（137）
77●瀬をはやみ岩にせかるる滝川のわれても末に逢はむとぞ思ふ……………崇徳院（101）
78●淡路島かよふ千鳥の鳴く声に幾夜ねざめぬ須磨の関守……………源　兼昌（83）
79●秋風にたなびく雲の絶え間よりもれ出づる月の影のさやけさ……………左京大夫顕輔（138）
80●長からむ心も知らず黒髪の乱れて今朝は物をこそ思へ……………待賢門院堀河（148）

81●ほととぎす鳴きつる方を眺むればただ有明の月ぞ残れる……後徳大寺左大臣（140）
82●思ひわびさても命はあるものを憂きに堪へぬは涙なりけり………道因法師（230）
83●世の中よ道こそなけれ思ひ入る山の奥にも鹿ぞ鳴くなる……皇太后宮大夫俊成（241）
84●ながらへばまたこの頃やしのばれむ憂しと見し世ぞ今は恋しき……藤原清輔朝臣（197）
85●夜もすがら物思ふころは明けやらぬ閨のひまさへつれなかりけり……俊恵法師（151）
86●嘆けとて月やは物を思はするかこち顔なるわが涙かな……………西行法師（149）
87●村雨の露もまだひぬまきの葉に霧たちのぼる秋の夕暮……………寂蓮法師（232）
88●難波江の蘆のかり寝のひとよゆゑみをつくしてや恋ひわたるべき…皇嘉門院別当（90）
89●玉の緒よ絶えなば絶えねながらへば忍ぶることの弱りもぞする……式子内親王（152）
90●見せばやな雄島のあまの袖だにも濡れにぞ濡れし色はかはらず……殷富門院大輔（232）
91●きりぎりす鳴くや霜夜のさむしろに衣かたしきひとりかも寝む……後京極摂政前太政大臣（142）
92●わが袖は潮干に見えぬ沖の石の人こそ知らね乾く間もなし…………二条院讃岐（234）
93●世の中は常にもがもな渚漕ぐあまの小舟の綱手かなしも……………鎌倉右大臣（234）
94●み吉野の山の秋風小夜ふけてふるさと寒く衣うつなり………………参議雅経（236）

95●おほけなくうき世の民におほふかなわがたつ杣に墨染の袖……前大僧正慈円（156）
96●花さそふ嵐の庭の雪ならでふりゆくものはわが身なりけり……入道前太政大臣（236）
97●来ぬ人をまつほの浦の夕なぎに焼くや藻塩の身もこがれつつ……権中納言定家（108）
98●風そよぐならの小川の夕暮はみそぎぞ夏のしるしなりける……従二位家隆（238）
99●人もをし人もうらめしあぢきなく世を思ふゆゑに物思ふ身は……後鳥羽院（158）
100●ももしきや古き軒端のしのぶにもなほあまりある昔なりけり……順徳院（159）

序

本題に入ります前にごく簡単に成立・内容などについて申し上げます。

まず第一の問題です。『百人一首』は『小倉百人一首』ともいいますが、鎌倉時代の比較的初めの方、西暦でいいますと、一二三五年、文暦二年（この年九月に改元があって嘉禎元年）前後に藤原定家によって撰ばれた秀歌撰（詞華集、アンソロジーといってもよいでしょう）です。定家はその日記『明月記』の、文暦二年五月廿七日に次のように記しています。

予本自不レ知下書二文字一事上。嵯峨中院障子色紙形、故予可レ書由、彼入道懇切。雖二極見苦事一、憖染レ筆送レ之、古来人歌各一首、自二天智天皇一以来及二家隆・雅経一。

［釈文］予本自《より》文字ヲ書ク事ヲ知ラズ。嵯峨中院障子ノ色紙形、故《ことさら》ニ予書ク可キ由、彼ノ入道懇切ナリ。極メテ見苦シキ事ト雖モ、憖《なまじひ》ニ筆ヲ染メテ之ヲ送ル。古来ノ人ノ歌各一首、天智天皇ヨリ以来、家隆・雅経ニ及ブ。

これが『百人一首』に関係あることは、江戸期以来指摘があります（安藤為章『年山紀聞』）。「彼入道」というのは、定家の子為家の妻の父、宇都宮蓮生（俗名頼綱）で、小倉山に近い嵯峨の中院に別荘があり、そこの障子（ふすま）に色紙を貼るために、定家に古来の著名歌人の各一首を選び、色紙に書かせた、というのです。そして定家はこれと前後して『百人秀歌』という、非常によく似た秀歌撰を撰んでいます。右の記事が『百人一首』か『百人秀歌』か、色々見解がありますが、それは後に述べます。

次に、『百人一首』に選ばれた歌は、一二三五年前後に成ったとみてよいと思います。

『百人一首』に選ばれた歌は、それまでに成立した勅撰和歌集、九番目の『新勅撰和歌集』にほぼ入っております。

更に申し上げておきたい大事な点は次のことです。

『百人一首』は上に申しましたように、勅撰集の歌を抜き出しているわけですね。したがって勅撰集の中に歌を置いて、その勅撰集を読みながらその歌を読んでいく場合には、その前後との関係でその歌の意味合いというものが出てまいります。ところが、その前後を切り離して、一首を抜き出してみますと、つまり勅撰集というものから切り離して一首の歌として相対すると、またおのずから違った解釈が出てまいります。

また勅撰集に入る前にはそれぞれの歌人の集である私家集に入っているものも多く、その場合には勅撰集に採られたのと違う解が成り立つこともあります。

一つの作品は、置かれている歌集なら歌集の位置によって解釈や鑑賞が違ってくるものです。どなたにも経験があると思いますが、子供の頃、考えていた解釈が、大人になると違っていた、ということは多いと思います。また二つも三つも解釈ができて、どれもが納得、ということだってあります。

とりわけ短詩型文学にはそういう性質のあることを踏まえておいて下さい。

繰返しますが、かつて『百人一首』の歌は勅撰集に戻して解釈していました。それを定家の立場に立って一貫して解釈しようと考えた人は何人かおられたのですけれども、それを最初に明確に一貫させたのは、島津忠夫さんで、いちばん最新版では、角川のソフィア文庫というんですか、もとの角川文庫に入っていたものですね。これは初版が一九六九年、昭和四十四年です。これが出たときは私は本当にやられたという感じがいたしました。すごいなあとも思いましたね。従来勅撰集に基づいて解釈した場合と、定家がさまざまに注をしているそれとつき合わせてみると、違ってきている。その定家の解釈と鑑賞に基づいて、一貫させて定家の『百人一首』の歌を解釈したわけです。

これも最近いわれていることですが、昔我々が、国文学を勉強していたころは、その作品が生まれた時代状況、それからその作品を生み出した作者、そういうような全体的な状況と、それからそのころはどういう言葉がどういうふうな形で使われていたか。いわゆる表現の問題ですね。その時代における表現の問題。以上をしっかり押さえたうえで、その作品を理解して、できるだけ作者の意図に即して研究したり鑑賞したりすることが大事なのだというふうに教わってきたわけです。それが基本的な一つの立場だったと思います。

ところが、最近は、そういう考え方が、否定はされないと思うのですけれども、かなり違う見解がありまして、つまり文学作品の場合はそう単純なものではない。場合によっては、作者の意図を乗り越えて味わうことによって、その作品がいっそう優れたものになる、ということもあり得るのだという、そういう立場の方が多くなったようですね。これは昔もそういうふうにいわれてきていました。去来という俳人が、「岩鼻やここにもひとり月の客」という句をつくった、月を眺めながら野原を歩いていると、岩のうえに一人の男が月を見ていたと客観的なものとして作者は詠んだといった。ところが、先生の芭蕉が、むしろその月の客は私なんだと名乗りだしたほうが句としてはおもしろいのではないかといったという、非常に有名な話がありますね。つまり作者の意図を乗り越えて、優れた作品というものが、そこに成長してできてくるということは、大いにあり得るというふうに考えられております。

尾形仂先生という俳諧の偉い先生がおられますね。最近『俳句往来』という本を出されて、ちょっとそれについて触れています。作品、特に名作には優れたさまざまな解釈があるということを力説しておられますけれども。尾形先生がおっしゃるととりわけ重みがあるんですけれども、だいたいそういうふうに考えている方が多いのではないでしょうか。

以上の点を踏まえて第一章に入りたいと思います。

第一章●百人一首の解釈について

——一筋縄では行かぬ作品群——

2 春過ぎて夏来にけらし白妙《しろたへ》の衣ほすてふ天《あま》の香具山　持統天皇

【現代語訳】春が過ぎて夏が来たらしい。夏になると白い衣をほすという天の香具山に、まっ白い着物がほしてあるよ。

【出　典】新古今集・巻三・夏（一七五）「題しらず　持統天皇御製」とあるのが出典。原歌は万葉集・巻一（二八）「春過ぎて夏来たるらし白妙の衣ほしたり天のかぐ山」。

【作　者】大化元（六四五）～大宝二（七〇二）年。天智天皇の第二皇女。名は鸕野讃良《うののさらら》皇女。天武天皇の皇后となり、天皇崩御ののち政をとって、六九〇年即位。第四十一代天皇。都を藤原京に移し、在位七年。はじめて太上天皇（上皇）と称した。

広瀬本という『万葉集』の伝本によりますと、第二句を「ナツソキヌラシ」「ナツキタルラシ」「ナツキニケラシ」、第四句を「コロモサラセリ」「コロモホシタリ」「コロモホシタル」「コロモホステフ」、第五句を「アメノカクヤマ」「アマノカコヤマ」等々。例えばそのような多くのよみから、『新古今集』の撰者はその一つをとったと現在考えられています。

第二句の『新古今集』の形の方が『万葉集』の原歌の直接性より優雅であり、第四句は神秘な山とされて来た「天の香具山にまつわる伝承を脳裏にうかべている」（島津）とみるのが穏当と思われます。

4 田子の浦にうちいでて見れば白妙の富士の高嶺に雪は降りつつ　山辺赤人《やまべのあかひと》

【現代語訳】田子の浦に出て眺めると、まっ白い富士の高嶺に、いまさかんに雪が降り続いているよ。

【出　典】新古今集・巻六・冬（六七五）に「題しらず　赤人」としてこの形の歌があって、それが出典。原歌は万葉集・巻三（三一七）にある長歌に添えた反歌「田子の浦ゆうちいでて見れば真白にぞ不尽の高嶺に雪は降りける」。これも『新古今集』から採られており、『万葉集』の歌と異っているのは「春過ぎて」と同じように、当時の一つの読み方であったと推測される。

【作　者】生没年未詳。万葉集では「山部」と書く（それが正しいといわれるが、平安以後「山辺」と書く）。中世ではヤマノベノとよんだ。奈良時代初期の歌人。歌人として活躍したのは、ほぼ七二四〜七三六年の間。聖武天皇時代の身分の低い役人で、天皇の吉野・紀伊（和歌山県）の行幸などに供し、自然を清澄に詠みあげた叙景歌にすぐれている。

私は、戦争中がちょうど中学生、旧制中学の時代で、非常に尊敬している美術の先生がいました。

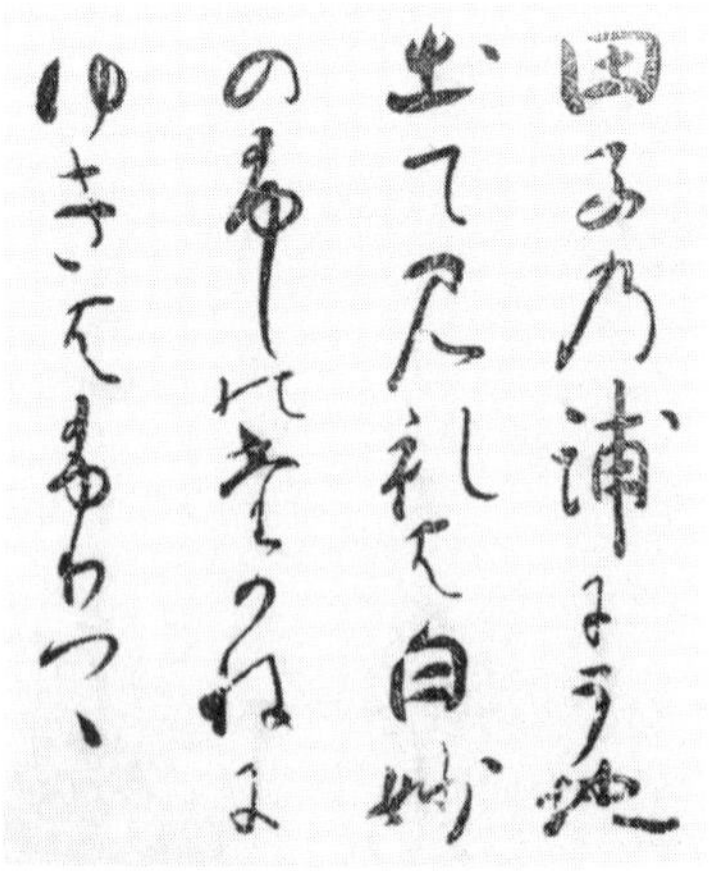

小倉色紙（『集古十種』より）

その先生は、相馬御風のお弟子で、歌人としてもなかなかしっかりした方だったと思います。田舎中学の先生としては何かもったいないような、立派な先生だったのですが、この先生がよく歌の話をしたのです。あるときに、この歌を、口ずさみまして、この『百人一首』の形はじつにけしからん、こんなくだない直し方はない。だいたい富士山頂に雪が降りしきっているのを、田子の浦から見えるわけがないとおっしゃいまして、けなされたんです。つまり事実と違うということ、いわゆる写実とか写生とかということを尊重している以上、非常に大きなマイナス評価になったわけですね。短歌や俳句は写生が基本だということは、正岡子規の、非常に歯切れのいい文章なんかを私も中学時代から見て、『古今集』はくだらぬ集だという、この呪縛から抜け出すのに、何十年かかったか分からないというほど、たいへん大きな圧力だったと思います。

　で、現在、この「田子の浦」の歌は、普通の解釈では、これをけなすということはまずほとんどないわけでして、富士山頂に雪が降りしきっている。田子の浦の白い砂と緑の松、そういう冬の情景というものが、イメージとして浮かび上がってくると同時に、非常に幻想的な風景だというふうにとらえるべきである。つまり、我々が『百人一首』を考える場合に、最近では短歌や俳句が写生、もしくは写実であるということをひたすら信奉なさっている方はそんなに多くないと思うのですが、そしてもちろん、写実と写生がいけないというわけではけっしてありませんが、至極大事であるというだけには限定しないで、古典和歌、あるいは俳諧に相対していくのがいいのではないかという、もう分かりきったことを前置きとして申し上げておきます。

5　奥山に紅葉踏みわけ鳴く鹿の声聞く時ぞ秋は悲しき　猿丸大夫

【現代語訳】奥山で、一面に散り敷いた紅葉の葉を、踏みわけて鳴いている鹿の声を聞く時、とりわけて秋は悲しく感ぜられることよ。

【出　典】古今集・巻四・秋上（二一五）に「是貞のみこの家の歌合の歌　よみ人しらず」とあるのが出典。寛平御時后宮歌合、『新撰万葉集』などにも見えるが、いずれも「よみ人しらず」とあり、作者不明の歌である。『猿丸（大夫）集』にもあるが、この集は万葉集や古今集の作者不明の歌を集めたもので、猿丸の歌ということを信じることはできない。

【作　者】生没年未詳。道鏡のことだなどという伝説があったりして確実な伝記はいっさいわからない。

猿丸大夫というのは伝説上の人物で、全く伝記は不明です。『猿丸集』にある所から藤原公任が『三十六人撰』で猿丸の歌とし、定家は本来「詠み人知らず」の歌であることを知りながら歌を評価して採ったと思います。

この歌は実は仲々面倒な問題があります。『古今集』成立の前後に成った『新撰万葉集』（菅家万葉集とも）にこの歌が入っています。和歌を載せてそれに対応する漢詩を掲げているのですが、その漢詩に訳しているのが、「秋山寂々《せきせき》葉零々《れいれい》　麋鹿《びろく》鳴音数処聆《きこゆ》　勝地尋来遊宴処　无朋无酒《ともなくさけなく》意猶冷」というのです。多分数人の人々（下級役人のような知識人でしょうか）秋の山を逍遥し、酒宴をはじめた。その中に一人醒めた男が仲間から外れて山の中に入って紅葉を踏み分けていくと、鹿の音が聞こえたという。つまり「奥山に紅葉踏み分け鳴く鹿の」という、踏み分けていくのはだれなのかという、鹿なのか人なのかというのが、これが問題なのだろうと思います。両方の解釈が現在でも成り立っていますが、『古今集』の時代にいちばん近い『新撰万葉』では人がもみじを踏み分けていくようです。しかも、この『古今集』の歌の配列からいうと、これは萩の紅葉だというふうにいわれています。我々がよくいう楓紅葉というのは、これは秋の下にあるのですね。この「奥山に」の歌は秋の上の歌です。

現在この歌は、おそらく多くの注釈書を見ても、踏むのは人か鹿かどちらかだろうと思います。ただこのごろの注釈書というのは非常に親切で、また学問的なので、必ず異説が挙がっていると思います。「奥山に」と来て、「紅葉踏み分け鳴く鹿の」というと、鹿が紅葉を踏んでいるわけです。

「奥山に紅葉踏み分け」と五七調で読んでくると、奥山に紅葉踏み分けていくのは人だという、そういう解釈がどちらでも成り立つ。

この歌を本歌取した、あるいは踏まえて作った中世初めの歌を少し挙げておきます。まず定家の『拾遺愚草員外』ですね。定家の家集です。「秋山は紅葉ふみわけとふ人も声聞く鹿のねにぞなきぬる」。「秋山は紅葉ふみわけとふ人も」とあるから、これはやはり紅葉を踏み分けているのは人だというふうに定家は考えていたと、一応思われます。

ところが、私はどうもそう単純にはいかないような気がいたします。「秋はただなほおく山の夕まぐれもみぢふみわくるしかのねもうし」という歌が『明日香井《あすかい》和歌集』にありますが、雅経ですね。同じ『新古今集』の撰者です。細かい考証はやめますけれども、元久二年の歌ですから、ちょうど『新古今』ができたときの歌になるわけです。これは紅葉を踏み分けているのは鹿みたいですね。またこれも雅経の歌です。「さをしかのもみぢふみわけたつた山いく秋かぜにひとりなくらん」。これはやはり鹿が紅葉を踏み分けていますね。同じ時代の人でもこういう解釈の違いがある。更に『壬二集』は家隆の家集ですが、これなかなか面倒なのです。「わがやどのもみぢふみわけとふ人もみやこになれぬさをしかの声」。これは「もみぢふみわけとふ人も」とあるから、人が紅葉を踏んでいるのですね。ところがこれ異文によりますと、久保田淳さんの家隆の集の大著ですけども、その本文によりますと、「わがやどにもみぢふみわけとふ物も」となっています。そうするとまたちょっと違う問題が生じてきます。その家隆の娘の承明門院小宰相という人がいて、この人は、承久の乱の前ですね、土御門院御時の歌合に「たつた山あかつきさむき秋風にもみぢふみわけしかのなくらむ」。「もみぢふみわけしかのなくらむ」（万代集・一〇九二）です。最後に家隆の歌、「ちりつもるもみぢふみわけわがやどの鹿よりほかにとふ人もなし」（壬二集・一五九七）。これは面倒な歌なんですが、これは鹿も人も踏んでいるような感じ。

ということは、これらの歌の読解について、私ちょっと自信がありませんので、大ざっぱに申しますと、『新古今』の時代にすでにこの歌が両方に分裂して解釈されていたということがいえるのではないかと思います。ただしどれを見ても、全部秋の終わりのほうにこの歌は、入っていますから、もみじは明らかに楓《かえで》紅葉だと思います。つまり、萩の紅葉を踏むということは、早く失われて、『新古今』時代には、楓紅葉を踏んでいる鹿の鳴き声ということが多くなって詠まれているのではないかと思います。

おそらく古今集の中においては人が萩のもみじを踏んでいたのだろう、それが平安の末から鎌倉の初期になると楓紅葉を、人が踏む、鹿が踏む、という二つの解釈が成立していたらしい、とその頃の歌を見ると思われます。曖昧なことしかいえないというのが私の現在の結論です。

ただ、やはり、下の句に「声聞く時ぞ秋は悲しき」とあるから、この歌の中に人が登場していることは確かだろうと思います。人が紅葉を踏んで、あるいは鹿も紅葉を踏んで、という、一種のダブルイメージがこの歌の中には働いているのではないかという気がします。

吉海さんは、悲秋、つまり秋は悲しいという観念は、すでに平安初期の漢詩集である勅撰詩集によって成立しており、黄葉と鹿の組み合わせによる寂寥感というものが、非常によく出されていて、この組み合わせが、日本的な美意識の根源になっているという。これを本意というのですが、それがこの歌において最もよく出されているという点で、定家は高く評価したのではないかと思います。

6 鵲《かささぎ》の渡せる橋におく霜の白きを見れば夜ぞふけにける　中納言家持

【現代語訳】かささぎがかけ渡したという伝えのある橋の上においた霜の色の白々としているのを見ると、天上の夜はもうすっかりふけてしまったことよ。

【出　典】新古今集・巻六・冬（六二〇）、「題しらず　中納言家持」。『家持集』にも。

【作　者】大伴家持。養老二（七一八）ごろ〜延暦四（七八五）年。大伴旅人の子。奈良時代の歌人。万葉集の編集にも関係したとされる。従三位中納言（大納言・参議とともに太政官の次官、国務に参画する官）。万葉集第四期の歌人で、歌風は優美繊細・感傷的な境地が拓かれている。

この歌は家持とありますが、『新古今集』に家持とあるのを採ったからで、もちろん家持の歌ではないわけです。おそらく平安の中期に万葉歌を集め、更にそれに増補していろいろな歌を付加した『家持集』という集の中に（しかもその増補群に）入っている歌を『新古今』の歌人が、家持の歌として取り上げたのでしょう。『新古今』の歌人はこの歌を非常に高く評価していたということになるわけですね。

この歌は、いま解釈しましたように、空、冬の夜の夜空を眺めると、天の川が真っ白に輝いているわけですね。あの天の川は、振り返ってみると、たなばたの夜、あそこに鵲が羽を連ねて織女を渡した、牽牛のもとへ織女を渡した、あの橋がいま真っ白に輝いているのは、霜が置いているからなのだろうかというような、天上のロマンですか。幻想ですね。地上から見た冬の夜の美しさを詠んでいるのだろうというのが、この解釈ですね。

平安中期の歌人曽禰好忠に「かささぎのちがふる橋の間遠にてへだつる中に霜や置くらん」(好忠集・三〇八)。三百六十首歌中「十月はて」の中にこの歌があり、『続古今集』(恋一・一〇三六)に採られており、七夕伝説を踏まえた歌です。

ところがこの歌には、江戸中期の『百人一首うひまなび』という賀茂真淵の注釈には次のようにあります。

> 新古今、〈冬〉題しらす　烏鵲橋《かささぎのはし》は先大内の御橋を天にたとへいへり。さて是は厳《おごそか》なる宮中の冬の夜に御橋の霜の白きを見て、夜の更けたる事をしるといふ也、月もなき冬の夜に霜のしろ〴〵とみゆるは、まことに夜の更けたるさまのしるきもの也。(中略)或る説にわたせる橋におく霜のといふを、からうたを思ひて、天に満ちたる霜の事といへど、そは霜の気のさまば

かり也。

要するに鵲の橋というのは、宮中の御橋《みはし》をいう。その証拠は、漢詩にもないことはないんだけれども、いちばん大きいのは、として『大和物語』を引いているわけです。

泉の大將、故左のおほいどのにまうでたまへりけり。ほかにて酒などまゐり、醉ひて、夜いたく更けてゆくりもなく物したまへり。おとゞおどろき給ひて、「いづくに物したまへる便りにかあらむ」などきこえ給ひて、御格子あげさわくに、壬生忠岑御供にあり。御階《みはし》のもとに、まつともしながらひざまづきて、御消息申す。

「かさゝぎの渡せるはしの霜の上を夜半にふみわけことさらにこそ、となむ宣ふ」と申す。あるじの大臣いとあはれにをかしとおぼして、その夜夜一夜《よひとよ》大御酒《みき》まゐりあそび給て、大將も物かづき、忠岑も祿たまはりなどしけり。（百二十五段）

大将定国が左大臣時平のところに珍しくやってきた。定国は、どこかほかでもう酔って、夜更けにきたので時平がびっくりして、どこかいらっしゃったついでにお寄りになったのだろうといいながら、非常に歓待したわけですね。歌人の壬生忠岑がお供にいた。「御消息申す」とありますね。つまり挨拶ですね。主人の定国に代わって、忠岑が挨拶をして「かさゝぎの渡せる橋の霜の」という歌を詠み、時平が非常に喜んだということなんですけれども、これをもとにして、宮中の御橋説を展開しているわけです。

ところが、これによって多くの注はそういうふうに解釈しているのですが、どこを見ても宮中の橋（階）だとは書いていない。立派な邸だったのでしょうけども、時平の邸を詠んでいるのですね。しかもこれは、多分久しぶりに、やってきたというので、忠岑がたなばたのことを踏まえてその意図をこめて「鵲の渡せる橋」というふうに詠んだ。そこがこの歌のおもしろさなので宮中の御橋ということは一言もいっていないというのが、堀勝博さんの「「鵲の渡せる橋に置く霜の」――百人一首家持歌の解」（『和歌文学研究』60・平二・四）にみえる説です。

私は、この堀説が正しいと思います。

最近の新日本古典文学大系『新古今和歌集』の注（田中裕・赤瀬信吾）は「天の川の白々と見えるのを霜が置くと譬えたもの」とあって、宮中の御階説には全く触れていません。

つまり、たなばた伝説ということを踏まえて、冬の夜、霜が真っ白に置いている天の川の美しさをたたえた歌だというふうに考えていいと思います。宮中の御橋説というのは、完全に否定していいと思います。非常に美しい、幻想的な歌ですね。時代とともに解釈が変わってくるということがあると思います。近代の多くの注釈は、宮中の御階説をとっています。新大系は、それをまったく無視しています。それがやはり解釈の進歩だろうというふうに考えます。

8 わが庵は都のたつみしかぞ住む世をうぢ山と人はいふなり　喜撰法師

【現代語訳】わたしの庵は、都の東南にあって、このように心静かに住んでいる。だが世の人々はここを世を憂しとして住む宇治山だ、といっているそうだよ。

【出　典】『古今集』巻十八・雑下（九八三）、「題しらず　喜撰法師」。『古今六帖』にも。

【作　者】生没年未詳。古今集の序に「宇治山の僧喜撰は」とあるだけで、歌も確実なのはこの一首のみ。六歌仙（僧正遍昭・在原業平・文屋康秀・小野小町・大伴黒主・喜撰法師）の一人だから、九世紀中ごろの人かとも思われるが、伝不詳。「法師」はホッシともよむ。

この歌はまたなかなか面倒な歌です。「シカゾスム」のシカというところにいろいろな問題があります。そして、「ヒトハイフナリ」は、しかし私は違いますよ、のんびりと住んでいます、静かに住んでいますよと解釈されています。最近の、新大系の『古今集』では、多分新井栄蔵さんの考えだと思いますが、「巽」という字は、中国では、慎しむとか、うやうやしいという意味がある、したがって「シカゾスム」というのは都の巽、東南であって、そしてその巽という字のようにつつましく住んでいるのだ。それなのに、世の人々は憂い山だといっているというのです。

ところが、もう一つおもしろいのは、「シカゾスム」のそのシカ、これは「然り」という副詞であることは、従来もそういう解釈です。ところが、そのシカなのですが、平安朝の末に藤原教長という人がいて、その人が「宇治ハ都ヨリ巽ニアタレリ。シカゾスムハ、山里ナレバ鹿スムニヨセテ、然ゾ住スルト我身ヲカケタリ」と。つまりこのシカは、宇治は山里なので、そこに住む鹿を掛けているのだと。簡単にいえばそういう説です。次に『古今集注』という注釈を挙げておきます。

教長卿云、宇治山ハミヤコヨリ巽ニアタレリ。シカゾスムハ、山里ナレバ鹿スムニヨセテ、然ゾ住スルト我身ヲカケタリ。是ニコモリヰタレバ、世間ヲ倦タリト、カノ山ノ名ニヨセテヨメリ。私云、鹿ニヨセムコトハサシモナクヤ。作者ノココロシリガタシ。

これを書いたのは、平安末期から鎌倉初期にかけて活躍した歌人・歌学者の顕昭です。鹿を掛けているのは誤りだ、と顕昭は言います。更に『顕注密勘』の文章を挙げてみます。

此歌の心は、宇治は都の巽にあたれり。しかぞすむとは、然ぞすむと云、しかぞはさぞと云詞也。鹿ぞすむとよめるなど申人あれど、さもきこえず。しかのすまむからによをうぢ山と云べきよしなかるべし。しかに然をよせたりと云ても尚無由歟。

『顕注密勘』、顕は顕昭が『古今集』の注釈をして、それに対して定家がひそかに考える。謙遜しているわけですね。『顕注密勘』という、非常にこれが大事な注釈で、つまり、定家の『古今集』

に対する注の多くは、この『顕注密勘』の密勘の部分によって分かるということになるわけです。顕昭がいっていることに対して、何もいっていない場合は、だいたいそれに定家は賛成しているのだ、だから定家は、シカは鹿にかかっていないという解釈だというのが、現在の通説です。

ところが、これは現在の注でも、鹿がかかっている、いないというのに対しては、解釈者のあいだで大きな食い違いがあります。子丑寅卯辰巳と来た、辰巳午だ、午だから（それと関係のある）鹿だろうという、そういう解釈をなさる方がいますね。おもしろいことはおもしろいですけど、何かちょっとできすぎている、という感じはいたします。掛かっていないというのが普通の説です。

そこで、私がいちおう考えてみたのはこういうことです。宇治はご存知のように、現在では茶どころですね。鳳凰堂だとか平等院だとか、いろいろあるでしょうけども。「茶と鹿で喜撰しばしば寝そびれる」という有名な川柳が江戸時代にありますね。したがって江戸時代には、宇治というのは、鹿とお茶のできるところ（お茶が植えられたのは十三、四世紀と。『宇治市史Ⅱ』）。お茶のできたのは鎌倉以後だろうと思いますけど。

閑話休題。もうなくなられた奥村恒哉さんが『歌枕』（77）という名著を出しております。この『歌枕』の中で鳳凰堂の来迎壁画に、宇治によくある網代があって、網代の上のほうに山が書いてあって、そこに点々と、よく見ると鹿がいるというのですね。この壁画が書かれたのは、奥村さんの説ですが、天喜元年、一〇五三年、つまり平安朝の中期の終わりというか、そろそろ後期にさしかかるところです。そしてそれより少し後に、寛治三年（一〇八九）という年に、寛子、これは頼通の娘ですね。寛子によって宇治で催された『扇合』で、為房という人が、「秋ごとに聞けども分かずうぢ山のをのへの鹿の夜半の一声」という歌を詠んでおります。だから、宇治と鹿というものとの結びつきというのか、宇治山には鹿がよくいるのだということは、平安朝のこのころ、十一世紀の終わりごろには、すでに、多分、多くの人が知っていただろうと。次に私は自分で発見したのかと思って喜んでいたら、さすがに吉海直人さんは、ちゃんと見ていまして、『源氏物語』の宇治十帖の「椎本」に、鹿がやってきたという歌があるというのです。私も、見出した三首の内、一首を掲げておきます。

朝霧に友まどはせる鹿の音を大方にやはあはれとも聞く（匂宮）

『新編国歌大観』のCD-ROMで検索しますと、「宇治」というのは千百いくつか出て来ます。「鹿」は三千幾つだったか出て来ました。かなり大ざっぱに見ますと、宇治と鹿の結びつきというのは、和歌のうえでは薄弱です。いまの寛子の扇合の為房の歌あたりがいちばん古いのではないかと思います。鎌倉時代になるとちらほらあらわれてくるんですけれども、江戸時代になっても宇治と鹿というものの結びつきは少ない。確かに鹿は山里で鳴く歌は多いが、山では小倉山などで、また必ずしも山ばかりではないようです。宇治の山里で鳴く鹿というのは少ないですね。おそらく大ざっぱに読みましたから断定はできませんけれども、あったとしても、それは平安、十一世紀の終わりぐらいからだろう、せいぜい『源氏物語』から考えても、十一世紀になってからぐらいではないかという感じがいたします。

そういうふうに見ると、平安初期のこの喜撰法師の歌は、やはり鹿は掛けていないと見るほうがいいのではないかと思います。

さて、平安最末期になりまして、西行は伊勢に下り、次の歌を詠みます。

内宮のかたはらなる山陰に庵むすびて侍りける比
ここも又都のたつみ鹿ぞすむ山こそかはれ名は宇治の里（『西行法師家集』六〇六）

これは西行伊勢下向の治承四年（一一八〇）以後の歌ですが、宇治山田に住んだのですね。ここも又、都の東南であることは間違いなく、あの鹿の住んでいる宇治山とは違うが、名は同じ宇治の里だ、というので、西行は宇治山に鹿が住んでいたと解していたようです。すなわちほぼ同時代の人、教長と同説であったようです。

定家の『拾遺愚草』には次のような歌があります。

水無瀬殿あたらしく滝おとされ、石たてられてのち参りてあしたに、清範朝臣のもとへ、地形勝絶のよし申しし中に
ありへけむもとの千とせにふりもせで我が君ちぎる峰のわか松（二五一八）

春日野やまもるみ山のしるしとて都の西もしかぞすみける（二五一九）
君が世にせきいるる庭を行く水の岩こす数は千世もみえけり（二五二〇）

この歌はやや解し難く、二五一八・二五二〇が水無瀬離宮の賛歌であるのに、二五一九は水無瀬を詠んでいるとは思えません。春日神社を分祠した大原野神社を詠じているようです。大原野神社は水無瀬の北方で、都の西であることは確かで、また「わがいほは」を本歌にしていることは間違いなく、「都の西も鹿ぞすみける」という下の句から、喜撰歌には鹿が実在していたと考えていたようでもありますね。

『後鳥羽院集』（八一九）に、

鹿の音にかたしく袖やしをるらん今宵もふけぬ宇治の橋姫

とありますが、これは「五百首」の中にありますから、隠岐に配流されてから相当たった頃の歌です。定家の息為家の家集には、

秋風のたちにし日よりもののふのやそうぢ山に鹿もなくなり（七七一。貞永元年内裏十首）
里の名や身にしらるらんさをしかの世をうぢ山となかぬ日はなし（一八四四）

際限がないので、鎌倉中期の一首を挙げておきます。

月のすむ世をうぢ山の秋風にみやこのたつみしかぞ鳴くなる（飛鳥井雅有『隣女集』二〇四二）

多くは喜撰の歌を本歌とし、しかし宇治山に鹿の鳴いていることを詠んでいます。平安最末より鎌倉時代にかけては、喜撰歌に鹿を投影することが多くなったのではないでしょうか。もしかしたら定家も秘かにそうとる方が面白いと感じていたのかもしれません。

最後に付言しておきます。平安初期に既に宇治は「世を憂」しと思う人の住む所といわれていたわけですが、その源流は、

もののふのやそうぢ川のあじろ木にいさよふ波のゆくへ知らずも（万葉集二六四、柿本人麻呂）

あたりにあったのでしょうか。『万葉集』には宇治がたくさん出てきます。これはなぜかというと、奈良から近江へ出る道筋の交通の要衝であったのですね。同時に『万葉集』よりも前の時代の有名な菟道稚郎子《うじのわきいらつこ》という皇子が、自分の弟を即位させようとして（仁徳天皇ですね）、結局この宇治で自殺してしまったという、そういう有名な話があるわけです。その話も人々の意識の底にあって、更

に人麿の歌が圧倒的に有名であったので、宇治というのは、無常な地である、憂鬱な土地であるという、このイメージが「ヨヲウヂヤマ」の「ウ」(憂)と関係があるのかなあというふうにちょっと思っているのですが、どうでしょうか。因みに、『宇治市史Ⅰ』によると、院政期には宇治には憂しの雰囲気が強くなるそうです。

9 花の色は移りにけりないたづらにわが身世にふるながめせし間に　小野小町

【現代語訳】美しい花の色はあせてしまったなあ。むなしく春の長雨が降っていた間に。私が男女の間のことにむなしくかかわって過ごし、物思いにふけっていた間に。

【出　典】古今集・巻二・春下(一一三)に「題しらず　小野小町」。

【作　者】生没年未詳。六歌仙の一人で、九世紀中ごろの女性歌人。宮中に仕えたともいう。小町といえば美女の代名詞のようになっており、絶世の美女であったとか、晩年はおちぶれて流浪したとか、さまざまな伝説があるが、ほんとうのことは何もわかっていない。

私が高等学校の教師をしておりましたころ、あるいは大学の教師になってからも、この歌は表と裏の意味があるのだ。だいたい『古今集』では春の下にとられているからまずは春の歌である。花の色は色あせてしまったなあ、むなしく私がこの世の中で……という季節の歌としてとらえる。そしてその背後に、私の容色は、すっかり衰えてしまった、物思いにふけっていたあいだに、という、わが身の述懐ですね。そういうふうに解釈しました。

室町期に出来た『百人一首抄』という注釈に（少し読みやすく校訂しました）、

> 下の心は花の色はと小町が身のさかりのおとろへ行くさまをよめり。我が身世にふるながめせし間にとは詠ずる儀也。世にしたがひ、人になびき、人をうらみ、世をかこちなどするにより物なげかしくうちながめなどして過ぐるに、我が身の花なりしかたちはおとろへ行くの心也。

とありまして、嘆き述懐の意を込めて解しています。これが後世もずっと続きます。

ところが、この歌は『古今集』の歌としては巻二・春下にあるのだから、花の美しさを詠んだと

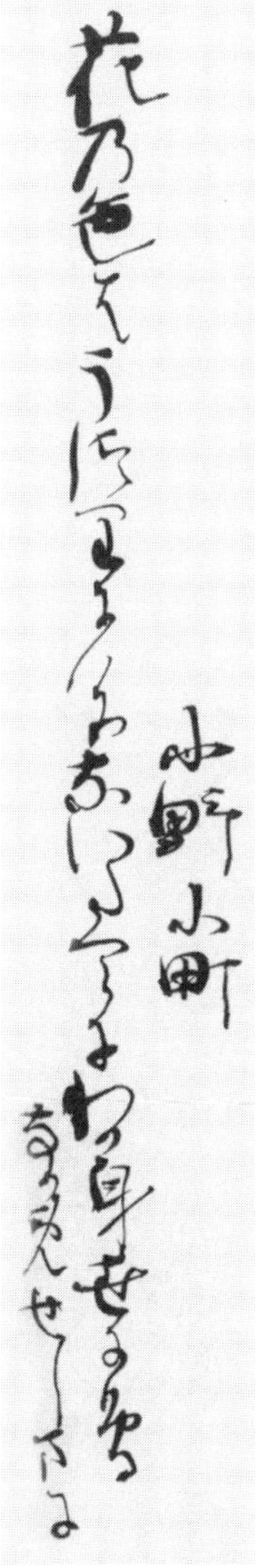
伊達本古今和歌集（笠間影印叢刊より転載）

みる（多くの『古今集』の注釈）、それに対して『百人一首』の注釈書は、中世における裏の意味（花の色香に自らの容色を掛ける）を付しているものが多い、という指摘があります（片桐洋一「「花の色はうつりにけりな」の注釈史」、『古今和歌集以後』所収）。

この歌は、いま述べましたように『古今集』を読む場合と、中世以後の解釈による場合とは違うところが、一つの問題なのだろうと思います。また小町の落魄したという伝説。この伝説は平安朝の中後期ぐらいから起ってくるわけですね。そういう伝説を定家がおそらく頭の中に入れていたのだろうというふうに考えて、定家もその意味で容色の衰えの解釈をとったのだろう、さらに六歌仙の中の重要な人物である小町だけ季節の歌がないから、撰者がこの歌をあえて春の部に入れたのではないかというのが、島津さんの説です。これは説得力があるという感じがします。

島津さんも吉海さんもいっておられるのですが、定家が八代集の中から、自分がいいと思った歌を抜いた『定家八代抄』（『二四代集』とも）では、式子内親王の「はかなくてすぎにしかたをかぞふればはなにものおもふはるぞへにける」という歌の後にこの小町の歌を置いているところを見ると、人生的な感慨というものを、やはり定家は認めて、この歌をそこに入れているのではないかと、指摘していますけど、それは私もそのとおりだろうと思います。したがって定家の採歌として解釈するときには、この歌は、表と裏と二つの意味を込めていると考えていいのではないか、と思っています。因みに『定家八代抄』では、このあと「春ごとに花の盛りはありなめどあひ見んことは命なりけり」（古今集・九七、詠み人知らず）の歌のあるのが注意されます。

「花の色は」の歌はいい歌です。石田吉貞先生が、この歌は妖艶な歌で、退廃爛熟の歌だ、フランスのデカダン派の詩にも通ずる所がある、と評価しておられます（『百人一首評解』'56）。

14 陸奥《みちのく》のしのぶもぢずり誰ゆゑに乱れそめにしわれならなくに　河原左大臣

【現代語訳】あの陸奥産のしのぶもじずりの乱れ模様のように、私の心は乱れに乱れているが、だれのせいで乱れはじめたのでしょう。だれでもない。あなたのために乱れはじめたのですよ。

【出　典】古今集・巻十四・恋四（七二四）に「題しらず　河原左大臣」とあるのが出典。古今六帖にも見える。

【作　者】源融《みなもとのとおる》のこと。弘仁十三（八二二）～寛平七（八九五）年。嵯峨天皇の皇子。源氏の姓を受けて臣籍に下り、左大臣従一位になった。歌は古今集・後撰集にそれぞれ二首見えている。

源融は、六条河原の辺に大きな邸（河原院）を持っていて、毎日難波から海水を運ばせて藻塩焼く東北塩釜の風景を再現したとかいう伝えがあります（今昔物語等）。しのぶずりには諸説ありますが、陸奥産の乱れ模様の布か何かでしょうか。そして増田繁夫さんの「河原院哀史」（『源氏物語と貴族社会』所収）によると、融の生きていた九世紀の前半というのは、いわゆる律令政府の東北地方の計略、経営というものがだいたい効を奏した時期であった。多くの貴族たち、支配者たちが東北に対する眼というものを強く持つようになった。そのいわば陸奥経営の強化方策というものが、この河原院の塩釜の造営と関係があったのではないか、というのです。私流にいうと、ちょっと言葉は悪いんですが、新しい異文化の土地の風物というものを貴族が非常に珍しがって喜んで受容したのではないか、そういう風潮が、九世紀にはあったので、融というハイカラな貴族が、その塩釜の風景を再現しようとした、と同時に、この「陸奥のしのぶもぢずり」という歌を詠んだことが興味深いのです。

この歌の場合、辺境、あるいは異境というのでしょうか、そこに関心を持つ貴族が、きわめて新鮮なエキゾチックな比喩を用いて恋人に訴え、それが相手の気持を強くひきつけるものであったのであろうと思われます。

15 君がため春の野に出でて若菜つむわが衣手に雪は降りつつ　光孝天皇

【現代語訳】あなたにさしあげるために、春の野に出て若菜を摘んでいる私の袖に、雪がしきりに降りかかることですよ。

【出　典】古今集・巻一・春上（二一）に「仁和のみかど、みこにおはしましける時、人に若菜たまひける御歌」とあるのが出典。「仁和のみかど」は光孝天皇。在位時の年号が仁和であったのでそう呼ぶ。

【作　者】天長七（八三〇）～仁和三（八八七）年。仁明天皇の第三皇子。名は時康。聡明で学問を好み、陽成天皇廃位ののち即位。第五十八代天皇。和歌興隆のもとをなした風雅な天皇であった。

光孝天皇の親王時代、早春、人に若菜を贈り物にするとき、添えた歌です。人に物を贈るのに、必ず手紙などを添えるのは現代でも礼儀といえましょう。そういう手紙（消息）の代りの歌です。自ら野に出て摘んだものでなくても、折から春の雪の降る日であったので、真心をこめて摘んだというしるしとして詠じたのです。しかしこれが手紙の代りではありますが、単なる実用性にとどまらず、青々と草の萌え出る野に下りたつ貴公子、その袖に降りかかる白い淡雪、といった一幅の優雅な王朝絵巻となっている所にこの歌の特徴があります。

歌人窪田空穂《うつぼ》は、平安初期・中期の歌は「実用品であるとともに文芸品」である、といっています（『古今和歌集評釈』概説）。王朝時代の多くの歌は、文芸品としての歌、実用品としての歌というふうに分けられもしますが、一首の歌で二つの性格をもったものがあり、この歌など、みごとに両者を兼ね備え、調和して成り立っています。そんな風に味わってよいのではないでしょうか。『古今集』ばかりでなく、王朝和歌の代表的な一首といってよいでしょう。

17 ちはやぶる神代も聞かず竜田川からくれなゐに水くくるとは　在原業平朝臣

【現代語訳】あの不思議なことの多かった神代にも聞いたことがない。この竜田川にもみじが散りしいて、水を真っ赤にくくり染めにするとは。

【出　典】古今集・巻五・秋下（二九四）に「二条の后の東宮の御息所と申しける時に、御屏風に竜田川に紅葉流れたる絵《かた》をかけりけるを題にてよめる　業平朝臣」とあるのが出典。「二条の后」は、藤原基経の妹で、清和天皇の女御となった高子《たかいこ》、「東宮の御息所」は、皇太子の母である御息所の意。皇太子はのちの陽成天皇である。

【作　者】天長二（八二五）～元慶《がんぎょう》四（八八〇）年。阿保《あぼ》親王の第五子。行平の弟。右近衛中将　蔵人頭、従四位上。在五中将・在中将などと呼ばれた。『三代実録』に「体貌閑雅、放縦不拘、略《ほぼ》無才学、善作倭歌」とあり、漢学の才はなかったが、多感で詩人肌な人であった。

この歌はいささか面倒なので、まず昔の注を二、三掲げておきます。

神世とは神世昔也。神世七代侍り。世の始也。水くゞるとは紅の木のはの下を水のくゞりてながると云歟。潜字をくゞるとよめり。寛平の宮瀧の御幸に、在原の友于《ともゆき》歌に、

時雨にはたつたの河もそみにけりからくれなゐにこのはくゞれり

業平が歌は、もみぢの水くゞるとよめる歟《か》。友于は歌は河を落葉くゞるとよめり。其心別歟。今案に、業平は紅葉のちりつみたるを、くれなゐの水になして、龍田河をくれなゐの水のくゞる事は、昔もきかずとよめる歟。此友于時雨にたつたの河をそめさせつれば、からくれなゐにこのはをなして川をくゞらせたれば、只同事にて侍歟。友于は行平卿息也。業平逝去之後、舅が歌をかすめよむ歟。（顕注密勘）

顕昭には『古今集注』という注釈がありますが、それにも当然のことながら同様の注が記されています。

（上略）紅葉のむら〳〵流るゝかた書きて　白波もひま〳〵立まじりつゝ見ゆらんを　紅のゆはたと見なして　寂もめづらしければ　行水を纐纈にする事よ　神代よりかゝる事はまだ聞かざりけりといふなり　是は或家の古き説に　此くゝるは泳にはあられで絞なりとあるによれり在原友于の（歌略す）是も上に染にけりといでたる様　くゝり染にとりなせしものなり（賀茂眞淵『うひまなび』）

（注）泳＝くぐる　絞＝くくる

この「水くくるとは」が問題になるわけですね。『顕注密勘』は、水がその下を水がくぐって行く、という解釈ですね。それについて定家は何も批判していないので、くぐると解していただろうとされています。そこで島津さんは、「人の世にあってはもちろんのこと、不思議なことのあった神代にも聞いたことがない。竜田川に、真っ赤な色に紅葉が散りばめ、その下をくぐって流れるということは」と現代語訳しています。一方、有吉さんの解釈は、「不思議なことの多かった神代にも聞いたことがない。竜田川が美しい紅の色に水をくくり染めにするということは」と、くくり染めの解釈ですが、これが普通といえましょう。つまり『うひまなび』で、くくる、くくり染め、絞り染め、が正しいのだ、といわれてから、古今集の「ちはやぶる」は「くくる」が正しいとされ、百人一首の注も多くはそれに従って来たわけです。なおこの問題について早く野中春水さんに、古今集と新古今時代以後とは、「くくる」と「くぐる」で分けて解すべきだという、「異釈による本歌取」(国文論叢3、一九五四・一二。研究集成)があります。

現在、上に縷説しましたように、古今集ではくくり染め、定家の解はくぐる、とされていて、勿論これは傾聴すべきですが、仲々微妙な所もあります。定家の

霞立つみねの桜の朝ぼらけ紅くくる天の川なみ(拾遺愚草・六〇四)

について、久保田淳さんの、『訳注藤原定家全歌集』の訳をちょっと読み上げておきます。「霞が立

つ峰に桜が咲いている朝ぼらけは、天の川の川波を紅にくくり染めしたようだ」という解釈をしています。つまり、久保田さんは、この「紅くくる」を紅にくくり染めをしたようだという、つまりくくるで解釈しています。そうだとすると定家は、歌の場合、くくるという解というか、言葉を知っていたと思われます。

『顕注密勘』を重視すべきことは申すまでもありませんが、果して当時の定説であったのかどうか、検討を重ねる要がありそうです。私には弁別する読解力がありませんが、次のような新古今時代の訳はどうなのでしょうか。

春の池のみぎはのむめの咲きしより紅くくるさざなみもたつ（秋篠月清集・一〇二二）
竜田川神代も秋の木の間より紅くくる月や出づらん（壬二集・二四八一）
竜田川いはねのつつじ影みえてなほ水くぐる春の紅（拾遺愚草・二一九二）
あやなしやこひすてふ名は立田川袖をぞくくる紅の浪（千五百番歌合・二五一五、俊成）
竜田川ちらぬ紅葉のかげ見えて紅くくるせぜの白波（正治初度百首・四五六、良経）
神無月みむろの山の山颪に紅くくる竜田川かな（式子内親王集・二五七）
ほのぼのと霞の袖の紅をくくるはしろき和歌のうら浪（拾玉集・二一九一）
みよしのの六田の淀の川柳緑をくくる春の岩波（夫木抄・七四五、後鳥羽院）
とけにけり紅葉をとぢし山河の又水くぐる春の紅（遠島百首・三、後鳥羽院）

春風のにほてるおきをふくからに桜をくくる志賀の浦浪（後鳥羽羽院御集・一一六四）
朝日影さすやかすみのたつた川又水くくる春の紅（夫木抄・五三八、後鳥羽院下野）
秋風やたつたの川のきりの中に色こそ見えね水くくるなり（道助法親王五十首・六〇〇、家衡）
秋風のたつた山より流れきて紅葉の川をくくるしら波（秋篠月清集・四三七）
これもまた神代はしらずたつた川月のこほりに水くくるなり（同・一一二三）
おほゐ河くだすいかだの紅にいは波くくる秋をこそ待て（建保名所百首・二四二、行意）
河浪のくぐるも見えぬくれなゐをいかにちれとか峰のこがらし（拾遺愚草・二三八一）

以上、『新編国歌大観』から清濁もそのまま引きました。底本にした写本には濁点はないと思います。念のため申しますと、『新編国歌大観』は、ある程度、広い読者を対象としていますので、濁点や句読点は担当者（その集を翻刻した人）の解釈によってつけられています（チェックする係りも存しましたが）。解釈の困難な所は、担当者の見識に委ねたというのが実情です。従って大観の本文は批判的に読む必要があるのです。上記引用歌を見ましても「くくる」「くぐる」の判定が難しい点は御了解いただけると思います。

21　今来むといひしばかりに長月の有明の月を待ち出《い》でつるかな　素性法師

【現代語訳】後掲
【出　典】古今集・巻十四・恋四（六九一）、「題しらず」。
【作　者】生没年未詳。九世紀後半から十世紀初頭にかけての人。12の僧正遍昭の在俗のときの子。俗名を良岑玄利《よしみねのはるとし》という説もあるが（『尊卑分脈』など）、明らかでない。出家して雲林院に住み、のち大和の国（奈良県）石上《いそのかみ》の良因院に住んだ。三十六歌仙の一人、家集に『素性集』がある。

30 有明のつれなく見えし別れより暁ばかり憂きものはなし　壬生忠岑

【現代語訳】有明の月が夜の明けるのも知らぬ顔でいるとき、無情な女と別れたが、それ以来あかつきぐらいつらいものはなくなった。
【出　典】古今集・巻十三・恋三（六二五）「題知らず」。
【作　者】生没年未詳。安綱の子。子に忠見（41の歌の作者）がいる。九二〇年代までは生存。はじめ大将定国の随身。六位で、摂津権大目《さかん》などをつとめ、官位は低かったが、歌人としては有名で、名のある歌合に加わり、古今集撰者の一人。家集に『忠岑集』がある。

叙述の便宜上、二首をまとめ、かつ参考資料も一緒に掲げておきましょう。

今来むといひしばかりに長月の有明の月を待ち出でつるかな　　素性法師

長月の在明の月とは、なが月の夜のながきに在明の月のいづるまで人を待とよめり。大方萬葉にも、なが月の在明の月とつゞけたる歌あまたあり。

大略相同じ。今こむといひし人を月來《つきごろ》まつ程に、秋もくれ、月さへ在明になりぬとぞ、よみ侍けん。こよひばかりはなほ心づくしならずや。(顕注密勘)

有明のつれなく見えし別れより暁ばかり憂きものはなし　　壬生忠岑

是は女のもとよりかへるに、我はあけぬとていづるに、有明の月はあくるもしらず、つれなくみえし也。其時より暁はうくおぼゆともよめり。只女にわかれしより、あかつきはうき心也。

つれなくみえし、此心にこそ侍らめ。此詞のつゞきは不及えむにをかしくもよみて侍かな。これ程の歌ひとつよみいでたらむ、この世の思出に侍べし。(顕注密勘)

古今集　巻十四　恋四

題知らず　（よみ人知らず）

さむしろに衣片敷き今宵もや我を待つらむ宇治の橋姫

または、宇治の玉姫。　六八九

君や来む我や行かむのいさよひに真木の板戸もささず寝にけり　六九〇

素性法師

今来むと言ひしばかりに九月の有明の月を待ち出でるつかな　六九一

よみ人知らず

月夜よし夜よしと人に告げやらば来てふに似たり待たずしもあらず　六九二

古今集　巻十三　恋三

源宗于朝臣

逢はずして今宵明けなば春の日の長くや人をつらしと思はむ　六二四

壬生忠岑

有明のつれなく見えし別れより暁ばかり憂きものはなし　六二五

在原元方

逢ふことのなぎさにし寄る波なればうらみてのみぞ立ちかへりける　六二六

よみ人知らず

かねてより風に先立つ波なれや逢ふことなきにまだき立つらむ　六二七

六百番歌合（暁恋）

四番　左　有家朝臣

つれなさのたぐひまでやはつらからぬつきをもめでじあり明のそら

右勝　　　　隆信朝臣

あふとみるなさけもつらしあかつきの露のみふかき夢のかよひぢ

右申云、暁のつれなく見えし別よりといふ歌を本歌にて詠みたらば、件歌は月をつれなしといひたるとは不見、暁に人をつれなしといひたるとこそみえたれ。さらば此歌いかが。

陳申、有明のつれなくみえしと詠みたれば、月のこととこそきこえたれ。左申云、なさけとおける詞、心かなひても聞えず。

判云、左、有明のつれなくみえし別よりといへる歌は、人のつれなかりしより、暁ばかりうき物はなしといへるなり。但さはありとも、月をもめでじといはんもたがふべからずや。右、夢、人のなさけにやはあるべきと聞ゆれど、末句宜しくみえ侍り。右すこしはまさり侍らん。

百人一首切臨抄

一、宗祇註云……又一義当流には古今集に此哥の前後不逢恋の哥共也。其中に此一首逢て別る、恋の哥を入べき義なし。此故に不逢して帰る恋の哥とす。有明は久残る物なれは難面《つれなし》とはつづけぬれ共此難面見ゆるは人の事也。女のもとへ行て終夜心を尽しいかで逢んと思ふに、人はつれなく今はやむなしく帰らで不叶時分にいかがはせんと立別るる空に有明の残る哀、深切なるべし。……

まず21の歌から参ります。「来む」は行くというふうに考えてくださってけっこうだと思います。今行くよといってきたばっかりに、この九月の有明の月を待ち受けていたらそれが出てきてしまったというのが、直訳ですね。有明の月は、申し上げるまでもないと思いますが、旧暦の下旬の月ですね。だいたいお月さまというのは、満月のころ、夕方出て、朝西へ隠れていくので、旧暦では、日にちと合っているわけですね。十五日過ぎると、十六日は、いざよう、ためらうように月が昇ってくるから十六夜の月だということになって、だんだん月の出は遅くなっていくわけですね。そして二十日ぐらいになると、宵のうちは暗闇。宵闇というのは、だいたいそういう二十日前後のことをいうわけですね。そして更に月の出が遅くなって、その代わり、朝になっても月は空に残っているという状態ですね。

結局この歌は、九月の下旬ということになります。旧暦は、春夏秋冬という立て方が、二通りありまして、正月・二月・三月を春、四・五・六を夏というふうに分けていくか、もう一つは、立春から立夏の前の日までを春、立夏から立秋の前の日までを夏という、そういう分け方がありますね。例えば四月一日に立夏の日が来るということは、非常に少なくて、ほとんど前後にずれているわけですね。したがって四月になっても、春がまだ残っている場合があるし、もう六月の終わりごろに秋が立ってしまうこともあるというのはどなたもご存知のとおりだろうと思います。

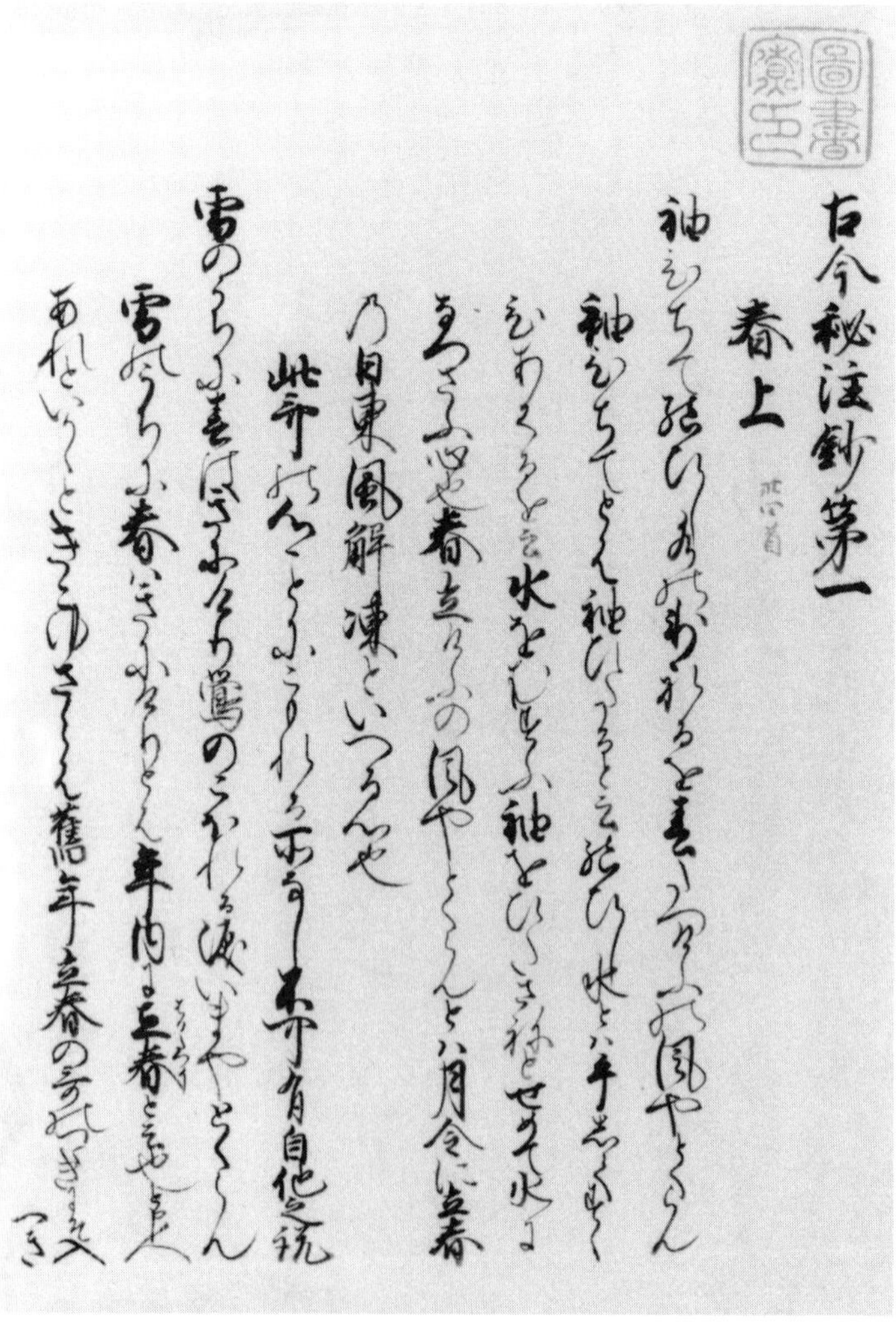
古今秘注鈔第一
春上
袖ひちて結ひしみつのこほれるを春たつけふの風やとくらん

顕注密勘　巻頭部分（宮内庁書陵部蔵）

こんなお話をする必要もないと思うんですけれども、旧暦というのは、大の月と小の月とありますが、大の月は三十日で、小の月は二十九日です。三十一日というのは旧暦にはあり得ないわけです。しかも現在のように大と小が固定していないで、年によって正月が大の月になったり小の月になったりするので、えらく面倒くさいですね。それを知っていないとたいへんなのです。江戸時代みたいに、月の終わりの日に決算をするなどという場合には、大の月か小の月かというのは非常に大事なのですね。ときどき時代小説を読んでいると、中には新暦のとおりに数えている作家がいますね。五月三十一日にどこかに行ったなんていうのでびっくりしてしまう。

で、この「月」というのは、解釈上大事なんですが、この有明の月というのは、おそらくこの場合は、二十何日かの夜遅く、明け方に近くなって出てくる月というふうに考えてもいいのだろうと思います。

そこで『顕注密勘』なんですが、『顕注密勘』は「長月の在明の月とは、ながき月の夜のながきに有明の月のいづるまで人を待とよめり。ながつきの在明の月とつゞけたる歌あまたあり」。これは顕昭の訳です。それに対して定家がコメントをつけています。「大略相同じ」。だいたい右のとおりだと。「今こむといひし人を月來まつ程に、秋もくれ月さへ在明になりぬとぞ、よみ侍りけん」という。これが非常に重要なんですね。つまり定家の解釈だと、何ヵ月待ったのでしょうか。ひと月ぐらいだという人もいるし、三ヵ月ぐらいだという人もいます。またこれは素性が女性の立場で詠んでいて、今行くよというふうに男がいってきたので、それで待っていた。それが何ヵ月もという意味ですね。定家の解釈では。例えば七月ごろに言ってきた。ずっと待っていたら来なかった。八月になっても来ない。とうとう九月の下旬まで待ってしまったけれども、来ないのでしょうね。そういうふうな解釈になるわけです。

そうすると、「今来むと」の今というのの解釈が、これはなかなか微妙でしてね、今というのは、ご存知のようにすぐにという意味が副詞としてあるわけです。ところが、やがて、おっつけてといようような感じがありますよ。こういう定家の解釈に沿った場合には、いますぐ行くよといったので待っていたら、三ヵ月も来なかったというのはえらく残酷ですね。島津さんは、やがてという解釈をしています。私はおっつけ、近い内に、ぐらいの意味と思います。物語的な気分を湛えた歌になります。

万葉歌人（人麿・憶良）たちも七夕の宴席で歌を詠む時は、よく女の立場で詠んだ、『古今集』の「今来むと」もそうですが、こういうふうにして、或は女性との贈答を通して、歌が微妙な感情のひだを詠むようになったのだが、中国の情詩の影響である、と青木生子先生がいわれていたと思います（「女歌の意味するもの」）。

『古今集』の巻十四・恋の四。『古今集』の恋部は一から五まであります。勅撰集に限らず、百首歌を含めた歌集は、配列に一定の決りのあるものが多いのです。例えば春の部ですと、立春、霞が立つ、若菜が野に生い出てくる、梅が咲く……と時間的な推移で配列されていますね。恋も「初恋」（初めの恋。恋の初期の段階）から、主として男が恋を秘める「忍ぶる恋」というように恋が進行して行く。恋のさまざまな段階で、あるまとまりを持って歌が配列されています。

上に掲げました恋四の一連をお読み下されればお分りのように、これは明らかに一夜の、ある夜の恋を詠っているわけです。どれも、自分の思いを自然に言葉にのせているいい歌ですね。『古今集』のよさが最もよく表出されている所です。

繰返しますが、「今来むと」の歌は、『古今集』に戻すと一夜《いちや》説、定家だと月来《つきごろ》説と二つの解があるわけです。

次に30「有明の」の歌です。これは『古今集』の撰者の一人であった壬生忠岑の歌です。忠岑って歌のうまい人だと思いますね。

有明の月が一人ぽつんと出ている。そういうふうに見えたときに、女の人と別れたのだけれども、それ以来、暁ぐらいつらいものはなくなったという、直訳すればいちおうそんなふうになると思います。

顕昭の訳では「是は女のもとよりかへるに、我はあけぬとていづるに」、もう夜が明けたのだといって、その女のもとから帰っていくと、有明の月は夜が明けるのも知らないで、平気で出ていたという、そのとき以来暁はつらい。つまり、暁になると、男は女のもとから帰っていかなければならない。月というのは、要するに夜のものですね。夜明けが近づくと消えて行くはずなのに、有明の月は平気で出ている。そういうもとで、女と別れた悲しさ、つらさ、そういうように解しているのだろうと思います。つまりこの場合は、つれないのは月なのですね。

定家の解は顕昭と同じようです。

恋三の一連の歌をお読み下さい。男が女のもとに通ったが、女は冷たくて会ってくれない、という歌ですね。この「有明のつれなく見えし」は、有明の月も、女性もつれない、という掛詞とみる、といちおう解釈しておきたい。有明がぽつんと出ている下で、そのようにつれない女性と別れ、それ以来、暁ぐらいつらいものはない、『古今集』に即していうとそういう解釈でしょう。

つれないのは月か、人か、或は両方か、ということですが、古く『六百番歌合』に「有明の」を本歌とした歌と判詞（俊成）とを掲げておきました。これを詳しく考察するのは本旨ではありませんので、有志の方の御検討を願うとして、つれないのは月か女（人）かということで解釈が割れているようです。

室町の注である『宗祇抄』は「逢はずして帰る恋」の解を取り、江戸初期の『切臨抄』に引く宗祇注には「古今集に此哥の前後逢はざる恋の哥共也」とある、という注を引いています。普通、『古今集』の配列による解釈は江戸時代に入ってからといわれていますが、実は中世にもそれがあったように思います。

以上、勅撰集と定家との解釈が異なるものについて挙げてみました。初めに申しましたように、文芸作品の正解は一つとは限らないようだ、ということです。もしかしたら『古今集』の時代でも、作者と『古今集』撰者との間に思いが違う場合もあったかもしれませんね。

しかし同じ時代の人が選ぶ場合には、そんなには違わないだろう、ある生活の場でつくられた歌が、勅撰集の撰者がとる場合には、そんなには作者の意図と違わないだろうと一応推測はできます。ところが、何百年かたって、定家なら定家という人が、その歌を見た場合には、これは相当違って解することがあるということは、これは確かだと思います。定家の時代の歌というのは、現実の世界そのままではない、浪漫的な美的な世界を築くという形で歌の詠まれることが中心になっている。そこで『古今集』とのあいだに食い違いができてくることは、確かだろうと思います。

そういう意味で、一筋縄でいかないような解釈ができる歌は、やはりだいたい『百人一首』の三十五、三十六、三十七番ぐらいまでの『古今集』時代の歌に多いということがいえるのではないかと思います。

第二章●歌人群像

——和歌と歌人とどちらを優先させたか——

『百人一首』の中で、和歌史的に見てさほど重要とは思えないような歌人の歌が採られている、ということが古来問題にされました。それについて若干のお話しを申し上げておきたいと思います。本当は五番の猿丸大夫について述べるべきですが、これは第一章で取り上げましたので、省くことにして、蝉丸の歌から読んで参ります。

10 これやこの行くも帰るも別れては知るも知らぬも逢坂《あふさか》の関　蝉丸

【現代語訳】これがまあ、京を出て東国へ行く人も、反対に京へ帰る人も、そしてお互いに知っている人も知らない人も、別れてはまた逢うという、あの有名な逢坂の関なのだなあ。

【出　典】後撰集・巻十五・雑一（一〇八九）に「逢坂の関に庵室を造りて住み侍りけるに、行きかふ人を見て　蝉丸」とあるのが出典。第二、三句「ゆくもとまるも」「別れつつ」。

【作　者】生没年未詳。宇多天皇の皇子敦実《あつざね》（アツミともいう）親王の雑色《ぞうしき》（雑役をつとめる役人）で、琵琶の名手といい、逢坂山に住んで源博雅《ひろまさ》に秘曲を授けたと伝える。十世紀ごろ逢坂の関あたりに住んでいた隠者か。

蝉丸という人は、ほとんど確実な伝記の分からない、伝説的な人物であろうかと思います。『後撰集』に一首この歌が入っていまして、その後『新古今集』に二首、もっと後の『続古今集』という本にもう一首入っております。

「これやこの」という歌は、上に記しましたように、『後撰集』の歌で、「あふさかの関に庵室をつくりて行きかふ人を見て」という前書があります。古注でよく指摘されますように、「これやこの」というのは最後にかかるのです。「逢ふ」は掛詞ですね。

逢坂の関というのは、ご存知の方も多いと思いますが、京阪三条から浜大津へ出る電車がありますね。ちょうど逢坂山の中、関のあたりを通ります。いまも昔も交通の要衝で、関所はあったのですが、早く実質的な機能は失われたというふうにいわれています。

昔は京都の人が、東国や北陸のほうへ行く場合には、逢坂まで送っていった。それから、そちらのほうから来る人を迎えに行くのも逢坂まで行ったというのが習慣であったようです。したがって、「行くも帰るも」というのは、東国のほうへ下っていく人、東国のほうから上ってくる人、ここで別れたり会ったりするわけですね。そしてこの交通頻繁なところでは、知っている人もいるし知らない人も行き違うという、庵室にこもって関を眺めた人が詠んだのでしょうか。そんなふうに味わうのが普通だろうと思います。

宗祇抄などの注は「おもては旅客の往来のさまの儀なり……下の心は会者定離《ゑしやぢやうり》の心なり。ゆくもかへるも流転《るてん》の心なり」とあります。この解によると、この逢坂の関を行きかう人々も、会った人は必ずいつかは別れる、一生にいっぺん偶然会ったが、もう二度と会うことはないかもしれない。一回会った人は、もう必ず別れるのだという、そういう会者定離という気持ちを詠んだのだという解釈です。

この解釈は、室町時代の古い注釈から、江戸の初め、あるいは室町のいちばん最後の、細川幽斎までの注釈はほとんど会者定離の歌だというふうにいっています。ところが契沖の『改観抄』とか真淵の『うひまなび』というような江戸時代の注になりますと、そういう仏教的な思想をこめているものではないと否定しています。

現在もだいたいそういう解釈が多いですね。『後撰集』の歌として見た場合には、この歌は、行き交う人々を見、旅客の往来の様を興じて詠んだのだろうというふうにいわれているわけです。

さてこの蝉丸という人は、まったくよく分からないのですが、『今昔物語』とか『江談抄《ごうだん》』というう院政期の説話の本に登場します。それから定家と同時代の有名な鴨長明の書いた『無名抄《むみょう》』などには、琵琶とか琴とかが達者で、芸能の神として関の明神に祀られる、という伝説が記されていますす。――逢坂の関のあたりに住んでいた芸能集団の代表的な人物、神格化された人なのだろうというふうにいわれています（小峯和明『説話の森』、磯水絵「蝉丸」、解釈と鑑賞二〇〇二・六など参照）。

参考のため、新古今集巻十八・雑下の蝉丸歌を掲げてみます。

秋風になびく浅茅のすゑごとにおくしらつゆのあはれ世中（一八五〇）
世中はとてもかくてもおなじこと宮もわら屋もはてしなければ（一八五一）

この歌は、『新古今』の歌としては非常にやさしい歌ですね。「秋風になびく浅茅」、あの茅の葉の末ごとに、白露が置いてあるけれども、それはすぐ消えてしまう。世の中というのもそういうものだ、それが「あはれ世の中」という詠嘆になるわけですね。また世の中は結局どうしたって同じようなことだ、「とてもかくてもおなじこと」。宮に住んでいようと、わら屋に住んでいようと、欲望というのには果てしがないんだから。共に非常に身につまされる歌なのですが、この「世中は」の歌のほうは、『和漢朗詠集』に入っています。いちばん古い出典だと思います。『和漢朗詠集』はだいたい十一世紀初頭の成立ですから、『後撰集』ができてからどのぐらいになりますか、五十年位だろうと思います。「述懐」の分類（部立）の中にあります。要するに自分の思いを述べることですが、この歌は無常の思いが強く、「秋風に」のほうは、この『和漢朗詠』より百年ぐらい後に成立した『新撰朗詠集』に、無常の歌として載っています。

つまり平安の中期から末期にかけて、無常観の歌として伝承されてきた歌が蝉丸の歌として二つの朗詠集に載っているのです。これらが果たして蝉丸の歌かどうか分かりませんが、少なくとも蝉丸という人物が、世の中を無常だと感じていた歌人としてとらえられているわけです。そしてそれが、院政期から、伝説がふくらんでいくにつれて、これらの歌が非常に有名になりまして、『新古今集』に伝承歌としてとられるわけです。

ながらへてつひにすむべき都かはこの世はよしやとてもかくても（山家集一二三二）

という西行歌がありますが、これも蝉丸の伝誦歌を受けて無常観を詠んでいると思われます。

次に、定家に「なげかれず思ふ心にそむかねば宮もわらやもおのがさまざま」（拾遺愚草員外・四八〇）という歌があります。これも「世の中は」を本歌取にして無常観というものを出そうとしている歌ではないかと思われます。

また定家の歌「山桜花のせきもる逢坂はゆくもかへるも別れかねつつ」（拾遺愚草・二二九一）というふうな、明らかにこの蝉丸の「これやこの」の歌を本歌取りにした歌があります。つまり蝉丸はその伝誦歌などから新古今時代には無常の歌を詠んだ歌人として著名になり、その伝誦歌などをとらえて本歌取が行われて来た。そういう蝉丸のイメージから定家が「これやこの」の歌を取り上げたという感がいたします。

したがって、やはり会者定離ということを定家はこの歌から読み取っていたと考えるのがいいのではないかと思います。

32 山川《やまがは》に風のかけたるしがらみは流れもあへぬ紅葉なりけり　春道列樹《はるみちのつらき》

【現代語訳】山の中の川に、（人ではなく）風がかけたしがらみは、流れようとして流れきれずにいるもみじ葉であるよ。（「しがらみ」は川の流れをせきとめる仕掛け）

【出　典】古今集・巻五・秋下（三〇三）に「志賀の山ごえにてよめる　春道列樹」とあるのが出

典。なお新撰和歌・九〇、古今六帖一六三六。

【作　者】生年未詳～延喜二十（九二〇）年。新名宿禰の子。文章生《もんじょうのしょう》出身で、身分は低く、ようやく壱岐守に任命されたが、赴任前に没したという。くわしい伝記は不明。古今集に三首、後撰集に二首の歌を残しているのみの歌人。

初めに関係資料を掲げておきます。

袖中抄（顕昭撰。橋本不美男・後藤祥子『袖中抄の校本と研究』による）

抑志賀山越ヲバイツモスル事ナリ　古今秋部云

シガノヤマゴエニテヨメル

ヤマガハニ風ノカケタルシガラミハナガレモアヘヌ紅葉ナリケリ

同冬部　シガノ山コエニテヨメル

シラユキノトコロモワカズフリシケバイハホニモサクハナトコソミレ

又別部云　シガノヤマゴエニテイシヰノ許ニテ物イヒケル人ノワカレケルヲリニヨメル　貫之

ムスブテノシヅクニ、ゴルヤマノヰノアカデモ人ニワカレヌルカナ

順集云　志賀山越九月ニシガノ山ゴエノ人　左兵衛督忠君屏風哥

ヤマオロシ風ニ紅葉ノチリユケバサヾナミゾマヅイロヅキニケル
頼基集云　或所ノ屏風ノ画ニ　シガノ山越ノトコロ
ナニヲヘドナレルモミエズウリフザカハルノカスミノタテルナリケリ
後拾遺　落花満路　橘成元
サクラバナミチミエヌマデチリニケリイカヾハスベキシガノヤマゴエ
今案　シガノ山越ハ春花ノ時トシモナシ　紅葉ニモ雪ニモシタリ　只是山越ニ志賀寺ヘモマウデ　又近江ヘモコユル道也　而次郎百首ニ春題ニ出志賀山越　尤以不審也　但付花哥歟

この歌は、春道列樹という、これも歌人としては評価の高くない歌人ですね。『古今集』に三首、『後撰集』に二首しかない。ほとんど後世への影響力のないような歌人ですが、その人の歌をなぜ入れたかという問題です。

志賀の山越えというのは、北白川から山の中に入って行きますと崇福寺《すうふくじ》という天智天皇創建のお寺があり、平安中期頃までは参詣の人がよく通ったそうです。ところが十一世紀の終り頃か、焼けたとかで参詣者が少なくなり、院政期に入ると歌枕として扱われ、それまで歌の詞書に「志賀の山越にて……」とあったのに、『後拾遺集』を過ぎると、「志賀の山越え」という言葉が歌の中に入って来るのです（上條彰次「「志賀の山越え」考」。『中世和歌文学論叢』所収）。

歌枕となって美しい道としてイメージ化されたのが、だいたい平安末から新古今時代ということになります。

それに伴って、いちばん最初に志賀の山越えを紅葉で詠んだ、この「山川の」の歌がクローズアップされて次のように詠まれています。

あらしふく花の梢にあとみえて春もすぎゆく志賀の山ごえ（壬二集三一一二）
立田川木のはののちのしがらみも風のかけたる氷なりけり（同二六〇二）
山河に風のかけたるしがらみの色に出でてもぬるる袖かな（同二八一八）
このはもて風のかけたるしがらみにさてもよどまぬ秋の色かな（拾遺愚草一三五五）
袖の雪空ふく風もひとつにて花ににほへる志賀の山ごえ（同八一二）

しかもこの歌は、非常に表現がおもしろいのですね。『古今集』の歌というのはなぞ立ての歌が多いといわれています。この歌などその典型です。山川に風のかけたしがらみとは何か。答えていわく、ながれもあへぬ紅葉なのだ、というような形です。

そして定家が好きなのは紅葉です。『百人一首』の中で紅葉の歌というのはいちばん多いといわれていますね（五首）。山の中の、白い波を立てている渓流に、紅葉が散り敷いて、そこでしがらみのようにとどまっているという、その見立ての面白さ、それは定家の好みだったのではないかと思います。有名でない歌人でも、定家自身が、これはおもしろいという歌を抜き出した典型なのだろうと思います。

37 白露に風の吹きしく秋の野はつらぬきとめぬ玉ぞ散りける　文屋朝康

【現代語訳】草葉の上に結んだ白露に風がしきりに吹きつける秋の野は、その露が散って、ちょうど緒で貫きとおしていない玉が散りこぼれるようだよ。

【出　典】後撰集・巻六・秋中（三〇八）に「延喜の御時、歌召しければ　文屋朝康」とあるのが出典。ただし右の詞書きよりも早い「寛平御時后宮歌合」にも、新撰万葉集にも見える歌で、この詞書きは誤りと考えられている。

【作　者】生没年未詳。九世紀末から十世紀初めの人。六歌仙の一人の康秀（22の歌の作者）の子。駿河掾、大舎人《おおとねり》大允と官は低かったが、寛平御時后宮歌合や、是貞親王歌合に出席しているので、当時重んじられた歌人の一人であったらしい。

秋の野原ですね、白露に風がしきりに吹いて、その秋の野原にびっしりと草葉に露が置いている。その露が、白露が、風によって玉のように散り乱れる。玉というのは、だいたいこの時代真珠ですね。真珠の玉はだいたい緒、つまり紐で貫かれているのだけれども、貫かれていないその真珠の玉が散乱したという、そういう感じの歌ですね。『後撰集』の秋中で、例えば、前にある「秋の野の草は糸とも見えなくに置く白露を玉と貫《ぬ》くらん」（三〇七・貫之）ほか比較的類想の作が多いようです。

俳句の季語に花野というのがありますね。花野というのはいい言葉で、これは秋の季語です。花が咲き乱れている秋の野原のことをいうわけですが、花野に白露がびっしり置いていて、そこへ風がしきりに吹いてきて、玉のように散乱するという、私にはそういう感じの、きれいな歌だなあと思います。

おきもあへずはかなき露をいかにしてつらぬきとめん玉の緒もがも
（小大君集・五〇。「正暦五年のほどいみじう人しぬ…」と詞書）

春雨に柳の糸の乱るるはつらぬきとめぬ玉かとぞみる（永承六年正月六条斎院歌合、いでは）

などが後撰歌の影響としたら、人々の口の端に上ることもあったのでしょうか。定家に、

武蔵野につらぬきとめぬ白つゆの草はみながら月ぞこぼるる（藤川百首）

手づくりやさらす垣根の朝つゆをつらぬきとめぬ玉川の里（建保名所百首）

の詠があり、また建暦二年八月三日内裏歌会の草稿に、

はぎかこふのべのかりいほのさむしろにたまかにしきか風ぞふきしく

の歌があります（時雨亭文庫蔵。佐藤恒雄『藤原定家研究』参照）。

これも「白露に」の本歌取ですね。萩が囲っている野原の仮の庵のさむしろに風が激しく吹いてきて、玉か錦か、露が乱れてくる感じを詠んだんだろうと思います。これもきれいな歌です。玉か錦か分からないほど露が散り乱れるという感じの歌ですね。

よくいわれるんですけれども、ダブルイメージというんですか、映像が二重写しになってくる歌というのを定家はすごく好きだったのですね。つまり、白露が風に散り乱れていくというその美しさが、あたかも真珠が散乱するようだという、そういう感じのイメージで、最も定家好みの歌としてとり上げたんだろうと思います。

この歌は「寛平御時后宮歌合」に入っており、朝康もこの時代ある程度活躍した歌人のようですが、『古今集』に一首、『後撰集』に二首入集の外、伝記もはっきりしない人なのですが、定家はこの歌のよさを高く評価して『百人一首』に採ったのだろうと思います。

同時代の順徳院にも「川なみに風の吹きしく白つゆやつらぬきとめぬ玉のを柳」（紫禁和歌集、建保三年）というのがあり、この時期人々に注意されていたかと思われます。

私もこの歌は、いい歌だなあと思います。余談ですが、『百人一首』の写本の中には「白露を」

というのがあります。「白露を風の吹きしく秋の野は」これもまたおもしろいですね。「白露に」というと白露が置いているところに風が吹くのですが、「白露を」というと、「を」というのは経過する場所を示すでしょう。野を行く、原を行く、町を行くなど。「白露を」というと、白露がびっしり置いているところを風が吹き抜けていくという、動的な歌になりますね。昔、受験時代に、「米洗ふ前を蛍の二つ三つ」というのと「米洗ふ前に蛍の二つ三つ」と、どっちがいいかなんて、昔は妙な試験問題が出たそうですが、「米洗ふ前に蛍の」だと前で蛍がとまっているのですね。「前を蛍の」だと蛍が前を飛んでいくんですね。動いているんです。だからそっちのほうがおもしろくてよいというのを思い出しまして、「白露を」というのもいいなという感じがしました。余談です。

39 浅茅生《あさぢふ》の小野の篠原忍ぶれどあまりてなどか人の恋しき　参議等《ひとし》

【現代語訳】浅茅の生えた小野の篠原、その「しの」のように、私はあなたへの思いを忍びこらえてきたけれど、今はもう忍びきれず、思いあまって、どうしてこんなにあなたが恋しいのだろうか。

【出　典】後撰集・巻九・恋一（五七八）に「人につかはしける　源ひとしの朝臣」とあるのが出典。

【作　者】源等。元慶四（八八〇）～天暦五（九五一）年。嵯峨天皇の曾孫の中納言希の子。天暦元（九四七）年に参議となる。位は正四位下。歌人としての経歴は明らかでない。勅撰集には後撰集の四首のみ。

『古今集』の「浅茅生の小野の篠原忍ぶとも人知るらめやいふ人なしに」（恋一・五〇五、詠み人知らず）の上の句の類型的表現によっています。古今集の歌は呟きに似て素直な感じのする歌ですが、等の歌は、忍びに忍んでいるのだが、どうしてこんなにあの人が恋しいのか、という強い表現に変化させていますね。

「小野の篠原」は近江の歌枕という説もありますが、まず、浅茅（低いちがや）の生えた荒涼とした野原、という普通名詞としてよいでしょう。

そして平安時代の末からこの言葉はしばしば詠まれるようになり、「六百番歌合」には二首、「千五百番歌合」には六首、定家も六、七首詠んでいます。また

旅衣ややはださむき秋のよに風こそわたれ小野のしのはら（隆信集、公通家十首）
夕ぐれは小野の篠原しのばれぬ秋きにけりとうづらなくなり（千五百番歌合、拾遺愚草）
しのびわび小野の篠原おくつゆにあまりて誰を松虫の声（壬二集一六七三、建保三）

のように、新古今時代にはこういう寂しい、荒涼とした風景に対する好尚があったとみられ、この歌を取り上げたのはそれが一因であったとも思えます。

更に、この歌は「忍ぶる恋」の歌ですが、「浅茅生の小野の篠原」というような寂しい所に身を置いて、恋というものにやつれている、そういうイメージが感じとられる、その辺も評価されたのかもしれません。

72 音に聞く高師の浜のあだ波はかけじや袖のぬれもこそすれ　祐子《いうし》内親王家紀伊

【現代語訳】評判の高い高師の浜のいたずらに立つ波は、かけますまいよ、袖がぬれるといけませんから。（浮気で有名なあなたのおことばは心にかけますまいよ、うっかり心にかけて後で袖が涙でぬれるといけませんから）

【出　典】金葉集・巻八・恋下（再奏本四六九、三奏本では四六四）が出典だが、返歌なので、あわせて記しておこう。

堀河院御時艶書合によめる　中納言俊忠

人知れぬ思ひありその浦風に波のよるこそいはまほしけれ

返し　一宮紀伊

音に聞く高師の浜のあだ波はかけじや袖のぬれもこそすれ

【作　者】生没年未詳。十一世紀後半から十二世紀初頭の人。後朱雀天皇の第一皇女（一の宮）祐子内親王につかえた女房。一宮紀伊ともいう。父は平経方という。母は祐子内親王家小弁。紀伊守藤原重経の妻とも妹ともいう説がある。永久元（一一一三）年には生存。
家集は『紀伊集』。

この作者紀伊は著名な歌人ですが、『源氏物語』と関わりのある歌か、という説があるので、便宜上ここで取上げておきます。

この歌は上に記しましたように「堀河院艶書合」の歌です。艶書合（えんしょあわせ・けそうぶみあわせ）というのは、男が女へ求愛の歌を贈り、女が返歌を詠じ、それを番えた歌合の一種です。「堀河院艶書合」は、康和四（一一〇二）年閏五月二日および七日に内裏で催された。藤原俊忠（俊成の父）の歌は、人知れぬ思いをあなたにいだいているから、荒磯《ありそ》の浦風によって波が寄るように、夜、声をおかけしたい、という意味です。

俊忠の歌が浦・波によって言い掛けてきているから、紀伊も、浜・波で答えたのです。さらに「ありその浦」が歌枕（越中＝富山県にあるという）であるところから、同じ歌枕（和泉国）の高師の浜で応じるという冴えた技巧をみせた歌です。

寺本直彦氏の『源氏物語受容史論考　続編』に、この歌は、北村季吟の『八代集抄』に、「愚案、源氏若菜に「かけじや更にこりずまの波」とある心を用いたる歟」と注していることを指摘し、源氏物語若菜上の「身をなげむ淵もまことの淵ならでかけじやさらにこりずまの波」（朧月夜内侍）における「かけじや」の句の歌集類における特殊な用例、そのほかの考察から、季吟説は「一考に価する」とし、更に紀伊の歌には『源氏物語』の関係歌と思われるものが他にも存することを指摘しています。紀伊の伝記を含めて詳細な考察があります。

ところで、季吟と同時代の学者下河辺長流《しもこうべちょうりゅう》に『三奥抄』という『百人一首』の注釈があり、そこで「源氏に　身を投ん淵もまことの淵ならてかけじやさらにこりずまのなみ　かけじやの詞これを本歌にしたるや」と述べています。季吟の生没は一六二四～一七〇五、『八代集抄』は天和二年（一六八二）刊、長流の生没は一六二七～一六八六、『三奥抄』の成立は不明。何れが先行したか私には決められません。この艶書合の行われた康和頃から源氏物語は流布しはじめたと古説に（寺本氏の指摘もあります）ありますので、「見せばやな」の歌が源氏の言葉取りとしてその影響の極めて古いものということは肯定しうるかと思います。

78 淡路島かよふ千鳥の鳴く声に幾夜ねざめぬ須磨の関守　源兼昌

【現代語訳】淡路島から通ってくる千鳥の悲しそうな鳴き声に、幾夜、目をさましたことか、須磨の関守は。

【出　典】金葉集・巻四・冬（再奏本二七〇、三奏本二七一）に「関路千鳥といへることをよめる　源兼昌」とあるのが出典。

【作　者】生没年未詳。宇多源氏の俊輔の子。従五位下皇后宮大進。藤原忠通（76の歌の作者）がしばしば行った歌合によく出ている。永久四（一一一六）年百首の作者の一人。大治三（一一二八）年、住吉歌合に兼昌入道として見える。十二世紀初頭ある程度活躍した歌人。

この歌は、『金葉集』に入っておりまして、題は「関路の千鳥」、題詠歌です。題を与えられた歌人はまず関所のある場面を頭の中に置いて、そこで千鳥が鳴いているという情景を構想するということになるかと思います。千鳥は、当時はもうすでに冬の季語ですね。

おそらく兼昌は、いろいろ考えたあげく、須磨の関を場面として設定したのだろうと思います。いろいろ説がありますけれども、やかましい注釈はここでは避けて、淡路島のほうから通ってくる千鳥の鳴く声で、須磨の関守、関の番人はいく夜寝覚めたのか、という歌として創り上げたのだろうと思います。この「いく夜寝覚めぬ」という所に諸説がありましたけれど、最近「いく夜寝覚めぬ」は問いかけと考えていいのだ、という徳原茂実「いく夜ねざめぬ須磨の関守——問いかけの構文——」（武庫川国文38。研究大成）が出ました。

さて、須磨という場所は、今では神戸市の一部ですし、海水浴場として有名ですが、かつてはそんなににぎやかな所ではなかったですね。昔は寂しい漁村というイメージ、海女さんたちがいて、藻や魚をとったりする場面が浮んで来ます。

平安京の初めころに、在原行平（16の作者）、業平の兄ですね。何かうまくないことがあって身を隠していたということがある。『古今集』に歌（「わくらばにとふ人あらば須磨の浦にもしほたれつつわぶと答へよ」九六二）がありますが、そういうことから、須磨というのは、政治的その他でうまくないことがあった場合に、身分の高い貴族が一時身を隠すというところになったわけですね。どなたもすぐお気づきのように、『源氏物語』では光源氏が須磨に身をやつすわけです。よくいわれる貴種流離の地というイメージが須磨に加わってくるわけです。寂しい漁村に、貴種が流離していく。そこには関所がある。それが須磨だったのです。

この歌は、私の勝手な解釈ですが、夜暗い中で、小さな明かりがあって、その明かりのもとに須磨の関所の番人が寂しそうな顔をしているのです。そこへ一人の身分の高い男の人、これは行平であってもいいし、光源氏であってもいいのですけれども、そういう身分の高い貴族が流離して来て、この須磨の関の関守に向かって、あの淡路島のほうから飛んでくる寂しい千鳥の声を聞いて、そなたはいったいいく夜目が覚めたのだというふうに問いかける。そういう場面がこの歌から想像されるのではないかと思います。ちょっと舞台の一場面のような設定になっている所が、私は非常におもしろいと思うのです。

実はこの歌にはもう一つ大きな問題があります。江戸初期の歌人・学者であった下河辺長流の『百人一首三奥抄』に次の指摘があります。

あはぢの嶋はすまの浦にさし向ひて海上いくほどもなき所なれは、往来して鳥もなくなり。

今宵我此関にやどりて聞けば、かの方よりかよひ来る鳥の声に、ね覚のもの侘しきをもつて関守の上をおもふなり。我一夜のね覚さへかなしきに、関守は此うらをはなれぬものにて幾夜か此千鳥にね覚ぬらんといふ儀なり。須磨の浦に千鳥を読み、ね覚のかなしきをいふは源氏物語をもとゝするか。須磨の巻の歌に

友千鳥もろ声になく暁はひとりね覚のとこも頼もし

この「淡路島」の歌が源氏物語をもととして詠んだのだ、という指摘は管見に入った所ではこれが初めと思います。長流の弟子の契沖も『改観抄』でこれを肯定しています。

因みに、念のため申しておきます。

本歌取というのは、昔の有名な歌、特に三代集といわれている『古今集』『後撰集』『拾遺集』、あるいは『万葉集』などの有名な歌の言葉をとって、新しい歌をつくること。これはいまいわれている剽窃とか盗作ではなくて、意識してそういうことを行って、新しくつくる歌と古い歌のイメージというものを重ねて、非常に複雑な趣を表現しようとするもの。それが自覚的に行われるようになったのはだいたい俊成・定家ごろからだといわれております。その本歌取と同じような効果をねらって、本説取という言葉が、現在学界ではよく使われております。これは精神は本歌取とほぼ同じだと考えていいと思いますが、漢詩とか、あるいは物語の場面とか筋とかをとって新しく歌をつくることですね。つまり、この淡路島の歌は、『源氏物語』の本説取であるということが明確にこ

こで指摘されたのだろうと思います。

「淡路島」の歌がいつ出来たのか分かりませんが、作者の兼昌はほぼ十二世紀の初め三分の一ぐらいの時期に活躍していましたから、金葉集入集ということを考慮すると、一一二〇年代初め以前には出来ていたのでしょう。寺本直彦『源氏物語受容史論考　続編』では、鎌倉中期成立の『弘安源氏論議』に、源氏物語は「康和頃より広まる」と指摘されていることを述べています。つまり源氏が一〇〇〇年代の初めに成って、約百年たった一一〇〇年代の初めの頃から流布しはじめた、というのです。

どなたもご存知のように『更級日記』の初め方に、あの文学少女が『源氏』ばかり朝から晩まで読んでいた。ああいうクラスの方は、夕飯の支度なんか考えなくていいのでしょうから、とにかく明けても暮れても『源氏』を読んでいたというのですね。ですから、『源氏』というのはずいぶん早くから流布したと、一応考えていいんだろうと思います。ただし、やはり当時の意識としては、女性が享受するのに対して、男性を含めて、広く一般が享受するようになったのは、やはり百年ぐらいの間に、じわりと流布されていったのではないかと思います。

別項（「音に聞く」）で述べましたように、康和四年（一一〇二）に詠まれた「音に聞く」が源氏の影響を受けた可能性があり、次いで康和四年艶書合より三、四年後の長治二、三年に成立した堀河百首に『源氏物語』と関わりのある歌が数首あるとされています（前掲寺本著、また佐藤雅代「院政期歌壇における歌語生成の一考察」明治大学人文科学研究所紀要41、一九九七）。中には「別路にせきもとどめぬ涙かなゆきあふさかの名をば頼めど」（肥後）など、物語の場面、登場人物の心情を表出した歌もありますが、多くは語句を取ったものと見られています。そしてこの「淡路島」の歌が出来る。更に時代が下るにつれて、源氏の場面を取る、本説取の歌が多くなります。千載集（巻六・冬）の

千鳥をよめる　皇太后宮大夫俊成

須磨の関ありあけの空になく千鳥かたぶく月はなれもかなしや　四二五

道因法師

岩こゆるあらいそ波にたつ千鳥心ならでや浦つたふらむ　四二六

法印静賢

霜さえてさ夜もなが井の浦さむみあけやらずとや千鳥なくらん　四二七

三首の並びでは、何れも『源氏物語』と切離せない歌境を持つものと考えられています（新日本古典文学大系『千載和歌集』脚注）。なお俊成の歌は実定家の百首で、一一六〇年代の歌と考えられています。申すまでもなく、『千載集』の撰者俊成は「源氏見ざる歌よみは遺恨のことなり」と発言した人です。

須磨と千鳥の取り合せは前からありました。「よとともに波もあらへば須磨の浦にかよふ千鳥のあとはみえぬか」（輔親集。新大系の注は、これを「淡路島」歌の本歌とします）、また「風はやみすまの浦

波いかならん冬の夜すがら千鳥なくなり」（寛治五年八月宗通歌合）、「淡路島せとの潮干の夕ぐれにすまより通ふ千鳥なくなり」（山家集・五四九）等。後二者が源氏の世界を意識しているかどうかは分かりませんが、定家の

旅寝する夢路はたえぬすまの関通ふ千鳥の暁の声

（拾遺愚草二四三。大輔百首の詠なので文治三年一一八七、二十六歳の折）

は兼昌の歌そして源氏を意識しているようにみえます。定家は早くから「淡路島」の歌に注目していたと思われます。

この歌は、『源氏物語』の趣深い場面をとらえて完成度の高い歌として創られたごく初期のものではないでしょうか。「音に聞く」の歌が源氏の影響を受けているとしても、それはやはり言葉を中心に取っている段階と思います。

定家という人は確かに鑑識眼の高い人で、多くの歌の中から、自分の理想とするような歌を的確に抜出す人であったと思います。有名な俳人の高浜虚子が、選は創作だ、といったそうですが、私はそれほどまでとは思いませんが、選の重要性というものが、「淡路島」の歌を選入したことによって実によく分かります。

『百人一首宗祇抄』には、「もっともあはれふかき歌」と鑑賞して、続けて「此かねまさは堀河院

後百首のさくしやなり。されどもこの百しゆに入るべき人とははかりがたき事なり。黄門の心をよくあふぐべきものなり」とします。兼昌は確かに『永久百首』（堀河院後百首）の作者で、或る程度は活躍した歌人ですが、著名な人ではなかったから、このような評になったのでしょう。が、定家は明らかに自分たちの現に行っている新しい手法と同じ手法で、古典的な美的世界を見事に創り上げた歌として、つまり歌人よりも歌、という観点で選んだものと思われます。

88 難波江の蘆のかりねのひとよゆゑみをつくしてや恋ひわたるべき　皇嘉門院別当

【現代語訳】難波の入り江に生えている蘆の刈り根の一節ように、ほんの短い旅の一夜の（仮寝の）契りのために、（難波江の澪標のように）わが身をつくして、これからひたすらあなたを恋い続けることになるのでしょうか。

【出　典】千載集・巻十三・恋三（八〇七）に「摂政、右大臣の時の家の歌合に旅宿逢恋といへる心をよめる　皇嘉門院別当」とあるのが出典。摂政は九条兼実で、皇嘉門院の弟。

【作　者】生没年未詳。十二世紀末の女流歌人。皇嘉門院（崇徳天皇皇后聖子、関白忠通のむすめ）の女房。太皇太后宮亮源俊隆のむすめ。皇嘉門院は九条兼実の異母姉にあたるので、別当も兼実家歌合などに加わっている。養和元（一一八一）年、皇嘉門院他界の折には生存。

作者の別当は当時の歌人としてどの位評価されていたのでしょうか。定家と関わりの深い九条兼実の姉皇嘉門院に仕えた女房で、兼実家歌合にも出ていますから、定家も青年時代に会ったことはあったかもしれません。最近、この女房のことを調査して、高い歌壇的地位があった、という論もありますが、『千載集』二首入集ということをみても、同時代の殷富門院大輔（五首）、二条院讃岐（四首）らに比べると兼実の周辺では古女房として名が知られていても、そう歌壇的地位が高いとは思われません。『新古今』には入集せず、『新勅撰』に定家が二首採っているのも興味がありますれるのですが、そんなに際立った歌人とは思われない別当の歌を定家がなぜ選入したかを考えたい（共に兼実家百首より）。なお別当の勅撰入集歌九首の内、七首が恋歌で、恋歌に佳品が多いとも見らと思います。

「難波江の」歌は「旅の宿りに逢ふ恋」という題による歌です。「刈り根」と「仮り寝」、「一節《ひとよ》」（節は芦や竹の節と節との間）と「一夜」、「澪標《みをつくし》」（船の水路を示す標識。難波に多かった）と「身を尽くし」との掛詞。難波江―蘆―澪標―わたる、蘆―刈り根―一節は縁語（「わたる」は「江」の縁語）、というように、一首全体が技巧の連鎖によって構成されています。

私はこういう歌は、若い頃あまり好きではありませんでした。吉海氏によると、あるイギリス人が、『百人一首』の内、九十九首は全部英訳したけれども、この歌は難しくて訳さなかった、といっています。いわば技巧過多の故なのでしょう。

しかし私はこのごろこの歌は面白いと思って来ました。この連鎖こそが、一夜の契り故にどこまでも絶えることなく続くであろう、という思いを表わしている、と感じとるようになって来て、評価が変りました。

ところで、この歌に一つの問題があります。

賀茂眞淵の『うひまなび』に

又難波江といへば、中ごろの世にありし、江口神崎蟹島などの遊女にあへる事とも思ふ人あるべし。題詠なれば女房の歌にてもさる心も有るべけれど、一首の様をおもふに、たゞ旅の宿にて思ひかけぬあひごとせし意なるべし。

「中ごろ」というのは平安時代と考えてよいと思います。「難波江」というからには、江口・神崎・蟹島などの遊女に逢った、と解する人もあろう、また題詠なので女房の立場でそのように詠んだというようにも思うが、まずは旅の宿りにおける思いもかけぬ逢瀬を詠んだのであろう、と微妙な解をとっています。

この歌を、「難波江」という地名から、天王寺や住吉に物詣する旅先での偶然の契り、と見るか、江口・神崎など遊女との一夜の契りを連想して解するか。あるいは「旅宿」に遊女の漂泊性を重ねて味わうか。——現在の諸注釈では遊女説がかなり多いようですが、同時に、遊女とみてもよいが、見なくてもよい、というあいまいな解も見られます。

「六百番歌合」に次の歌があります。

六百番歌合（寄遊女恋　六番　左歌略）

右　　寂蓮

何方を見ても忍ばむ難波女の浮き寝の跡に消ゆる白浪

左右共、悪しからぬ由申。

判云、両方共に姿詞は優に見え侍を、右の「難波女」こそ、海人の子程の事に侍を、これは朗詠に入れりといふ証だになきや如何。（新大系による）

この歌で「難波女の」というのが遊女を指しているというふうに寂蓮は考えて詠んだのだろうと思います。そうしたら俊成が判をして「難波女」とただ一言いっただけでは、海女のことを意味するので、遊女とまでは考えられないから、この歌は結局題に合っていないと俊成はいいたいのだろうと思います。つまりただ難波女というだけでは、遊女ではないと。だからこの時代は、難波、あるいは難波女というと、それは遊女だというふうに考えて使う場合と、一方に難波女だけでは遊女を表すことにはならないのだという考えがあったようです。

『更級日記』には遊女は三ヵ所ぐらい出てきますね。最初の場面ですが、十三の少女（作者）が上総から京都に上っていく。足柄で宿をとる。そうすると、闇の中から「いづくよりともなく」三人の遊女があらわれた。この三人の遊女は、一人は五十いくつでしたか、それからはたちぐらいの女性と、まだ十いくつの少女と、それがじつにすばらしい容姿であった。しかも、歌がすごくうまかったのですね。それでみんながもう聞きほれてしまって、西のほう、西国の遊女もあなたにはかなわないね、とみんながほめるのですね。そうすると、その遊女が、「難波わたりに比ぶれば」といったという。

これはおもしろいですね。「難波わたりにくらぶれば」、難波辺の遊女に比べれば、私なんかとてもとても、というふうに謙遜しているわけです。で、やっぱり難波のあたりにという場合には、遊女のイメージというのは非常に強いということが、例えばこの『更級日記』によってもうかがわれます。

少し平安末・鎌倉初期の歌を掲げてみましょう。

栗田のさぬきの守兼房、りきといふ遊女をおもひ侍りけるが、いさかひていへでしたりけるを、われとよびにつかはさんがさすがにおぼえければ、伏見修理大夫俊綱がもとにまかりて、これよびてたべと申しければ、すなはちよびに使ひを遣してける次の日申し遣しける

藤原兼房朝臣

難波潟たのめしことの有りしかば君にさへこそあはまほしけれ（月詣集・八二六）

建保四年内にて寄蘆恋

なにはなるみをつくしてのかひもなしみじかきあしのひとよばかりは（拾遺愚草・二五七〇）

同じ人《隆房か》なにはのかたにまかりて江辺三月尽といふことをよみ侍りけるに

遊女祇寿

なには江の春の名残にたへぬかなあかぬわかれはいつもせしかど（万代集・雑一・二八三七）

右の定家の歌は分かりませんが、だいたい難波と女性とが取り合せられた場合は遊女のイメージが濃いと思われます。この別当の歌も、難波・仮寝・一夜という語から、定家もおそらくは遊女のイメージで味わい、女性の心の哀れさ、はかない恋の情趣が、その巧みな技巧によって、吐息のように詠い上げられ、物語の一場面でもあるかのような雰囲気が滲み出ていること、これが定家の美意識と響きあったのではないでしょうか。その選歌眼の高さが見られます。

定家は、自己の眼に適った歌は、最低勅撰集の歌人の作であれば、一流・二流の歌人でなくとも採り上げたものと思われます。和歌史の流れで欠かせぬ公任・基俊を除いて、作品を高く評価できなければ、相当著名な歌人も取り上げなかったのでしょう。基本的には和歌作品を第一義として選んだということになると思います。

第三章●和歌史の流れとともに

——その多様な詠みぶり——

この章の内容はほぼ次の如くです。
まず『百人一首』における特徴的な技巧を一つ記してみます。次に作者の問題、そして幾つかの歌を選んで和歌史の流れ、王朝和歌から中世和歌へ、などのことを述べてみたいと思います。

(1) 一つの技巧（序詞）について

3 あしびきの山鳥の尾のしだり尾の長々し夜をひとりかも寝む　柿本人麿

【現代語訳】山鳥の長くたれさがった尾のような、長い長い夜を、恋しい人とも逢えず、さびしくひとり寝ることであろうかなあ。

【出　典】拾遺集・巻十三・恋三（七七八）「題しらず　人麿」とあるのが出典。万葉集・巻十一の作者未詳の歌（二八〇二、新番号二八一二）の左側に、同様の歌が見える（同二八一三）。

【作　者】生没年未詳。七世紀の末から八世紀の初めごろの宮廷歌人。持統・文武両天皇の行幸の供をして多くの秀歌を詠じ、献上したが、官位は低く、地方官となって、石見《いわみ》の国（島根県）で没したともいう。後世、歌聖《かせい》として尊崇された。人麻呂、人丸とも書く。

「あしびきの山鳥の尾のしだり尾の」というのが、いわゆる序詞ですね。「じょし」と読むほうが

いいでしょうが、品詞の助詞と間違えられないように、「じょことば」ともいいます。序詞というのは、ふつうは二句以上の長さがある。もう一つの大きな特色は、序詞というのは、つねに具象的、具体的な表現であり、なにかのイメージを伴うものだというものです。それを受けた歌の、本当にいいたいところは、仮に主想といっておきますが、序詞に対して観念的というか抽象的な表現が多い。長い長い夜を一人で眠るのかなあ。長い長いとは、どんなふうに長いのだというと、山鳥の尾の垂れている尻尾のように長い長い夜なのだという。非常におもしろい技法ですね。この技法がじつは三代集時代の歌には多い。山鳥の尾のしだり尾のように長い長い夜を、という、この「長々し」というのは掛詞になっていて、つまり序詞のいちばん最後の部分が、そのまま主想の最初の部分になって、転換するという技巧です。

そして主想は独り寝のわびしさですが、これが山鳥の、昼間はおすとめすとが一緒にいて、夜は谷を隔てて寝る、という習性に響いて、言外の余情が豊かになるのです。序詞の巧みな使い方と、細かい感覚によって恋の美しさを表しているわけです。

人麿の歌は普通、重厚な調べで格調が高いといわれています。ところが、平安時代の人々の気持は、雄大活発さをむしろ遠ざける風があり、優美で、ほのぼのとした気分を好み、洗練された感覚を尊んだわけです。こういう「山鳥」のような歌こそ歌聖人麿のものに違いない、という平安時代の人々の気持が、万葉集中の無名の一首を――長い間伝誦されて行く内に――人麿の歌とさせたのではないでしょうか。

因みに、定家はこの歌を本歌として「ひとりぬる山鳥のをのしだりをに霜おきまよふ床の月影」（新古今・四八七）という歌を作っています。

46 由良のとを渡る船人かぢを絶え行方も知らぬ恋の道かな　曽禰好忠《そねのよしただ》

【現代語訳】由良の瀬戸を漕ぎ渡ってゆく船頭が、かいを失って行くえも知らず漂うように、どこへ、どうなってゆくかもわからぬわが恋の道であるよ。

【出　典】新古今集・巻十一・恋一（一〇七一）に「題知らず　曽禰好忠」とあるのが出典。家集の『好忠集』（曽丹集）にも見える。

【作　者】生没年未詳。十世紀後半の歌人。六位丹後掾《たんごのじょう》。曽丹と略称された。寛和元（九八五）年、円融院の子《ね》の日の遊びに、召されぬのに参上して追い返されたなど、逸話が多いが、最近ではかなり教養のある人物と考えられている。歌風は自由清新で、異色の歌人である。

これも序詞の巧みな技法を持つ歌です。

序詞は、まっさおな海の中（あるいは広い河口）で、梶を失ってたゆとう小舟、というイメージを浮べさせる。「ゆくへも知らぬ」という序詞の終りの部分が、掛詞となって主想へと転換させる手法です。序詞から感じとられる不安な暗澹とした気分が、そのままわが恋路の不安へと重なって行きます。

なお、「由良」については二説ありまして、「建保三年内裏名所百首」（「ゆらのみさき」）や『八雲《やくも》御抄《みしょう》』は紀伊として出て来ます。しかし紀伊の由良は「紀の国のゆらの湊に拾ふてふたまさかにだに逢ひ見てしがな」（新古今・一〇七五、長方。百人秀歌にも採られています）など、平安末期からよく詠まれて来るのです。そして多くの指摘があるように、源俊頼《としより》に「与謝の浦に島がくれ行く釣舟のゆくへもしらぬ恋もするかな」（散木奇歌集・一二三九）が好忠歌を参考歌にしているとすれば、好忠も俊頼も丹後としていたと思われます。江戸期に、契沖は、好忠が丹後掾としてうずもれたことを述懐することが多く、由良も丹後であろう、としております。好忠の時代には丹後掾の場合、実際に任地に赴いた可能性もあり、丹後とみてよいのですが、定家の時代には、紀州とみていたと思われます。

77 瀬をはやみ岩にせかるる滝川のわれても末に逢はむとぞ思ふ　崇徳院

【現代語訳】川の瀬が速いので、岩にせきとめられた滝川の水が、分かれても末には一つになるように、今あなたと別れて逢うことができなくても、ゆくゆくは必ず逢おうと思う。

【出　典】詞花集・巻七・恋上（二二九）に「題しらず　新院御製」とあるのが出典。もとは久安百首。初句「ゆきなやみ」、第三、四句「谷川のわれて末にも」。

【作　者】元永二（一一一九）～長寛二（一一六四）年。名は顕仁。鳥羽天皇第一皇子。母は待賢門院。第七十五代の天皇。父帝に愛されず、二十三歳で退位させられ、以後閑居の中に詩歌管絃に心をひそめた。保元の乱後、讃岐（香川県）に流され、その地で没した。

「瀬をはやみ岩にせかるる滝川の」が序詞で、「われても末に逢はむとぞ思ふ」というのが主想と見てよいでしょう。瀬が速いので、岩に堰かれている滝川の水が、分かれてしまって、しかし末ではもう一回その水が一緒になる。そういう激しい滝川の情景がずっと上から下まで描かれて、最後に「思ふ」という言葉があるのでこれは恋歌なのだということが分かるわけです。「われても末に逢はむとぞ思ふ」。そういえば、いま別れさせられても、最後は、必ずや逢おうという強い決意ですね。これは具体的なイメージ、映像がそのまま心の姿をあらわすような詠み方です。

以上のような序歌（序詞を用いた歌）は、決して珍しいものではなく、通例の技巧といってもよいものですが、さすがに定家はその技巧を用いて成功した歌を選んでいます。

16 立ち別れいなばの山の峰に生ふるまつとし聞かば今帰り来む　中納言行平

【現代語訳】あなたがたとお別れして、私はこれから任地の因幡《いなば》の国に行くのだが、その因幡の国の稲羽の山の峰にはえている「松」の名のように、あなたが私を「待つ」と聞いたなら、すぐにでも帰ってこよう。

【出　典】古今集・巻八・離別（三六五）に「題しらず　在原行平朝臣」とあるのが出典。古今六帖にも。

【作　者】在原行平。弘仁九（八一八）～寛平五（八九三）年。平城天皇の皇子阿保親王の子で、業平の兄。中納言兼民部卿正三位。在民部卿《ざいみんぶのきょう》と称せられた。現存最古の歌合、在民部卿家歌合を八八〇年代に催した。

この歌はおそらく任地に下る行平を見送りに来た人々への挨拶歌でしょう。「立ち別れいなば（往なば）まつ（待つ）とし聞かば今帰り来む」とだけいってもいいわけですね。それをわざわざ「いなばの山の峰に生ふる松」というように、掛詞（往なば—稲羽、待つ—松）を媒介として、これから行く任地先のうら寂しい姿（稲羽山の松）を序詞として挟み込んで、人々に映像を結ばせて効果的な挨拶歌としています。この手法の初期の歌なのですが、前に掲げた三首と、序詞の使い方が少し異なっています。

51 かくとだにえやはいぶきのさしも草さしも知らじな燃ゆる思ひを　藤原実方朝臣

【現代語訳】これほど思いこがれているのだ、ということだけでも、私はいえないのだから、まして伊吹山のさしも草のように、私の燃えている思いの火がこのようだとは、あなたはごぞんじありますまいね。

【出　典】後拾遺集・巻十一・恋一（六一二）に「女にはじめてつかはしける　藤原実方朝臣」とあるのが出典。

【作　者】生没年未詳〜長徳四（九九八）年。貞信公26の曽孫。定（貞）時の子。叔父済時の養子となる。正四位下左中将に至る。十世紀後半の、円融・花山両天皇につかえたが、長徳元年陸奥守となり、任地で没した。歌人として著名で、家集に『実方集』。

この歌の主想は、「かくとだにえやはいふ、さしもしらじな燃ゆる思ひを」。これにからませて、やや具体的なイメージを浮ばせる「伊吹のさしも草」という語句を挿入、「思ひ」の「火」に掛けて、燃えるような胸の内を感覚的に表明しているのです。「いふ」が「伊吹《いぶき》」と掛けてあり、同時に「伊吹のさしも草」が同音の繰返しによって「さしも」を導き出す序詞となり、「思ひ」の「火」と「燃ゆる」「さしも草」とが縁語関係にある、という技巧過多ともいえる歌です。「伊吹のさしも草」が主想の中に入り、滑らかに下すべき叙情を分断している手法は、「立ち別れ」歌と同じといえます。序詞・掛詞・縁語は主想の感覚化であり、この巧みさは女性を口説くのに大きな効果があって、貴族の社交生活では雅びとして重んぜられたと思われます。典型的な王朝和歌です。なお「さしも草」はよもぎの異称（もぐさ）。干して灸に使います。

この歌の「伊吹」は、『袖中抄《しゅうちゅうしょう》』などを引いて下野の山とする説が強いのですが、実方の時代には近江・美濃の境にある伊吹山が妥当、と高橋良雄『歌枕の研究』は指摘しており、『八雲御抄』や『建保内裏名所百首』も近江とありますので、この方が親しまれていたと思われます。なお実方時代の歌を一首掲げておきます。

冬ふかく野はなりにけり近江なる伊吹のと山雪ふりぬらし（好忠集・四五二）

74 憂かりける人をはつせの山おろしよはげしかれとは祈らぬものを　源俊頼朝臣

【現代語訳】私につらかった人を（なびくようにと）初瀬の観音にお祈りしたのだが。初瀬の山おろしよ、（私に対するあの人のつらさが）はげしくあれとは祈らなかったのに（いよいよきびしくなってしまったよ）。

【出　典】千載集・巻十二・恋二（七〇八）に「権中納言俊忠の家に恋十首の歌よみ侍りける時、祈れどもあはざる恋といへる心をよめる　源俊頼朝臣」とあるのが出典。俊忠は忠家の子、83俊成の父。

【作　者】天喜三（一〇五五）ごろ～大治四（一一二九）年ごろ。経信（71の歌の作者）三男。管絃にもすぐれていたが、和歌は父経信の新しい傾向を推進して、新風を開き、大きな指導力をもった。従四位上木工頭《もくのかみ》。『金葉集』の撰者。歌論書に『俊頼髄脳《ずいのう》』が、家集に『散木奇歌集《さんぼくきかしゅう》』がある。

この歌の主想は「憂かりける人を、はげしかれとは祈らぬものを」ですが、それだけの説明的な叙法で終わることを拒否し、「はつせの山おろしよはげしかれ」という鮮烈な印象を与える語句を挿入して、一首に具象性をもたせ、余情豊かな歌としているのです。初瀬の寺に、北側から吹きおろす冬の風は、今でも寒くきびしいといいます。平安時代の多くの人は、ここに祈りをささげに参詣した経験をもつので、この語句によって初瀬の映像を浮かべ、山おろしのはげしさを感じとったのでしょう。

これも「立ち別れ」の歌と同じように、序詞的な言葉を挿入して、情調を複雑にし、物語性をも湛えた歌に仕立てたものと思われます。

定家がこの歌の風体を理想としたことについて少し記しておきます。

この歌について、『後鳥羽院御口伝』は次のように批評しています。

……俊頼堪能《かんのう》の者なり。歌の姿二様によめり。うるはしくやさしき様も殊に多く見ゆ。又もみ〳〵と人はえ詠みおほせぬやうなる姿もあり。この一様すなはち定家卿が庶幾《しょき》する姿なり。うかりける人をはつせの山おろしよはげしかれとは祈らぬ物を

この姿なり。又、

鶉鳴く真野の入江の浜風に尾花なみよる秋の夕暮

うるはしき姿なり。（下略）

右の「もみ〳〵と」という言葉を、院は『御口伝』の中であと二人に使っています。式子内親王と定家です。珍しい言葉で、後世使った人もいるのですが、後鳥羽院の時代には殆ど使われていな

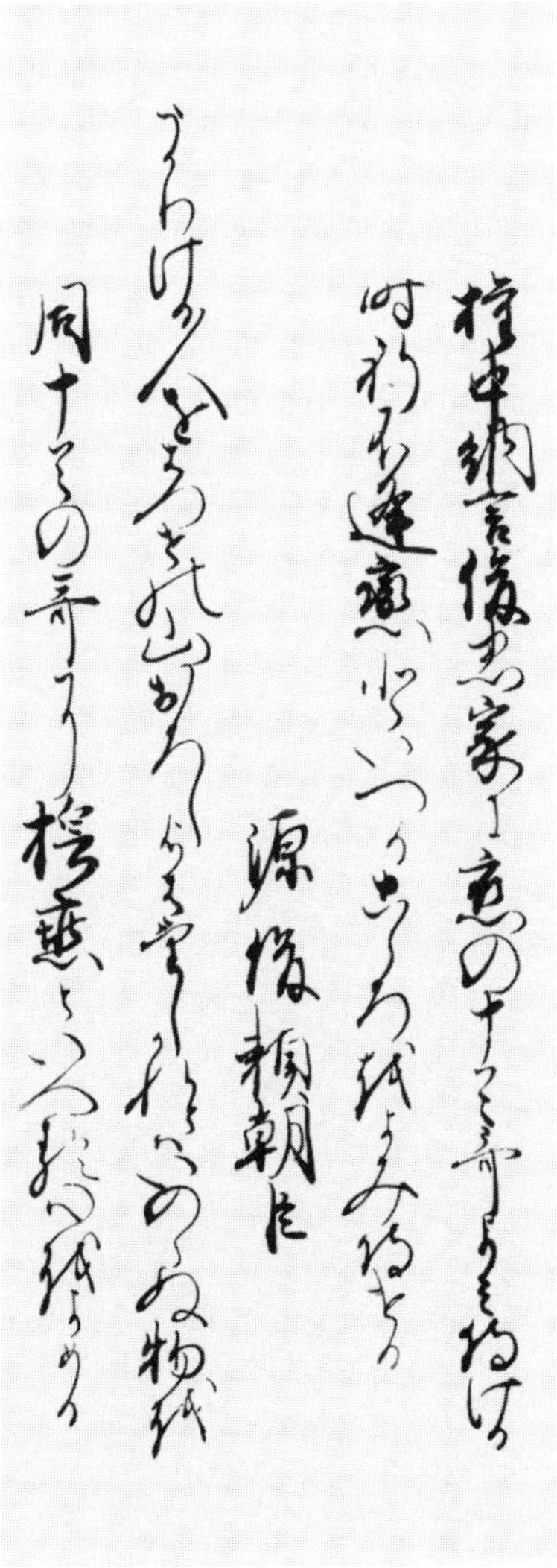

宮内庁書陵部蔵『千載和歌集』（笠間影印叢刊より転載）

いので、色々な解釈があります。辞書の解説としては、言葉を練りに練って深い内容を込め、表現に技巧を凝らしたさま、心を砕き、身を揉むようにして対象に迫る様、ということのようです。ほぼそれで分かりますが、更に田中裕氏は、戦記物語にある「もみにもむ」は激しく鐙《あぶみ》を摺り、また頻りに鞭を馬腹に当てて追い込むことで、風体においても急迫して勢いのある貌を推測する。また定家もこの歌を「心ふかく詞心にまかせてまねぶともいひつづけがたく」（近代秀歌）と評するが、その「詞心にまかせて」が「もみもみ」で、斧鉞のあとをとどめない、自在で遒勁《しゅうけい》な詞つづきの妙をさす、と解しています（『後鳥羽院と定家研究』）。

この田中説は説得力があります。同時に定家がこの歌を高く評価していたことも分かりますが、それは更に定家自身の歌によっても明確になります。

97 来ぬ人をまつほの浦の夕なぎに焼くや藻塩の身もこがれつつ　権中納言定家

【現代語訳】いつまでたっても来ない人を待って、松帆の浦の夕凪のときに焼く藻塩のように、わが身は恋い焦がれ焦がれていることです。

【出　典】新勅撰集・巻十三（八四九）に「建保六年内裏の歌合の恋の歌　権中納言定家」とあるのが出典。ただし、家集の『拾遺愚草』によると、順徳院（100の歌の作者）主催の建保四（一二一六）年閏六月内裏歌合の歌で、院と番えられ勝となっている。

【作　者】藤原定家《ていか》。応保二（一一六二）～仁治二（一二四一）年（公卿としては「さだいへ」）。83俊成参照）。俊成の子。父について和歌に精進し、御子左家の中心人物として活躍。『新古今集』の撰者の一人。晩年には『新勅撰集』を独撰。『百人一首』の撰者。日記に『明月記』、家集に『拾遺愚草』、歌論書に『近代秀歌』など。

三年丙寅の秋の九月の十五日に、播磨の国の印南野に幸す時に、笠朝臣金村が作る歌一首并せて短歌

名寸隅《なきすみ》の　舟瀬ゆ見ゆる　淡路島　松帆の浦に　朝なぎに　玉藻刈りつつ　夕なぎに　藻塩焼きつつ　海人娘女《あまをとめ》　ありとは聞けど　見に行かむ　よしのなければ　ますらをの　心はなしに　たわや女の　思ひたわみて　た廻《もとほ》り　我《あ》れはぞ恋ふる　舟梶《ふなかぢ》をなみ（万葉集・巻六・九三五）

＊神亀三年（七二六）

本歌は、淡路島の松帆の浦にすばらしい乙女がいると聞くが、何とかそれに会いたいと思うのだけれども、なかなか会うことができないという、男の嘆きですね。それを、女の立場にし、来ぬ男を待つ嘆きにして、つまり男女を変えて詠んでいます。これは後ほど申しますが、後藤祥子さんの「女装の定家」ということになるんですね。

この歌も「来ぬ人を待つ、身もこがれつつ」といえばいいんですが、そのあいだ（第二〜四句）に、相手を待って焦がれているというその様子をあらわす、序詞的なイメージを含む言葉を入れているわけです。つまり、簡単にいえば、スムーズな抒情になるところを、わざと分断して、中間に映像性のある序詞を挿入し、情趣・情調を複雑化する手法を用いているわけです。この序詞を用いた手法は前に申しましたのに比べて、いちだんと複雑になっています。まず定家の一つ前に俊頼の歌があって、俊頼のひとつ前に実方や、更に早く行平の「たちわかれ」があったのです。

16以後は、一首の中に序詞（もしくは序詞的な語句）を挟み込み、しかもそれは名所（歌枕の景物）であることが共通します。滑らかな叙情を、映像性のある序詞を挟み込むことによって分断し、情調の複雑化を意図したもので、定家の好んだ風体といえましょう（こういう手法については『藤平春男著作集』〈笠間書院〉がしばしば言及しています）。

(2) 作者の真偽について

次に、『百人一首』に作者名が記されているが、事実としては作者が異なる——伝承の場合もあるし、典拠（出典）の問題もある——歌を挙げておきます。

既に「奥山に」（猿丸大夫）、「鵲の」（大伴家持）、「あしびきの」（人麿）がみな実は詠み人知らずの歌らしいことを述べ、それが特定の作者の歌とされたことは略述いたしました。なお幾つかの歌について記しておきます。

19 難波潟短き蘆のふしの間も逢はでこのよを過ぐしてよとや　伊勢

【現代語訳】難波潟にはえているあしの、あの節と節との間のような短い間でさえ、逢わないでこの世を過ごせとおっしゃるのですか。

【出　典】新古今集・巻十一・恋一（一〇四九）に「題しらず　伊勢」とあるのが出典。

【作　者】貞観十七（八七五）ごろ～天慶初め（九四〇年前後）ごろ。伊勢守藤原継蔭のむすめ。宇多天皇の中宮温子に仕え、宇多天皇に愛されて皇子を生み、伊勢の御・伊勢の御息所と呼ばれた。のちに宇多上皇の皇子敦慶親王との間に中務を生む。『古今集』撰者時代の代表的女性歌人。

この歌は『新古今集』に伊勢の歌として入っていますが、『伊勢集』（四二九）の歌で、この辺は他人の歌の混入といわれています。妹尾好信『王朝和歌・日記文学試論』によれば、絶対に伊勢作でない、という証拠はないが、伊勢作であることは極めて疑わしいといいます。つまり『新古今』時代の人は『伊勢集』の歌だから伊勢だろうというので、入れてしまったのだろうと思います。この歌は、どこがいいのか、いろいろ問題がありますが、新古今の撰者名注記には有家・定家・家隆・雅経があり、四人が推薦しました。この歌『新古今』時代には評価が高かったようです。初・二句は「ふしの間」にかかる序詞。『新古今集』には恋一にあり、初期の恋と解しています。烈しい恨みで相手に迫っていますが、上の句で、歌枕による自然の景物をあしらって、それが下の句の「よ」に響く縁語の技巧は、生の情をもって迫るのではなく、一首全体を優美なものとして相手に訴えています。因みに、(蘆の)「節《ふし》」と「節」との間を「節《よ》」といいます。「世」は「節《よ》」に響いて蘆の縁語。

なお定家は「難波なるみをつくしてのかひもなしみじかきあしの一夜ばかりは」(拾遺愚草・二五七〇)と本歌とした歌を作っています。

27 みかの原わきて流るるいづみ川いつみきとてか恋しかるらむ　中納言兼輔

【現代語訳】みかの原を分けて湧き出てくる泉川の、「いづみ」の語のように、いつ見た、といってこのようにあなたが恋しいのだろうか。

【出　典】新古今集・巻十一・恋一(九九六)に「題知らず　中納言兼輔」とあるのが出典。また古今六帖(第三)にも。

【作　者】藤原兼輔。元慶元(八七七)〜承平三(九三三)年。中納言兼右衛門督従三位。鴨川の堤に邸があり、堤中納言と称された(「堤中納言物語」とは関係がない)。和歌を好み、風流であったので、その邸には貫之・躬恒ら歌人が出入りし、文人グループを形成していた。

『新古今集』の撰者名注記を見ると、定家と家隆です。「みかの原」はいま関西本線の加茂駅の近く、京都府の一番南方。駅から少し北の方に歩くと大橋があり、そこから眺めると、あたり一帯は平野（盆地）、それが瓶原《みかのはら》、その真中を木津川（泉川）が貫流しています。橋を渡った北側は聖武天皇の恭仁宮《くにのみや》です。大橋のあたりから一望すると、「みかの原わきて流るるいづみ川」という景色がよく分かります。泉川がみかの原を真ん中から分けて（「わきて」は湧きて・分きての掛詞）流れている（上の句は序詞）、その「いづみ」のように、いつ見たかといって、あの人が恋しいのか、となるわけですね。

泉川（木津川）

この歌は、ほのかに噂で聞いたりして憧れている恋（「未だ逢はざる恋」）なのか、かつて契りを交したが久しく逢えない相手を恋うる恋（「逢ひて逢はざる恋」）なのか、二通りの解釈があります。『新古今集』には恋一に入っていますので、前者と解していたようです。何れにしろ深く恋いわたっているわが心をいぶかるような形で詠み上げた思い入れの深い歌で、同音を引き出すための序詞も、大らかで清純な響きを持つ、秀歌といえましょう。
さて、この歌は『新古今集』には兼輔の歌とありますが、その出典となった『古今六帖』によると、「詠み人知らず」なのです。六帖では一五七二番歌で、「かは」（川）という標目の歌は一五二七から始まり、つまり四十六首目にあります。そして一五六四番歌が「かねすけ」の歌で、一五六五以下には作者名がありません。ないのは「詠み人知らず」なのです。『古今六帖』では作者名のある歌のみがその人の歌です。ところが勅撰和歌集では、作者名がない場合、前を受けます。おそらく『新古今』の撰者は、勅撰集式に受け取ってしまって、何も書いていないから前のほうに名のある兼輔の歌だろうというので、兼輔の歌として『新古今集』に入れてしまったのだろうというふうに考えられています。なお俊成撰『卅六人歌合』にも兼輔歌として入っていますし、新古今にはこの歌を定家が推していますから、俊成・定家の頃は兼輔歌として通っていたのでしょう。

49 御垣守《みかきもり》衛士の焚く火の夜は燃え昼は消えつつ物をこそ思へ　大中臣《おほなかとみの》能宣《よしのぶ》朝臣

【現代語訳】宮中の御門を守る衛士のたくかがり火が、夜は燃えて昼は消えてしまうように、私も、夜は思いが燃え上がり、昼は身も心も消え失せるほどの日々で、物思いに沈んでいることよ。

【出　典】詞花集・巻七・恋上（二二五）に「題知らず　大中臣能宣朝臣」とあるのが出典。

【作　者】延喜二十一（九二一）～正暦二（九九一）年。神祇大副《じんぎのたいふ》頼基の子。梨壺の五人の一人で、万葉集の訓点を付し、後撰集の撰に従った。正四位下神祇大副・祭主。家集に『能宣集』がある。父も、子の輔親も、孫の伊勢大輔（61の歌の作者）も歌人で、代々有名な歌人を出した。

この歌は大中臣能宣の歌ということになっていますが、これは『詞花集』にそういうふうにあるわけです。『和漢朗詠集』に「みかき守る衛士のたく火にあらねどもわれも心のうちにこそおもへ」という歌があって、作者不明なのですが、一本に中務だという説もあります。また「君がもるゑじのたく火の昼はたえ夜はもえつつ物をこそ思へ」、これは『古今六帖』（七八二）の「よみ人しらず」歌です。「みかきもる衛士のたく火の我なれやたぐひ又なき物おもふらん」これは『村上御集』という村上天皇の家集と『斎宮女御集』とに載っています。要するにこの「御垣守」の歌は、類歌が多く、作者が特定しにくい、作者不明の歌なのです。何らかの伝承の末に、おそらく能宣の歌だということになって、そして梨壺の五人、有名な歌人ということで、この歌は『詞花集』に作者能宣で入れられたのだろうと思います。

この歌の主想は、「（わが思ひは）夜は燃え昼は消えつつ物をこそ思へ」なのですが、「夜は燃え昼は消えつつ」は「御垣守衛士の焚く火の」の述部的部分で、つまり「御垣守衛士の焚く火の」という具象的表現をとる序詞は、そのまま「夜は燃え昼は消えつつ」まで続き、この部分を掛詞的な句として主想に転換するのです。しばしば用いられる技法です。

上から読み下しますと、「昼は消えつつ」までは、京都の大内裏辺の叙景です。平安時代の夜の京都は（特に月のない夜などは）真暗だったのでしょうね。そういう中で、京都の北のほうの御所あたりだけは、かがり火が天高く雲を分けているわけです。すごく印象的な歌です。あのように、私は夜になると、恋の情火が燃えて、そして昼間になると、それは鬱屈して消えてしまう。そういう自分の心を「御垣守衛士のたく火の夜は燃え」というように比喩して、非常に具体的に、感覚的に、強烈にあらわしている。見事な歌だと思います。なお『百人一首』の歌のことばというのは、ほとんどが和語ですね。菊みたいに、和語がないものはしょうがないんですが、ほとんど日本語です。たった一つだけ漢語（字音語）がある。それがこの「衛士」です。もうおそらく衛士という語は、日本語化して、歌詞化していたのでしょう。

この歌は『能宣集』にもありません。能宣の歌は歌合歌・屏風歌が多く、平淡で観念的な傾向ですが、この歌は際だって印象鮮烈、その点からも上に述べたように能宣の歌ではないでしょう。

実は以上の範疇に入る歌がもう一首あるのです。それは『百人一首』の一番歌「秋の田の」の歌ですが、これにはまた重要な意味を持つ点があるようなので、次に述べます。

(3) 和歌史の流れ

次に私の独断といいますか、好みといいますか、和歌史の流れを踏まえて関心のある歌を『百人一首』の中から選んで出来るだけ短く述べます。まず巻頭の歌です。

1　秋の田のかりほの庵の苫《とま》を荒みわが衣手は露にぬれつつ　天智天皇

【現代語訳】秋の田の番をするためにたてた仮り小屋にいると、その屋根をふいた苫の目が荒いので、私の袖は、そこから漏れてくる露で、ぬれにぬれることよ。

【出　典】後撰集・巻六・秋中（三〇二）に「題しらず　天智天皇御製」とあるのが出典。十世紀後半に成立した『古今六帖』一一二九にも、少し語句を違えて天智天皇の歌として出ている。

【作　者】推古三十四（六二六）～天智十（六七一）年。舒明天皇の子。母は皇極天皇。中大兄皇子のころ、中臣鎌足とともに蘇我氏を倒し大化の改新を行った。六六八年即位。第三十八代天皇。都を近江の大津に移し、近江令を制定した。『万葉集』に大和三山の歌などがある。

天智天皇の歌は『万葉集』に四首あります。

有名な大和三山の長歌の反歌といわれている二首を挙げてみます。

香具山と耳成山と闘《あ》ひし時立ちて見に来し印南国原《いなみくにはら》（万葉集・巻一・一四）

わたつみの豊旗雲に入日さし今夜の月夜さやけくありこそ（同・巻一・一五）

スケールの大きな堂々とした歌ですね。それに比べると「秋の田の」の歌風は少し違うように感じられます。

『万葉集』巻十（二一七四）に、

秋田刈る仮盧を作り我が居れば衣手寒く露ぞ置きにける

という作者未詳歌があります。この歌は、

秋田かるかりほをつくり我をれば衣手さむし露ぞ置きける（柿本人丸集・一一三。他の系統本にも近い形の歌がある）

また『家持集』（一三二）にもみえ、更に『古今六帖』には「秋田かるかりほを見つつこぎくれば衣手さむし露置きにけり」（一一二四。よみ人知らず）のような歌があります。『人丸集』も『家持集』も、もちろん人丸や家持の歌をきちんと集めたものではありませんから、この歌のもとは『万葉集』二一七四歌であったと思われます。

この『万葉集』巻十のあたりには八世紀の半ばか後半かの歌が多いといわれますので、その後百年以上にわたってさまざまな伝承を経、右の歌が天智天皇の歌とされたらしいのです。後撰歌が万葉歌「秋田かる」を「唱へ誤」ったのだ、と初めに指摘したのは真淵の『うひまなび』です。

なぜ天智天皇か、と申しますと、左の系図のように、

皇室系図

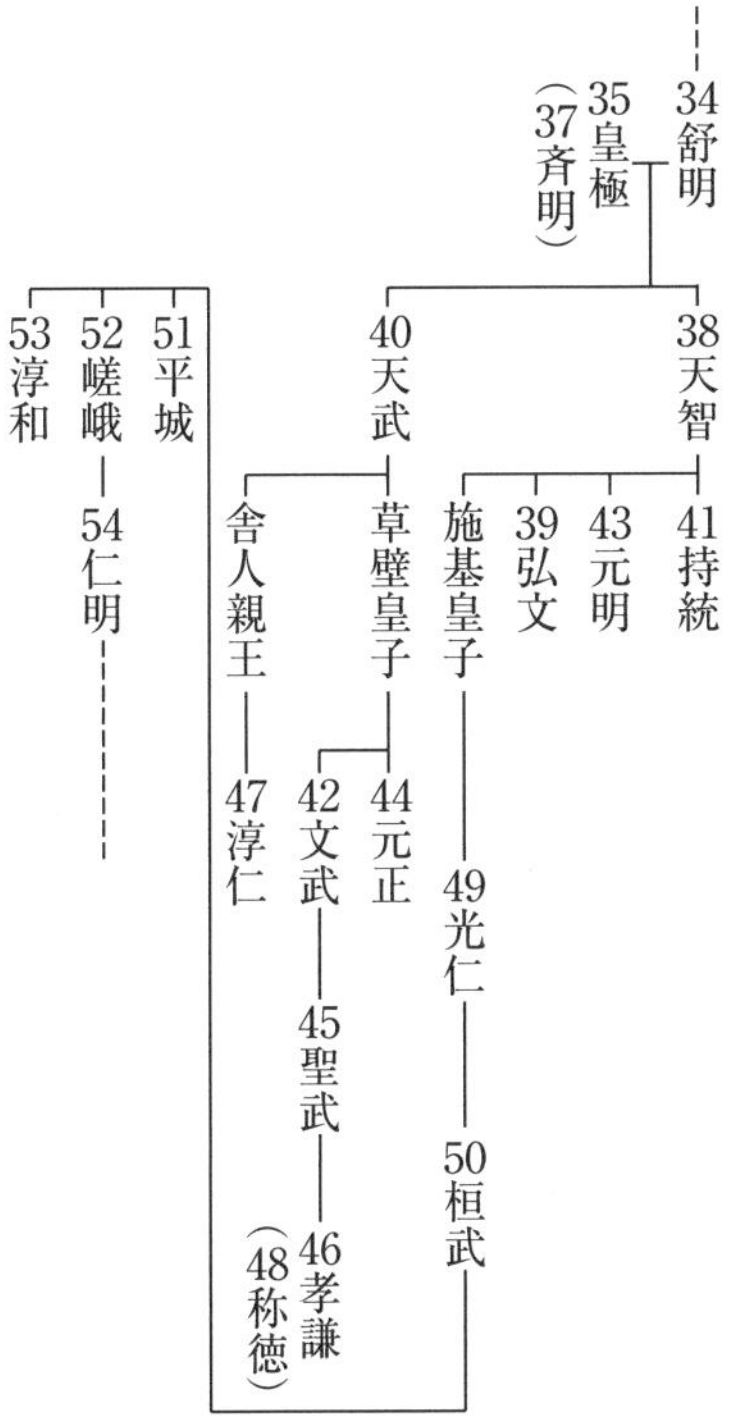

天武系は奈良時代の末に絶えて、天智系が復活し、平安時代以降の天皇は天智系なので、天智天皇

に対する尊崇が篤かったのです。そしてこの伝承歌の持つ性格（農民の苦労を思いやる治世者の情感の込められていること）と相俟って天智天皇の作として『後撰集』に採られたと推測されています。

この万葉集の「秋田刈る」の歌が、『新古今集』（秋下・四五四）に「秋田もる」（詠み人知らず）として入っています。そして「秋田もる」の新古今歌は、撰者名注記を見ると定家と雅経なのです。おそらく定家はこの歌を天智天皇の歌へと伝承された歌（「秋の田の」）のあることに気づかず、『万葉集』の詠み人知らず歌と考え、全く別歌と見ていたのでしょう。但し「秋田刈る」が類歌であることは幽斎抄などかなり早くから指摘されています（三奥抄は「秋の田の」をもとにして「秋田刈」が出来たといっています）。

後鳥羽院はこれを隠岐本では除棄しています。或は後撰歌との関係に気づいたのでしょうか。そして平安後期から「秋の田の」を本歌にした歌は幾つかありますが、院も（家集・一二一三）、定家も（拾遺愚草・一九三四）、家隆も（壬二集・一五八四）後撰歌を本歌にして詠歌しています。順徳院の一首を挙げておきます。

を山田のかりほのいほのとことはにわが衣手は秋の白露（建保二年八月内裏歌合）

さて、定家がこの歌を『百人一首』の巻頭に据えたのは、天智が農民の辛苦を察して詠んだ歌、王道の体現者としての詠としてであろうと思われます。そして第一章で取り上げました「春過ぎて」

を二番に置いたのは、春が過ぎて夏が来た――季節（自然）が順調に推移することを表わしていると見てではないでしょうか。つまり中国の考え方として、天子の徳が遍く行き渡ると自然も感応して国も民も豊かになる、という考えが基本にあるのに依ったのではないか、と思われるのです。
このような親子の帝の二首を巻頭に置き、後に述べますように、巻軸にも親子の帝の二首を据えて、対応させているのです。

23 月見れば千々に物こそ悲しけれわが身ひとつの秋にはあらねど　大江千里《ちさと》

【現代語訳】月を見ると、いろいろと限りなくもの悲しく感ぜられる。私ひとりのためにだけ来た秋ではないけれど。

【出　典】古今集・巻四・秋上（一九三）に「是貞のみこの家の歌合によめる　大江千里」とあるのが出典。

【作　者】生没年未詳。九世紀後半から十世紀初頭にかけての人。漢学者大江音人《おとんど》の子（『尊卑分脈』による。士師《はじ》氏の子孫という。なお音人は阿保親王の子ともいう）。八九四年に「句題和歌」（大江千里集ともいう）を宇多天皇に詠進した。官位は低く、六位兵部大丞。

『白氏文集』（白居易の詩集）巻十五に（『和漢朗詠集』にも）にある詩、

燕子楼中霜月ノ色　秋来ッテ只為ニ二一人ノ長一

を参考にして（あるいは翻案して）作られた、ということは、早く室町期の注『米沢抄』にあることが吉海氏によって、また『栄雅抄』にあることが島津氏によって指摘されて来ました。なおそのことは『切臨抄』にも「仍云」（三条西公条の注）や彰考館本『幽斎抄』、『後水尾院抄』にも見え、契沖によって確定した、とされています。因みにこの詩は、徐州の張尚書の愛妓が、張尚書の死後も旧愛を忘れず、燕子楼という楼に独居している様を詠んだもので、大意は、燕子楼に霜ははげしくおり、月は照り輝いている。ああ、訪れた秋はただ私一人のために長い――というのです。

漢学者千里は、この詩をまったく自分の心の中で燃焼しつくし、心の一番深いところにこめ、秋の月をしみじみと眺めて、秋という季節の悲しさを、三十一文字の和歌の世界で詠《うた》い直しているのです。

日本では、秋に見る月が最も月らしい美しさをもっています。春が快く楽しい季節であるのに対して、秋は、やがて万物枯れ果ててゆく冬を前にした、悲しい季節です。そこに秋らしい美しさがあり、その美しくも悲しい典型が月です。このような感じ方は、後世ひとつの伝統的な、固定的な見方となって、日本文学・日本文化に大きな影響を与えますが、そういう美意識――ある季節のものなどのもっている美的本質を、和歌や連歌・俳諧の術語で本意といいます――の始発は、実にこの平安初期から漸次形成されてくるわけです。それは日本の風土によるところが大きく、さらに平安京を取り囲む自然からの影響もありますが、漢詩文における「悲秋」思想もこの美意識の成長にあずかって力があったと見られています。

おそらく定家もこの観点からこの歌を重視し、『八代抄』以下の秀歌撰に採り、自身もこの歌を本歌とした数首を作っています（拾遺愚草・一〇四九ほか）。

33 久方の光のどけき春の日にしづ心なく花の散るらむ　紀友則

【現代語訳】日の光がのどかにさすこの春の日に、どうして静かな落ち着いた心もなく、桜の花はあわただしく散っているのであろう。

【出　典】古今集・巻二・春下（八四）に「さくらの花のちるをよめる　紀友則」とあるのが出典。他に『古今六帖』（第六）に「はな」「さくら」の題で、第二句が「光さやけき」となって出ている。

【作　者】生没年未詳〜延喜五（九〇五）年前後。35紀貫之のいとこ。寛平九（八九七）年土佐掾、延喜四（九〇四）年に大内記となる。古今集撰者の一人となったが、完成前に没した。その死を悼んだ歌が古今集（八三八・八三九）に見える。家集に『友則集』がある。

うららとしたのどかな春の日の一景を、明るい陽光の中にとらえ、しかもそこに、ひとはけのうっすらとした甘い感傷が漂っています。王朝貴族の雅やかな美感に染め上げられた歌といえましょう。

永遠に、悠久に流れてゆく時間の中に浮んだ一つの美しい事象、しかもそれは毎年くりかえされてゆくのに、それを見ることのできる有限な人間の命のはかなさ——といったさまざまな思いまでもが湧いてくる。不可思議絶妙な秀歌です。

しかしこの歌は公任も俊成も、その秀歌撰的な歌合などに採っていません。定家に至って『八代抄』以下の秀歌撰に撰入されています。島津さんは定家によって見直され、再評価された歌であることを指摘しています。

44 逢ふことのたえてしなくはなかなかに人をも身をも恨みざらまし　中納言朝忠《あさただ》

【現代語訳】もし逢うことがまったくないものならば、かえって、相手の冷たさや、わが身のつらさを恨んだりはしないだろうに。

【出　典】拾遺集・巻十一・恋一（六七八）に「天暦御時歌合に　中納言朝忠」とあるのが出典。拾遺抄（巻七）や、朝忠集にも見える。

【作　者】藤原朝忠。延喜十（九一〇）〜康保三（九六六）年。三条右大臣藤原定方（25の歌の作者）の子。中納言従三位に至る。土御門中納言ともいう。天徳歌合の作者になるなど、歌人としても有名で、三十六歌仙の一人。家集に『朝忠集』がある。笙の名手でもあった。

ちょっとご注意申し上げておきますが、これはゲームでカルタをお読みになるときに、「あうことの」とは決して読まないように。これは「おうことの」（オオコトノ）と読む。カルタを本格的におやりになっている方には申し上げるまでもないんですが、「おう」（オオ）というのは「大江山」「おほけなく」と三首あるんですね。「あうことの」と読まれると、初心の方は別ですけれども、うまい方は取れなくなりますので。

天徳四年（九六〇）に行われた「天徳内裏歌合」は、計二十番の歌合ですが、十六番以後の五番が「恋」の題で、この歌は十九番左に位置し、勝ち歌となっています。この恋歌はすべて「未逢《いまだあはざる》恋《こひ》」（比較的初期の段階の、まだ契りを交わさない恋）なので、そのように解釈し、鑑賞するのが原作に忠実なのです。すなわち、まだ契りを結んだことはないのだが、逢いたいために相手の薄情さを恨み、自分のつらさをも嘆き恨む。いっそ男女のあい逢うなどということがはじめからなければよいのに……という気持ちです。逢うことを切望する悶々たる情を詠んだものなのです。『拾遺抄』・『拾遺集』の配列を見ても「未逢恋」と思われます。

しかしこの歌は、素直に解釈すると「逢不逢恋《あひてあはざるこひ》」（一度は、あるいはまれには逢ったことがあるのだが、その後はたえて逢えない恋）と受けとることができます。まったく逢わないならそれでよいのだが、一度は逢ったので（あるいはまれには逢ったので）、かえって冷たい相手や、つらいわが身を恨んでしまうのだ……と解せられ、思い入れの深い歌という感じになります。
なお定家の『八代抄』には恋三の「逢不逢恋」歌群の中にあって、そのように解していたと思われ、また室町期以後の注もそれを襲っています。

55 滝の音は絶えて久しくなりぬれど名こそ流れてなほ聞こえけれ　大納言公任

【現代語訳】この滝の音は、絶えてからすっかり長い年月がたってしまったが、その名声は今に流れ伝わって、やはり聞こえわたっていることだ。

【出　典】拾遺集・巻八・雑上（四四九）に「大覚寺に人々あまたまかりたりけるに、ふるき滝をよみ侍りける　右衛門督公任」とあり、初句「滝の糸は」。千載集・巻十七・雑上（一〇三五）に重出、「嵯峨大覚寺にまかりて、これかれ歌よみ侍りけるによみ侍りける　前大納言公任」とあり、初句「滝の音は」。後者が出典であろう。なお公任集には「たきのおとは《いとイ》」。校異は後世のものか。

【作　者】藤原公任。康保三（九六六）～長久二（一〇四一）年。関白太政大臣藤原頼忠の子。正二位権大納言。四条大納言と称せられた。詩歌管絃の道にすぐれ、博学で、有識《ゆうそく》故実にくわしかった。歌人・歌学者としても著名で、指導的地位にあった。家集に『公任集』がある。

公任と同時代の藤原行成の日記『権記《ごんき》』、長保元年（九九九）九月十二日の条に、

早朝與二中将一同車詣二左府一、々々野望、一昨與二左右金吾源三相公并予右中丞一相約有二此事一、各調二餌袋破子一、先到二大覚寺瀧殿栖霞観一、次丞相騎馬、以下従レ之、到二大堰河畔一、式部権大輔依二丞相命一上二和哥一、題云、処々尋二紅葉一、次帰二相府馬場一、読二和哥一、初到二瀧殿一、右金吾詠云、瀧音能、絶弖久成奴礼東、名社流弖、猶聞計礼、

とあります。公任（右金吾）が左大臣藤原道長（左府）の供をして大覚寺滝殿栖霞観に行き、そのあと大堰（井）川に行って詠歌、帰洛して「滝音能絶弖久成奴礼東名社流弖猶聞計礼《たきのおとのたえてひさしくなりぬれどなこそなかれてなほきこえけれ》」と披講したのです。

今でも石組は残っています。公任の時も名前だけで水は落ちていなかったわけです。

滝と「流れ」、音と「聞こえ」という縁語や、初二句の初めに「た」音を、また「なりぬれど名こそ流れてなほ」と「な」音を続けるなど、技巧的な歌といえます。俊成や定家も、歌人としての公任をそう高く評価していなかったようですが、といって『百人一首』に巨匠公任を入れないわけにはいかず、流麗な調べをもったこの歌を選入したのであろう、といわれています（島津忠夫）。

「滝の糸」だと実景的ですが、当時この表現は多く、「滝の音」だと、滝の音が聴覚に響き、そこか

ら「名・流れ・聞え」へと有機的に繋がります。「音」は新しい試みで、俊成も「聴覚的幻想の世界」として千載集に入れた、と評価されています（吉海直人）。定家はこの千載入集という点も重視したのでしょう。

定家は少しぐらい名高くても採る歌のない歌人は落しましたが、巨匠公任と、後に述べる俊成の師基俊の歌は採らないわけにはいかなかったのでしょう。

56 あらざらむこの世のほかの思ひ出《いで》にいまひとたびの逢ふこともがな　和泉式部

【現代語訳】私はまもなく死んでこの世を去るのでしょうが、あの世への思い出として、せめてもう一度逢ってほしいものです。

【出　典】後拾遺集・巻十三・恋三（七六三）に「心地例ならず侍りけるころ、人のもとにつかはしける　和泉式部」とあるのが出典。和泉式部集にも「ここちあしきころ、人に」とあって、病気が重くなり死が身近に迫ったと感じたころ、病床から恋人に贈った歌ということであるが、「人」がだれか、また詠作の時期も明らかでない。

【作　者】生没年未詳。貞元・天元ごろ（九七六〜九ごろ）の生まれか。大江雅致《まさむね》のむすめ。はじめ橘道貞と結婚し、のち冷泉天皇の皇子為尊親王・敦道親王と恋愛関係があり、その没後、中宮彰子（上東門院）につかえ、藤原保昌と結婚した。敦道との恋のいきさつを書いたのが『和泉式部日記』（他作説もある）、家集に『和泉式部集』。

和泉式部は華やかで情熱的な歌風を持つ歌人として著名で、代表作といわれる歌も多い。そういう中にあって、「あらざらむ……」の歌はおとなしやかなものですね。病床においても恋人の訪れを求める、といった、いかにも、恋に終始した、多感な、情熱的な歌人らしさはみえますが、彼女の恋歌の中では、比較的おだやかな作でしょう。現代の目からみるかぎりでは、代表作とはいえないので、おそらく百人一首全体の調子を乱さないで、しかも純な心のみえる歌を、定家はあえて採ったのかもしれません。

西行に、

いかでわれこの世のほかの思ひ出《いで》に風をいとはで花を眺めむ（山家集・一〇八）

という歌があり、定家にも

あらざらむのちのよまでをうらみてもそのおもかげをえこそうとまね（拾遺愚草・八六四）

があり、後者は「六百番歌合」の歌ですし、なお吉海さんも「あらざらむ」歌の影響ある定家の歌を数首挙げておられるように、定家はかなりこのあわれ深い歌に早くから惹かれる所があったようです。

この歌から『百人一首』は六二まで、一条朝を中心とする時期の女性歌人がけんらんと居並びます。

58 有馬山猪名《ゐな》の笹原風吹けばいでそよ人を忘れやはする　大弐三位《だいにのさんみ》

【現代語訳】有馬山の近くの猪名の笹原に風が吹くと、そよそよと音がするが、その、そよという音のように、さあ、それですよ（あなたは私のことを不安だなどとおっしゃるが）、私はどうしてあなたのことを忘れましょうか（忘れはしません）。

【出　典】後拾遺集・巻十二・恋二（七〇九）に「かれがれなる男の、おぼつかなく、などいひたるによめる　大弐三位」とあるのが出典。とだえがちになった男が「あなたの心が気がかりだ」といったのに対して詠んだ歌である。

【作　者】藤原賢子。長保元（九九九）年ころ〜没年未詳。藤原宣孝の子、母は紫式部。上東門院彰子につかえて越後弁と呼ばれ、後冷泉院の乳母となり、従三位典侍。のち大宰大弐高階成章の妻となり、大弐三位・藤三位とも称された。家集は『藤三位集』。

上の句が「そよ」を導き出す序詞、ということは問題ないのですが、どういう効果があるのか。韻律が美しく歌の調べがうるわしくなる、あるいは、寂しい光景から読む人をわびしい心境に引き込む、また相手の男に関わる地であったのか、さまざまに考えられて来たのです。最近、中周子さんの「「有馬山ゐなの笹原」考」（片桐洋一編『王朝文学の本質と変容　韻文編』所収、二〇〇一）という論文が出て次のように述べています。

中さんは、大弐三位の歌を全部検討した結果、まず歌枕詠では先行歌を踏襲する傾向が強く、また先行歌を巧みに利用して歌を作る、と述べています。この歌も、

しなが鳥猪名野を来れば有馬山夕霧立ちぬ宿はなくして
（万葉集・一一四四。異伝歌が元永本古今集に。新古今集にも）

すはへするをざさが原のそよまさに人忘るべきわが心かは（好忠集・五八七）

などを意識し、踏まえたもの。また大弐三位は贈答歌の場合、送って来た歌の言葉をそのまま使って返すことなどに特徴のあることを指摘しています。

以上の考察から、「有馬山」の歌は、先行歌によったばかりでなく、有馬におそらく湯治に行っていた男からの便りに対する返歌であったと想定される、ということです。なお男は、初めの夫であった藤原公信かとも思われる由です。――この論文は大弐三位の歌の傾向をよく調べて、今まで

漠然といわれていたことを明確にした点、すぐれていると思います。
場の中から生れた典型的な王朝和歌といってよいでしょう。

64 朝ぼらけ宇治の川霧たえだえにあらはれわたる瀬々の網代木《あじろぎ》　権中納言定頼

【現代語訳】夜が白々と明けてゆくころ、宇治川にたちこめた川霧が、とぎれとぎれに晴れてきて、しだいに現れてくる川瀬川瀬の網代木よ。

【出　典】千載集・巻六・冬（四二〇）に「宇治にまかりて侍りける時よめる　中納言定頼」とあるのが出典。

【作　者】藤原定頼。長徳元（九九五）〜寛徳二（一〇四五）年。55の歌の作者大納言藤原公任の子。権中納言正二位。和歌に巧みで、家集に『定頼集』がある。書にも巧みであった。小式部内侍をひやかしてやりこめられた話（60）は有名である。

定頼という人は、小式部内侍をからかってやりこめられた、といういささか軽率な男と見られていますが、この歌はいい歌ですね。おそらく定頼自身も、自作ながらいい歌だとは思わなかったのかもしれません。定頼の家集は自撰本と、他撰再稿本の合した本とがあるといわれていますが、この歌は入っていません（後者の本の末尾に入っている本もありますが、それはずっと後に勅撰集からの追補され

た部分です）。

この歌は、宇治川の冬の朝の様子を巧みに表していますね。川霧の細やかな動きの中から宇治川に多い網代（冬、氷魚を捕るのに竹や木を編み、川の瀬に立てたもの）が現れてくる、といった縹渺《ひょうびょう》とした感じで風景をとらえている。これは平安の末の好みなのです。平安末期の私撰集『続詞花集《しょくしかしゅう》』（藤原清輔撰）、次いで勅撰集の『千載集』（俊成撰）に採られている、ということで時代の好尚が分かりますが、新しい傾向を先取りした感のある歌です。

69 あらし吹く三室《みむろ》の山のもみぢ葉は竜田の川の錦なりけり　能因法師

【現代語訳】強い風が吹き散らす三室の山のもみじの葉は、竜田の川に流れ入って、まるで錦のようにに美しいことよ。

【出　典】後拾遺集・巻五・秋下（三六六）に「永承四年内裏の歌合によめる　能因法師」とあるのが出典。

【作　者】永延二（九八八）年～没年未詳。永承五（一〇五〇）年以後まもなく没か。俗名橘永愷《ながやす》。元愷の子。文章生となったが、二十六歳ごろ出家。摂津の国古曽部《こそべ》（いま高槻市）に住む。後進への影響も大きく、十一世紀前半の重要歌人。家集に『能因法師集』、私撰集に『玄々集』、歌学書に『能因歌枕』。

能因はたいへん有名な歌人で、「都をば……」（左に掲出）を都で詠み、白河に下ったふりをして家に引きこもり、帰洛したと称して発表したという挿話（袋草紙ほか）があります。他にも著名な歌があるのになぜ『百人一首』は「あらし吹く」のような歌を採ったのか。三室山、竜田川（共に大和の歌枕）と紅葉との取り合せも、紅葉が錦のようだという見立ても、平凡だ、と近代の評判は芳しくありません。

しかしこの歌は永承四年（一〇四九）十一月内裏で行われた歌合の歌で、四番左歌に置かれ、勝歌となっています。歌合の歌ですから、人目を引くことが必要なのです。一陣の強風によって紅葉が散り乱れ、竜田川が錦で織りなされる、というきらびやかな情景を、一直線に強い調子で詠み下しており、『今鏡』（すべらぎの上）にも言及されていますし、一世紀ぐらい後に藤原範兼が撰んだ『後六々撰』にも代表歌の一首として採られています。

後六々撰　　能因　八首

心あらん人にみせばや津のくにの難波わたりの春のけしきを
世中をおもひ捨ててし身なれども心よわしと花にみえつる
わがやどの梢の夏になる時はいこまの山ぞみえずなり行く
時鳥来なかぬよひのしるからばぬるよも一夜あらましものを

いかならんこよひの雨にとこなつのけさだに露のおもげなりつる
あらし吹くみ室の山のもみぢ葉はたつたの川のにしきなりけり
主なしとこたふる人はなけれども宿のけしきぞいふにまされる
都をば霞とともに出でしかど秋かぜぞ吹くしら川の関

当時かなり評価の高かった歌で、晴の歌を尊重する定家としては、この歌を美しい完結詩として、障子に飾る歌として選んだのだと思います。

70　さびしさに宿を立ち出でてながむればいづくも同じ秋の夕暮　良暹《りょうぜん》法師

【現代語訳】あまりのさびしさに（たえかね）、庵を立ち出てあたりをながめると、どこも同じであるよ、この秋の夕暮れの景色は。

【出　典】後拾遺集・巻四・秋上（三三三）に「題しらず　良暹法師」とあるのが出典。第四句を「いづこ」とするものが流布するのが、百人秀歌や古い写本には「いづく」とあるものが多く、後拾遺集でも「いづく」となっている。

【作　者】生没年未詳。康平末ごろ（七年が一〇六四年）没か。六十七、八歳という。読み方はリョウセンと濁らない説もある。天台宗の僧で、祇園社の別当。洛北大原の里にこもったことあったらしい。私撰集に良暹打聞があったが、現存しない。

この歌は、おそらく十一世紀の後半ぐらいだろうと思いますが、秋の夕暮の寂しい美しさですね。寂寥美を複雑な技巧を使わないで素直に出している歌だろうと思います。

作者は洛外大原に住したことがあったので、その地で詠まれたか、とも想像されますが、はっきりは分かりません。ただこの頃、関白頼通の長期政権下、爛熟した、また閉塞感のある都の世界を一歩離れた所で生まれた歌です。秋の夕暮の寂しい美しさを詠み上げた先駆的な、新しい時代の近いことを予感させる歌として注意されます。

71 夕されば門田の稲葉おとづれて蘆のまろやに秋風ぞ吹く　大納言経信

【現代語訳】夕方になると、家の前の田の稲葉を、そよそよと音をさせて、蘆ぶきのこの田舎家に、秋風がさびしく吹いてくるよ。

【出　典】金葉集・巻三・秋（再奏本一七三、三奏本一六四）に「師賢の朝臣の梅津に人々まかりて、田家秋風といへることをよめる　大納言経信」とあるのが出典。

【作　者】源経信。長和五（一〇一六）～承徳元（一〇九七）年。宇多源氏。道方の子。詩歌管絃にすぐれ、有識《ゆうそく》故実にもくわしかった。正二位大納言。歌壇で重きをなし、たびたび歌合の判者となる。大宰権帥として任地で没した。家集に『経信集』がある。

十一世紀には、貴族は郊外の田園地域に別荘（山荘）をもうけ、山里趣味に耽《ふけ》ることが多くなりました。この歌も、一族の源師賢の梅津（いま右京区。当時は郊外）の別荘で詠まれたものです。題による歌ですが、あたりの情景を踏まえて出された題ですね。「門田」は居館の周辺に広がる直営田で、美田といってよいのでしょう。豊かに黄色く熟れた田が映像として浮んで来ます。第四句までの叙景を、末句の寂しい気分で結び、余情豊かな歌となっています。完結した美しい世界が創り出され、これも新しい傾向の歌といえます。

76 わたの原漕ぎ出でて見れば久方の雲ゐにまがふ沖つ白波

法性寺入道前関白太政大臣《ほつしやうじにふだうさきのくわんぱくだいじやうだいじん》

【現代語訳】大海原に舟を漕ぎ出して見わたすと、雲と見分けのつかぬように立っている沖の白波よ。

【出　典】詞花集・巻十・雑下（三八二）に「新院位におはしましし時、海上遠望といふことをよませ給ひけるによめる　関白前太政大臣」とあるのが出典。

【作　者】藤原忠通。承徳元（一〇九七）～長寛二（一一六四）年。忠実の子。法性寺殿と呼ばれた。

漢詩・和歌・書に巧みで、政治家としても力量があった。摂政・関白・太政大臣、従一位。保元の乱で弟頼長を倒し、氏の長者の地位を回復。晩年は法性寺殿に隠棲。家集に『田多民治集《ただみち》』がある。

保延元年（一一三五）四月崇徳天皇の内裏歌合の歌です。従ってもちろん題詠の歌です。上の句は悠々とした調べ、下の句には青い海、白い波と雲とを配合して大景を叙していますが、気分に縹渺とした所があり、当時の人々に賞賛されたようです。『幽斎抄』は「春水ノ船ハ如シ㆑坐スルガ㆓天上ニ㆒」（杜子美《としび》）、「秋水共ニ㆓長天ト㆒一色」（勝王閣賦《しょうおうかくのふ》）を踏まえ、詩の趣を漂わせている、と指摘しています（島津・吉海）。『今鏡』にも絶賛され、『後葉集』にも入り、『古来風体抄』『八代集秀逸』にも秀歌として掲げられています。風格のある、長《たけ》高き歌として評価されたようです。

---

79 秋風にたなびく雲の絶え間よりもれ出づる月の影のさやけさ　左京大夫《だいぶ》顕輔

【現代語訳】秋風に吹かれてたなびいている雲の切れ間から、もれ出てくる月の光の、何と明るく澄みきっていることであろう。

【出　典】新古今集・巻四・秋上（四一三）に「崇徳院《すとくゐん》に百首の歌たてまつりけるに　左京大夫顕輔」とあるのが出典。久安百首の歌。

【作　者】藤原顕輔。寛治四（一〇九〇）～久寿二（一一五五）年。寛治三年生まれという説もある。藤原顕季《あきすえ》の三男。和歌をよくし、崇徳院（77の歌の作者）から勅撰集撰進の命を受け、仁平元（一一五一）年ごろ、『詞花集』を撰んだ。正三位左京大夫。家集に『顕輔集』がある。

注釈を加える必要のないすっきりした歌。とどこおる所なく、一気に詠み下し、体言で結び、流麗で力があります。雲間からさす月光への讃美で、華やかさの背後にそこはかとない寂しさも感じ

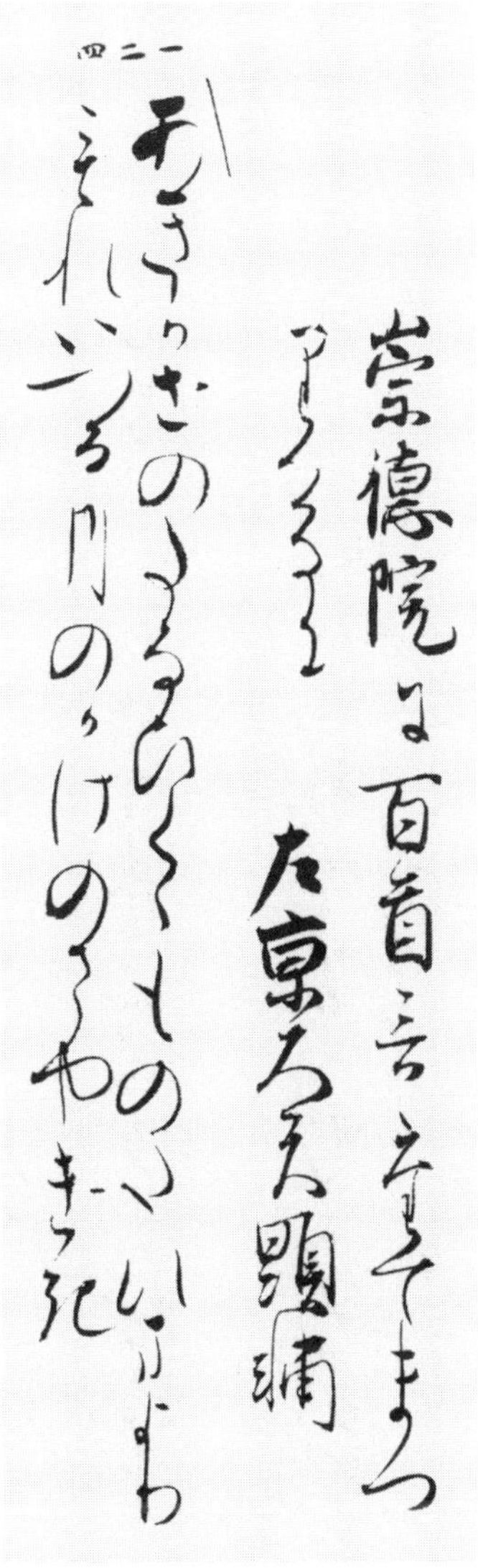

穂久邇本　新古今集。╲は隠岐本で残された印。撰者名注記の一は有家、二は定家、四は雅経。（笠間影印叢刊より転載）

とられないでしょうか。
なおこの歌も「月在《リテ》二浮雲《ノ》浅処《ニ》一明《ラカナリ》」（幽斎抄・後陽成抄）を踏まえ、漢詩の風韻があるといわれています（島津・吉海著）。
作者は六条家二代目、清輔の父。

81 ほととぎす鳴きつる方を眺むればただ有明の月ぞ残れる　後徳大寺左大臣

【現代語訳】ほととぎすが鳴いたほうを眺めると、（その姿は見えず）ただ有明の月だけが残っているよ。

【出　典】千載集・巻三・夏（一六一）に「暁《ニ》聞《ク》二郭公《ほととぎす》一といへる心をよみ侍りける　右大臣」とあるのが出典。

【作　者】藤原実定。保延五（一一三九）～建久二（一一九一）年。祖父の徳大寺左大臣実能と区別して後徳大寺左大臣と呼ばれた。右大臣公能の子。母は藤原俊忠のむすめ。俊成のおい、定家の従兄にあたる。『千載集』の時は右大臣、次いで左大臣に昇る。博学多芸で、蔵書家でもあった。家集は『林下《りんか》集』。

上二句は聴覚の世界で、時鳥を聞きえた一瞬の驚きと喜びを詠み、下の句で視覚的な世界に転じて初夏の夜明けに白々と残る月を提示します。さわやかな、さっぱりとした感じの歌です。

83 世の中よ道こそなけれ思ひ入る山の奥にも鹿ぞ鳴くなる　皇太后宮大夫《だいぶ》俊成

【現代語訳】ああ、世の中というものは逃れる道とてないのだなあ。深く思い込んではいったこの山の奥にも、（つらいことがあってか）鹿が鳴いているよ。

【出　典】千載集・巻十七・雑中（一一五二）に「述懐の百首の歌よみ侍りける時、鹿の歌とてよめる　皇太后宮大夫俊成」とあるのが出典。

【作　者】藤原俊成。永久二（一一一四）～元久元（一二〇四）年。藤原俊忠《としただ》の子。正三位皇太后宮大夫。定家の父。晩年、病により出家、釈阿《しゃくあ》と称した。すぐれた歌境を確立、千載集の撰者となる。歌論書に『古来風体抄』、家集に『長秋詠藻《ちょうしゅうえいそう》』がある。俊成の家を御子左《みこひだり》家という。

中世末期の歌学者細川幽斎が、この歌は、「世の中よ道こそなけれ」というところに「俗難」を受けるといけないと思って千載集に入れなかったが、勅命によって入れた、という話のあることを、北村季吟『八代集抄』が伝えています。つまり、政道の正しく行われぬことに対する批判と解されやすいというのです。真偽のほどはもちろん不明ですが、勅撰集には政治批判の歌は入れないのがルールで、しかも結局この歌を入れたのですから、俊成のこの歌の主題が、そういう意図をもつものではないことは明らかです。自信作として千載集に入れ、定家も八代抄ほか多くの秀歌撰に入れています。

この歌は保延六（一一四〇）年、俊成二十七歳のときに詠じた、いわゆる述懐百首中の一首で、俗世・人生をいとうて山に入る身なのに、その憂さは解かれないものだ、という嘆きを表したものでしょう。「世の中よ道こそなけれ」と二句で切れる深い詠嘆（それゆえ、一首の独立した歌とみるとき、後世、上記のような、政道への慨嘆とみる考えが出るのでしょう）は、王朝時代の終末期における知識人のさびしさをよく示している歌です。

述懐《しゅっかい》（近世以後じゅっかい）歌といわれているものです（84の清輔の歌も同様）。この保延六年には西行が二十三歳で出家しています。なお公卿としては「としなり」、音よみはすぐれた歌人としての称といわれています。

91 きりぎりす鳴くや霜夜のさむしろに衣かたしきひとりかも寝む　後京極摂政前太政大臣

【現代語訳】こおろぎが心細く鳴く、霜の降る夜の床に、衣の片袖だけをしいて、さびしくひとりで寝るのであろうかなあ。

【出　典】新古今集・巻五・秋下（五一八）に「百首の歌奉りし時　摂政太政大臣」とあるのが出

典。「百首の歌」は、正治二（一二〇〇）年初度百首のこと。後鳥羽院が人々から召した百首である。作者の家集『秋篠月清集』にも見える。

【作　者】藤原良経。嘉応元（一一六九）～建永元（一二〇六）年。法性寺入道藤原忠通（76の歌の作者）の孫。関白九条兼実の子。従一位摂政太政大臣。和歌は俊成に師事。新古今集仮名序の筆者。六百番歌合を主催。詩文・書にも長じた。家集に『秋篠月清集』がある。

実に多くの古典に典拠が求められる一首です。詩経の「七月在リレ野ニ、八月在リレ宇ニ、九月在リレ戸ニ、十月蟋蟀入ル二我ガ牀下一ニ」を踏まえていると思われ、本歌と思われるのは、「さむしろに衣かたしき今宵もや我を待つらむ宇治の橋姫」（古今集・巻十四・恋四・六八九）、「あしびきの」（百人一首3）、「さむしろに衣かたしき今宵もや恋しき人にあはでのみ寝む」（伊勢物語・第六十三段）など。独り寝のわびしさをかこつ古歌の恋の情調を基盤に、霜降る晩秋の夜という時間設定、そしてこおろぎの声を配して、孤独のさびしさを表し、同時に恋の面影を感得させようとしています。わびしさの中に艶の気分を込め、複雑な情趣美を形成しているのですが、この一首を見ても、新古今的な美の世界が、いかに複雑な、知的な教養と、伝統美の再構成の上に構築されていたかがうかがわれます。

良経は最高級の貴族として生れ、漢詩文にすぐれ、書にも巧みで、俊成・定家ら御子左家の人々を保護し、後鳥羽院の信任も厚く、和歌史的にも大きな存在であったといえます。

十一世紀の「朝ぼらけ」や「嵐吹く」の歌あたりから十二世紀にかけて、貴族の社交雅語的な和歌（王朝和歌）に対して、自然と向き合った叙景歌、季節の美しさ・寂しさなどを素直に詠う歌が見えて来ます。これらには漢詩の影響もあるといわれています。また王朝の盛時に創られた物語の世界を取り入れて新しい和歌を創る試みも行われて来ました。更に社会の流動化、世相の変化の中から述懐の歌が生れて来ます。これらの行き方は、狭い貴族生活の中での「生活歌」であった王朝和歌の行き詰まりを打開する新しい方向の出現といわれています。そしてこれらの歌は一首で完結した、創作詩的な性格を持っていますが、そのように導いたものに、題詠が詠作の中心になったことが挙げられます。

ほんの少し題詠について申しておきます。

上に述べました71番以後の多くは題詠によるものです。この作歌方式が上記のような和歌の変質を促した所が大きいと思われます。特に長治二年（一一〇五）頃行われた『堀河百首』は組題百首（あらかじめ百の題が設定されていてそれに従って詠む百首）による影響が甚大でありました。

『堀河百首』は、春二十首、夏十五首、秋二十首、冬十五首、恋十首、雑二十首という構成です。念のため、春部と恋部とを掲げます。

春二十首

立春　子日　霞　鶯　若菜

残雪　梅　柳　早蕨　桜
春雨　春駒　帰雁　喚子鳥《よぶこどり》　苗代
菫菜《すみれ》　杜若《かきつばた》　藤　款冬《やまぶき》　三月尽
（中略）
恋十首
初恋　不被知人恋　不遇恋　初逢恋
後朝恋　会不逢恋　旅恋　思
片思　恨

とりわけ季の題は王朝の景物の代表といってよいでしょう。因みに季節の場合は時の推移に従っています。恋部の初めの「初恋」は「はじめのこひ」というのですね。恋のいちばん初期の段階をいうわけです。そして「不被知人恋（人に知られざる恋）」「不遇恋（遇はざる恋）」「初逢恋（初めて逢ふ恋）」「後朝恋（きぬぎぬの恋）」「会不逢恋（会ひて逢はざる恋）」、恋の時間的な推移でずっと並んでいます。そして「旅恋（旅の恋）」「思（思ひ）」「片思（片思い）」、そして最後は「恨（恨み）」です。

組題による詠作は、重要なことなのですね。なぜかといいますと、例えばいまは晩秋とします。

「霞」という題を出されたら、春の気分になって詠まないといけないわけですね。いまは霞がないから私は詠まないとか、そういうことはいってはいけないわけでして、そこで和歌というものにおける虚構的創作が推進されるということになるわけですね。その点は念頭に置いていただきたいと思います。

なおついでに申しますと、百人一首歌では七一以後、七五・八四などを除いて、多くは題詠歌（または定数歌中の歌）です。なお『百人一首』には『堀河百首』の歌は採られていませんが、『百人秀歌』では「春日野の下もえわたる草の上につれなく見ゆる春の淡雪」（国信）が「残雪」の歌です。

百人一首中の恋歌では、六三番位までは（歌合歌はありますが）実際の恋の場面で詠まれたものが中心でした。そして十一世紀中頃の六五番以後の恋歌は、題詠（また歌合、百首歌）によるものが殆どになります。それらを少し読んでみましょう。

65 恨みわびほさぬ袖だにあるものを恋に朽ちなむ名こそ惜しけれ　相模《さがみ》

【現代語訳】あの人のつれないのを恨み、悲しく思って、涙にかわくひまもない袖さえも、こうしてまだ存在しているのに、恋のため流す浮き名できっと朽ちてしまうわが名が惜しいことよ。

【出　典】後拾遺集・巻十四・恋四（八一五）に「永承六年内裏歌合に　相模」とあるのが出典。

もとは永承六年五月五日内裏根合、「恋」。

【作　者】生没年未詳。清和源氏の源頼光の養女。相模守大江公資《きんすけ》（きんより、とも）と結婚して相模と呼ばれたが、のち離婚して祐子内親王（後朱雀天皇皇女）につかえた。十一世紀中ごろの歌壇で指導者的立場にあった。家集に『相模集』。

この歌は「ほさぬ袖だにあるものを」に二つの説があります。一つは、「だに」は軽いほう（袖が朽ちること）をあげて、さらに重い方（名が朽ちること）を類推させる語であるから、袖さえ朽ちてしまうことが口惜しいのに、その上に名も朽ちてしまうのが惜しい、という解。これが通説で「だにあり」の解からは穏当でしょう。

もう一つの解は、涙でぬれて乾かず、朽ちやすい袖さえ、（朽ちないで、ここに）存在するのに、というのですが、『宗祇抄』など古注も多く採っています。つまりこの歌の主想ともいうべき部分は、「恨みわび」「恋に朽ちなむ名こそ惜しけれ」で、恋のためにうわさが立ち、わが名が朽ちてしまうことへの詠嘆が強く、「ほさぬ袖だにあるものを」という語句は、主想の間に挿入された感があります。朽ち果てて消えてしまうわが名に対して、かろうじて存在するものが、涙に濡れてしかも朽ちきれずにいる袖なのです。このように、第二・三句と、第四・五句とを、有《う》・無《む》によって対立させた技巧として見たほうが面白くはないでしょうか。

さらにいえば、主想的部分がかなり観念的であるのに対して、挿入句ともいうべき第二・三句は、袖が存在すると解釈することで、いくらか具象的になります。観念的または抽象的な主想の間に、具象句を挿入して作品のイメージを広がらせるのは、古典和歌によくある手法で、これによって「恨みわび」の歌の場合も、黒髪を乱してうち伏し、袖で顔をおおって嘆く女性の姿が、おぼろげながらも目に浮かんで来ます。古注の解を採用する現行の注釈書も、吉井勇の『新釈百人一首』や、濱口博章氏著などがあり、また『後拾遺和歌集新釈』（犬養廉・平野由紀子ほか）も同じで、この歌を引いて、康和二年源宰相歌合十九番判詞が「ほさぬ袖だにたえてくちざりけるに」と解していることを指摘しています。

この歌は、永承六（一〇五一）年五月五日内裏根合（端午の日に菖蒲の根を人々が持ち寄って、その長短をくらべ、歌を詠みあう競技）歌。

80 長からむ心も知らず黒髪の乱れて今朝は物をこそ思へ　待賢門院堀河

【現代語訳】あなたのお心が末長く変わらないかどうかもわかりません。（別れた）今朝は、私の黒髪が乱れているように、心も千々に乱れて、物思いに沈んでいるのですよ。

【出　典】千載集・巻十三・恋三（八〇二）に「百首の歌奉りける時、恋の心をよめる　待賢門院堀河」とあるのが出典。この百首歌は久安百首。

【作　者】生没年未詳。村上源氏の、神祇伯《じんぎのはく》顕仲《あきなか》のむすめ。はじめ白河院皇女令子内親王につかえて前斎院六条と称せられ、のち待賢門院（藤原公実のむすめで鳥羽院の后、崇徳・後白河院の母）につかえ、女院の出家とともに尼となった。一族に歌人が多い。家集は『堀河集』。

「黒髪の」はこの歌の要であり、生命です。男と別れた朝、うちふして物思いにふける女性の、乱れ、ゆらめく長い黒髪を提示し、それによってわが心の乱れ、物思いを具象化しており、妖艶な歌といえましょう。この歌は『久安百首』の内ですから、恋の実際の場面で詠じたものではないのですが（もちろん追体験や回想ということはあったでしょうが）、しかし恋の、後朝の本意を的確に表出した秀歌です。

86 嘆けとて月やは物を思はするかこち顔なるわが涙かな　西行法師

【現代語訳】嘆け、といって月は私に物思いをさせるのであろうか。いやそうではなく、ほんとうは恋の思いのためであるのに、まるで月のせいであるかのように流れる私の涙であることとよ。

【出　典】千載集・巻十五・恋五（九二九）に「月前恋といへる心をよめる　円位法師」とあるのが出典。山家集には「月に寄する恋」三十七首中の一首として、また晩年の自歌合「御裳濯河《みもすそがは》歌合」（俊成判）にも。

【作　者】元永元（一一一八）～建久元（一一九〇）年。俗名佐藤義清《のりきよ》。左兵衛尉で、鳥羽院北面の武士だったが、保延六（一一四〇）年、二十三歳で出家、俗名円位、また西行と号し、高野・吉野・伊勢などに庵居、河内の弘川寺で没した。家集に『山家集』など、歌論書に弟子蓮阿筆記の『西公談抄』がある。

西行に関しては、和泉式部や能因の歌と同じように、他に多くの有名な歌がありながら、なぜこの歌を『百人一首』に採ったか、という疑問があります。

しかし西行にとっては自信作だから、「御裳濯河歌合」に入れ、俊成も判詞に「心深く姿優なり」と評したのでしょう。俊成はこの歌を『千載集』に入れ、有名な「心なき身にもあはれは知られけり鳴立つ沢の秋の夕暮」は採っていません（新古今に入集）。定家は『八代集秀逸』ほかの秀歌撰に入れ、高く評価しています。

現代では、定家は「心の艶」を感じとっていたのではないか（島津）、この歌の背後に「月やあらぬ春や昔の春ならぬわが身一つはもとの身にして」という『伊勢物語』の恋の悲しみの世界に通うものを感じとっていたか（久保田）、もしそうなら、業平同様に高貴な女性との悲恋が投影されることになり人生史の象徴として再解釈される（吉海）、「花月」の名吟中から、西行的発想ともみられる「月」と結びついた恋歌を定家は選んだ（有吉保『西行』）などの評があります。少々ひねった発想の歌で、「……顔」はくだけた口語的表現であり、非正統的な発想・表現は西行らしく、『山家集』

では月の素材に結びついた恋歌三十七首の中に入っており、この歌群は恋部百三十四首の約四分の一を占め、西行が月と恋との結びつきに特に好尚を持っていたことを示すものとして注目され、その点でもこの歌が西行の代表歌とされた理由の一つとなったか、と考察されています（松野陽一『新編和歌の解釈と鑑賞事典』中の文）。

月を見ていると自然に恋人の面影が浮び、涙がこぼれるが、その恋人は月のように美しく、はるかな存在です。手の届かぬものへの憧れが宗教者である西行には常にあったようです。

85 夜もすがら物思ふころは明けやらぬ閨のひまさへつれなかりけり　俊恵《しゅんゑ》法師

【現代語訳】一晩中、恋人のつれなさを恨んで物思いに沈んでいるこのごろは、なかなか夜が明けてくれない、その寝室の戸のすき間までも（夜明けのひかりがさしこまず）無情に感ぜられることですよ。

【出　典】千載集・巻十二・恋二（七六六）に「恋の歌とてよめる　俊恵法師」とあるのが出典。林葉和歌集・巻五・恋には、歌林苑《かりんえん》で歌合を行い、「又、後のたびの歌合に、恋の心を」とあるから、題詠の歌である。

【作　者】永久元（一一一三）年〜没年未詳。建久二（一一九一）年正月よりやや前に没か。71経信

の孫、74俊頼の子。東大寺の僧であったが、のち京の白河に住み、自房歌林苑におい
てしばしば歌合や歌会を行った。『歌苑抄』などの私撰集も編んだ。家集を『林葉和歌
集』という。

女性の立場で詠んだ歌です。夜の物思いは悲観的になりがちなものです。そういう時は、朝のひかりこそがかろうじて救いでもあるのに、閨の戸のすき間まで、つれなくて白んでこないのです。とりわけ下の句に工夫がこらされており、これが歌の生命とでもいうべき部分といえます。悶々として幾度も寝がえりをうつ女の姿態が暗示され、艶な感じのする歌となっています。

『千載集』『百人秀歌』『百人一首』の古い写本には「明けやらぬ」とあり、江戸初期頃から、上の句をいったん「で」で切る方が自然とみられたらしく、「明けやらで」とするテキストが多くなったようです。

89 玉の緒よ絶えなば絶えねながらへば忍ぶることの弱りもぞする　式子内親王

【現代語訳】わが命よ、絶えるならば絶えてしまえ。このまま生き永らえていたら、こらえしのんでいることが弱くなってしまうといけないから（やがてこの忍ぶ恋が外にあらわれてしまうかもしれないから）。

【出　典】新古今集・巻十一・恋一（一〇三四）に「百首の歌の中に忍恋を　式子内親王」とあるのが出典。

【作　者】久安五年（一一四九）～建仁元（一二〇一）年。後白河院第三皇女。以仁王《もちひとおう》の姉。平治元（一一五九）年から嘉応元（一一六九）年まで賀茂斎院。他に大炊御門《おおいみかど》斎院・萱《かや》斎院といわれた。俊成に師事し、『古来風体抄』を贈られた。新古今集の代表歌人の一人。家集に『式子内親王集』がある。

この歌については、後藤祥子さんが「女流による男歌」（『平安文学論集』一九九二）という論文を書かれて、次のようなことを述べています。かいつまんでお話しするほかはなく、かいつまみすぎだと怒られるかもしれませんが。元来恋の歌というのは、一連の時間的推移によって配列されている場合、その前半の部分というのは、男の歌が多いのです。男はまず女性に対して恋心を発し、そして徐々に女の人に積極的に働きかけて行く、という形で、まず男の歌が中心です。その後半になると、こんどはその男がつれないとか、なかなか会ってくれないというので恋が終わりに向かう。それで、後半の部分になると女の人の歌が多いようです。

忍ぶる恋というのは、例えば40「忍ぶれど色に出でにけりわが恋は物や思ふと人の問ふまで」というような歌を見ても分かるように、だいたい男の歌です。だから、この「玉の緒よ」の歌は、さつき申しました女装をした97定家の反対で、男装した式子である。しかも、男装した恋が、自分の命まで失ってしまう、というふうにせっぱ詰まった場合というのは、従来の物語でいうと、例えば女三宮と柏木の、『源氏物語』の柏木ですね。柏木は結局死んでしまうわけですね。こういうイメージがこの歌の中にあったのではないか。——と私なりに把握してみました。

後藤さんの指摘によると、十二世紀になってから組題で歌が詠まれると、男も女も、女になったり男になったりして詠むわけで、特に、「初めの恋」とか「忍ぶる恋」とかいうものは、だいたい男が詠むものであったのだけれども、組題が発展すればするほど、女もそれを詠む。つまり、女性が男装して詠む恋の歌というのが非常に多くなる。そういう一つの流れというものがあるようなのです。だから、忍ぶる恋の歌は、元来男の歌である。しかし、もう男装している女性の歌が多くなった院政期以後に、そこからイメージとして柏木を思い浮かべ、禁忌の恋に懊悩する男装した式子内親王の歌ではないか——。実に興味深い見解で、今後、本格的な論議が期待されます。

伝記的なことを一言。式子内親王は、非常に有名な人であったのに、生まれた年が分からなかった。ところがいまからちょうど十何年か前に、上横手雅敬というすぐれた歴史学者が、ある文書を見ていたら、嘉応元年すなわち西暦一一六九年に、式子内親王が二十一歳だという記事をみつけて、式子が久安五年（一一四九）生れということが分かりました（陽明叢書『人車記四』解説。昭和62年4月）。このあと兼築信行氏が別の史料でそれを確認しています（「式子内親王の生年と『定家小本』」。『和歌文学研究彙報』3。『定家小本』にも嘉応元年「廿一」とあることによる）。『百人一首』の参考書をお求めになる時、式子の生年が未詳だ、と書かれてあったら古い説だと考えてよいと思います。

さて、和歌ですが、式子の恋の歌はすべて優れているので、恋人がいたのだろう、とする説もあります（定家との恋愛伝説は謡曲「定家」が有名）。実情は全く不明です。そしてこの「玉の緒よ」は百首歌中のものですから、実際の恋の状況の中で創られたものでないことは明らかです。

上に、後藤説を引いて縷述しましたように、式子内親王の恋歌は、彼女の恋の実体験のせんさくは全く必要なく、古典の深い素養によって恋の美の本質（本意）を把握し、すぐれた表現によって形象化されたものとみるべきで、題詠による恋の歌の究極点を示しているといって過言ではないでしょう。

以上、「恨みわび」から「玉の緒よ」まで、また前に記した「音に聞く」「憂かりける」「瀬をはやみ」「難波江の」「来ぬ人を」そして採り上げなかった「思ひわび」「見せばやな」「わが袖は」を含めて（「思ひわび」のように詠作状況の不分明な歌もありますが）すべてといってよいほど題詠による恋歌です。三代集時代も歌合の歌がありますが、恋歌の多くが（「筑波嶺の」「わびぬれば」「名にし負はば」「忘らるる」「浅茅生の」「契りきな」「あはれとも」「君がためをしからざりし」「かくとだに」「明けぬれば」「嘆きつつ」「忘れじの」「あらざらむ」「有馬山」「やすらはで」「今はただ」）恋の状況の中から生れたのと対照的です。

95 おほけなくうき世の民におほふかなわがたつ杣に墨染めの袖　前大僧正慈円

【現代語訳】わが身にすぎてもったいなくも、（法《のり》の師として天下の安らかであることを祈って）この世の民の上におおいかけることであるよ。比叡山に住んで身につけているこの墨染の衣の袖を。

【出　典】千載集・巻十七・雑中（一一三七）に「題しらず　法印《ほふゐん》慈円」とあるのが出典。

【作　者】久寿二（一一五五）〜嘉禄元（一二二五）年。関白忠通の子。兼実の弟。良経の叔父。十一歳で叡山に入り、建久三（一一九二）年、天台座主《ざす》。政変によって生涯に四度座主となった。新古今時代の代表的歌人。おくり名は慈鎮。史論書に『愚管抄《ぐかんしょう》』、家集に『拾玉集《しゅうぎょくしゅう》』がある。

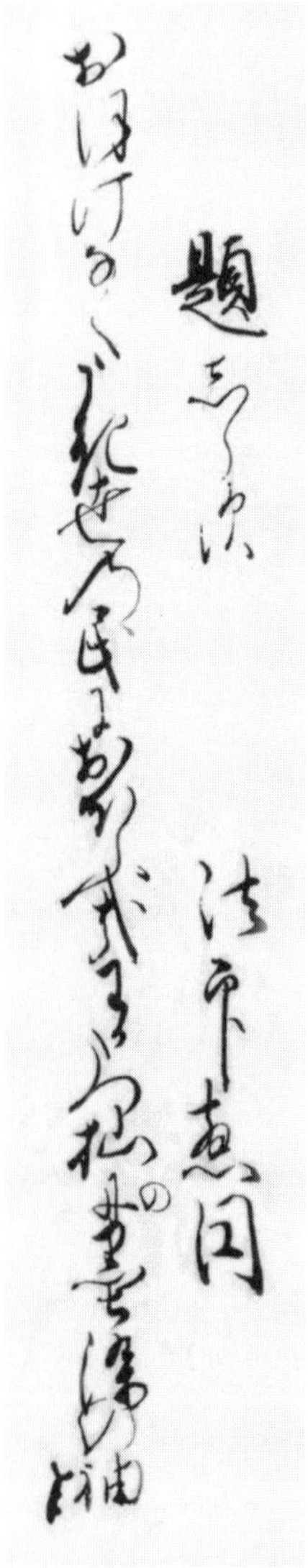

宮内庁書陵部蔵『千載和歌集』（笠間影印叢刊より転載）

「わがたつ杣」という語句は、伝教大師（最澄）が比叡山に根本中堂を建立したときの歌と伝える「阿耨多羅三藐三菩提《あのくたらさんみゃくさんぼだい》の仏たちわがたつ杣《そま》に冥加あらせ給へ」（和漢朗詠集・六〇二、新古今集・巻二十・釈教歌、一九二〇。最上の知恵をもたれる仏たちよ、私の入り立つこの杣山に加護をお垂れください）によって、比叡山（延暦寺）のことをいいます。

『千載集』の完成は、文治四（一一八八）年であり、従ってこの歌はそれ以前の作で、三十三歳の文治三年（一一八七）正月〜四月の作と考えられ、従って「墨染」は「住み染め」（住みついて）の掛詞と見るのがよいといわれています（山本一説を引く島津著書参照）。慈円が最初に天台座主（叡山の寺務を統轄する最高の役）になったのは、建久三（一一九二）年ですから、この歌は、座主としての感慨ではないのですが、すでに叡山は俗界の名門出の僧が座主となることが定まっており、慈円もやがて座主となることの約束された僧でした。源平の乱を目のあたりにして、慈円は国家鎮護の寺に住みはじめたその責務の大なることを痛感したのでしょう。その感慨（仏法の師として国や民を案じ、救おうという決意）を、伝教大師の歌ことばを引き、すなわちその加護の期待をこめて、詠い上げています。一首にみなぎる重々しい気魄は、荘重なうたい出しと、倒置法による強調とによって、いっそう格調を高からしめています。

慈円のような高い地位にいる僧が、その感懐をこのような形で詠み上げる所に意義があります。和歌の重要な性格の一つであります。

99 人もをし人もうらめしあぢきなく世を思ふゆゑに物思ふ身は　後鳥羽院

【現代語訳】人がいとおしく思われ、あるいは人が恨めしくも思われる。面白くないとこの世を思うところから、さまざまな物思いをするこの私は。

【出　典】続後撰集・巻十七・雑中（一二〇二）に「題しらず　後鳥羽院御製」とある。付録の解説に記したように、続後撰集は、定家没後に、その子為家が撰んだものであるから、右の集が出典というのではなく、本来、定家が新勅撰集にいったん採り入れたが、幕府の意向を考慮した九条道家・教実の命によって、切り出した歌の一首ではないかという推測が通説（異見もある）。

後鳥羽院御集に見える歌であるが、それによると、三十三歳の建暦二（一二一二）年十二月、院が定家・家隆ら四人に二十首を詠ませ、自分も二十首を詠じて百首としているが、その内の述懐歌五首の三首目にある歌。

【作　者】治承四（一一八〇）～延応元（一二三九）年。高倉天皇第四皇子。第八十二代天皇。名は尊成《たかひら》。建久九（一一九八）年に譲位して院政を開始。多芸多才、とくに和歌を好み、新古今集を撰ばせた。承久の乱後、隠岐に流され、その地で没。歌論書に『後鳥羽院御口伝《ごくでん》』、家集に『後鳥羽院御集』。

初・二句、（一人の）人間にはよい所もあるし、悪い所もある、という解もありますが、上記の解に従っておきます。

帝王として、治世の君（院政によって世を治める君主）として、（臣下を含めて）世の人々に対する感懐を吐露した述懐歌です。十年後、院は承久の乱に敗れて隠岐に流されます。

定家と院との間には複雑な感情の往復がありましたが、その暗澹たる境遇についての定家の想いが、この述懐歌を撰ばせたのでしょうか。

100　ももしきや古き軒端のしのぶにもなほあまりある昔なりけり　順徳院

【現代語訳】宮中の、古い軒端にはえているしのぶ草を見るにつけても、いくら偲んでも偲びつくせない恋しい昔の御代であることよ。

【出　典】続後撰集・巻十八・雑下（一二〇五）に「題しらず　順徳院御製」とある。これも99後鳥羽院の歌と同じように、おそらく新勅撰集にいったん入れていたのを、定家が切り出し、そして百人一首には採り入れたものであろう、というのが通説（付録の解説参照）。『順徳院御集』によると、建保四（一二一六）年の作。

天皇二十歳の作だが、承久の乱の五年前であり、公武間の緊張がしだいに高まってゆく時期の歌である。

【作　者】建久八（一一九七）～仁治三（一二四二）年。後鳥羽院（99の歌の作者）の第三皇子。第八十四代天皇。名は守成《もりなり》。賢明好学、承元四（一二一〇）年即位。父とともに起した承久の乱後、佐渡に流されてその地で没した。歌を定家に学び、歌学書に『八雲御抄』、家集に『順徳院御集』。

宮中の古い建物、そこに生えるしのぶ草に触発されて起った朝廷の衰微を嘆く情が、王朝の盛時をしのび、追慕する情に転ずるのです。そういう、天皇としての自然の心情を、沈痛な調べで叙しており、政道を正しきにかえようとする意志がこめられている歌といえます。

後鳥羽・順徳という父子の両院は、承久の乱の主戦派で、乱が両院方の敗北に終わった結果、別々に遠島に流されたことは周知の通りです。二首ともに述懐歌で、現在の両院の悲嘆すべき境遇を定家が慮ってのことと思われます。

帝王が世のこと人のことを思う内容の歌を詠むことは当然のことだという意識が、定家を含めて当時あったのです。慈円のような地位の高い僧が民を救うという気持を詠ずるのも同じです。和歌は文芸ですが、同時に政教の道具でもありました。

『百人一首』は巻頭に天智・持統という親子の歌を据えて、往昔は王道の行われていることを示し、それに対して現代における政を嘆ずる帝王の親子の二首を巻軸に置いて閉じたのです。

(4) 長文の詞書を持つ歌

最後に次のような歌を味わってみたいと思います。

『百人一首』の歌を勅撰集に戻してみて、そして勅撰集の長い詞書についている歌です。大まかに、ひらがなにして四十、五十字以上の詞書があるものを抜き出してみました。そうでないのもちょっとありますけども。詞書というのは、『万葉集』では題詞といいますね。『古今集』以後ではだいたい詞書という言葉を使っています。それから現代では題詞ともいわないし詞書ともいわないですね。前書《まえがき》というのだろうと思います。

詞書というのは、簡単に申しますと、作歌事情、作歌の状況を説明しているというふうに考えていいと思います。やかましくいいますと、勅撰集というのは、撰者がいいと思って選んだ歌を、命令を下した天皇もしくは上皇に奉るわけです。したがって、撰者の立場で、この人間はこういう歌を詠みましてございますと、天皇もしくは上皇に向けて申しているというのがたてまえですね。こういう状況の中でこの男は、あるいはこの女性は、こういう歌を詠みましてございますという、その説明が詞書です。もちろん現実問題として撰者は、一般の歌人（読者）たちに向かって書いていることは確かで、この歌はこういう状況のもとで書かれたから、こういうふうに解釈し鑑賞してくださいという、撰者の指示ですね。指示がこの詞書だろうと思います。

そういう長い詞書をもった歌を十首あまり挙げてみました。

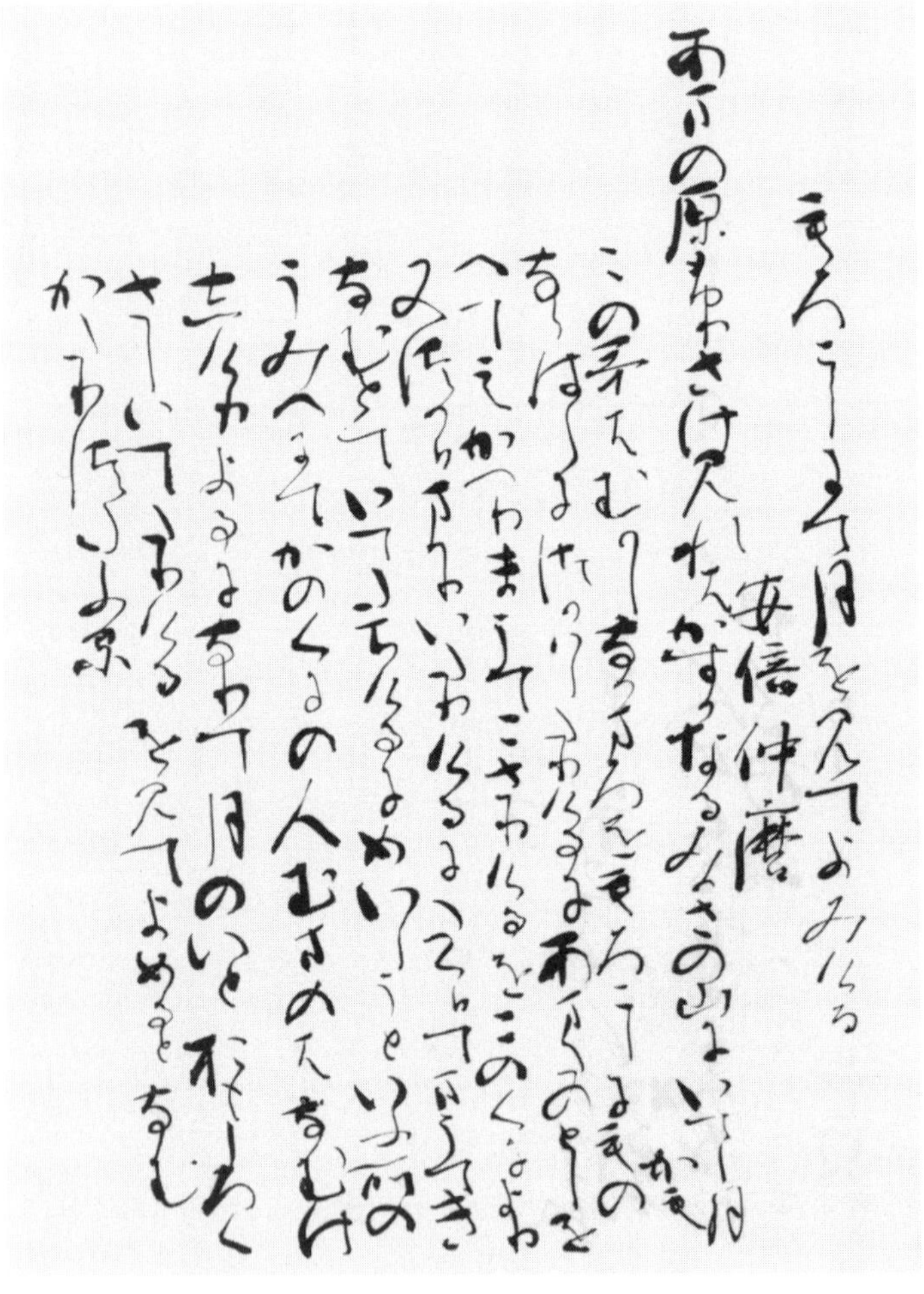

伊達本・古今和歌集（笠間影印叢刊より転載）

最初に出て来ますのは、古今集、巻九・羇旅（四〇九）にある次の歌です。

7 天の原ふりさけ見れば春日なる三笠の山に出でし月かも　安倍仲麿

（現代語訳・出典後掲）

【作　者】大宝元（七〇一）～宝亀元（七七〇）年。奈良時代の遣唐留学生。正しくは阿倍仲麻呂（百人秀歌は「仲丸」）。吉備真備《きびのまきび》らと入唐して玄宗皇帝に仕えた。詩人李白らと親しく、唐名は朝衡《ちょうこう》、文名が高かった。帰国の途中、難破して、唐にもどり、そこで没した。

詞書は短いのですが、左側に長い解説文があるわけです。こういうのを左注といいます。歌集にはときどき出てまいります。この歌についてはこういうような伝えがあります、あるいは詞書にはこう書いたけれども、じつはこういう説もありますというようなことを述べているのが左注ということになると思います。

出典は古今集・巻九・羇旅《きりょ》（四〇六）で、次のような形になっています。

唐土《もろこし》にて月を見て、よみける　　安倍仲麿

あまの原ふりさけ見れば春日なる三笠の山にいでし月かも

この歌は、昔、仲麿を、唐土に物習はしに遣《つか》はしたりけるに、数多の年を経《へ》て、え帰りまうで来《こ》ざりけるを、この国より又使まかり至りけるにたぐひて、まうで来《き》なむとて出《い》で立ちけるに、明州《めいしう》と言ふ所の海辺にて、かの国の人、餞別《むまのはなむけ》しけり。夜になりて、月のいと面白くさし出でたりけるを見てよめる、となむ語り伝ふる

養老元年（七一七）遣唐使に従って唐に学問に行き、三十余年たって天平勝宝五年（七五三。五十六歳）遣唐大使藤原清河に従って帰って来ることになりました。多くの人々が明州（今の寧波《ニンポー》）で中国の人々が餞《はなむけ》の会をしてくれた。夜になって月がおもしろく出てきたのを見て詠んだ、という伝えであるという左注があるわけです。

これは解釈するまでもなく、大空はるかに振りあおぐと、月が出ているわけですね。あの月は、昔若いころ、ふるさとの奈良の春日の三笠の山に出たあの月なのかなという、きわめて簡単な歌ですけど、懐旧の情を込めておおらかな感じで詠んだ歌です。

この歌は、じつは『土佐日記』を見ますと、承平五年（九三五）正月二十日、貫之が土佐守の任を終えて京都へ帰ってくる途中。船で来るわけですね。室戸岬のちょっと手前の室津という所、いま室戸市に入っていますが、その室津で風が吹いたり雨が降ってきたりして、船が進まないいんですね。そういうときにこの歌を引いています。

土佐日記（承平五年正月）

二十日《はつか》の夜の月出でにけり。山の端もなくて、海の中よりぞ出で来る。かう様なるを見てや、昔安倍の仲麿と言ひける人は、唐土《もろこし》に渡りて、帰り来ける時に、舟に乗るべき所にて、かの国の人、馬《むま》のはなむけし別れ惜しみて、かしこの漢詩《からうた》作りなどしける。あかずやありけん、二十日の夜の月出づるまでぞありける。その月は海よりぞ出でける。これを見てぞ、仲麿のぬし、わが国にかかる歌をなん神世より神も詠むたび、今は上中下《かみなかしも》の人も、かう様に別れ惜み、喜びもあり、悲《かな》しびもある時には詠むとて、詠めりける歌、

青海原ふりさけ見れば春日なる　みかさの山に出でし月かも

とぞ詠めりける。かの国人聞き知るまじく思ほえたれども、言のこゝろを男文字に様《さま》を書き出《い》だして、ここの言葉伝へたる人に言ひ知らせければ、心をや聞きえたりけむ、いと思ひの外になん、愛《め》でける。唐土とこの国とは、言異《ことな》るものなれど、月の影は同じことなるべければ、人の心も同じことにやあらん。

なぜ「青海原」となっているのでしょう。

『土佐日記』は貫之が書いたわけですが、『古今集』の撰者は四人いる中の一人が貫之ですね。両方とも貫之が関わっているのになぜ違うのだというのでいろいろな説があるわけですが、『土佐日記』で書いているのは、要するに文字が違っても、こういう歌を翻訳して中国の人に知らせると、それは分かるんだということがいいたかったのだろうと考えられます。またおそらくこれは、海にとまっている船の中から見た海の状況にそろえて、青海原というふうに改めたのだろうとも。貫之の意識的改変か、あるいは状況に合わせて変えたかというのですが、貫之改変説が現在では多いように思われます。

さらに、これは本当に仲麿の歌なのかどうか。ご存知のように船に乗って帰ってきたのですが、途中でまた船が南のほうへ流されてしまって、結局仲麿はまた長安に戻って、そこで命を終えるわけですね。なぜそれが日本へ伝わってきたか、についても説があるわけです。私は旧制中学の一年生が昭和十四年だったんですが、そのときに歴史の先生がこの安倍仲麿の話を長々としまして、最後に「こんなふうに、せっかく勉強しても外国で死んでしまっては、日本のためにならないね」といったのが、非常に印象的な言葉として現在でも覚えています。

この歌を見ますと、「あまの原ふりさけ見れば」というのは、一種の慣用句なんですね。例えば、『万葉集』を見ますと、「あまの原ふりさけ見れば天の川霧たちわたる君は来ぬらし」「あまの原ふりさけ見れば大君の御命は長く天《あめ》たらしたり」、そういうような歌がたくさんあります。それから「春日なる三笠の山に月の船いづ」とか「春日なる三笠の山に月出でぬかも」とか、もうこれも慣用句ですよね。つまり、この歌は、慣用句を二つつなげた歌ですね。考えようによってはすぐできる歌ですね。

したがって、この『古今集』の左注でいうように、伝承歌であったことは、どうも確かだと思います。しかし非常におおらかな感じの単純な歌で、いい歌だと思いますね。ただ本当に仲麿の歌であるかどうか。こういう慣用句をつらねた歌が一首できて、それと、かの地で死んでしまった仲麿との伝説と結び合わさって『古今集』にとられたのではないか、というような考え方があると思います。

貫之の自筆といわれている『土佐日記』を定家は写しているわけですから、もちろん『土佐日記』のことはよく知っていました。言葉の通じない他国の人にまで和歌というものは感銘を与えるんだというその『土佐日記』の文章に、定家は強く共鳴しているところがあったのではないかなあ、という気がします。

俊成とか定家には、一種のエキゾチシズムというんですか、ロマンチシズムがあるわけで、そういう点からもこの歌に、非常に共鳴し、共感したところがあったのではないかという、そんな感じがいたします。

11 わたの原八十島《やそしま》かけて漕ぎ出でぬと人には告げよ海人の釣舟　参議篁《たかむら》

【現代語訳】（流されて行くために）海原の多くの島々をめざして舟を漕ぎ出したのだと、都にいる人に告げておくれ、漁夫の釣舟よ。

【出　典】古今集・巻九・羇旅（四〇七）に「隠岐国に流されける時に、船に乗りて出でたつとて都なる人のもとに遣はしける　小野篁朝臣」とあるのが出典。

【作　者】小野篁。延暦二十一（八〇二）～仁寿二（八五二）年。小野岑守の子。遣唐副使となったが、承和五（八三八）年、大使の藤原常嗣と争って流罪。翌々年に許されて帰京。参議、従三位に昇った。漢詩文・和歌にすぐれ、六歌仙時代よりすこし前の、注目すべき歌人である。

遣唐使はふつう四隻の帆船で渡航しました。造船技術や航海術は幼稚で、気象観測なども発達していなかったから、無事に往復することはきわめて少なく、航路が危険なので任命されても、多くの人はなにかと理由をいいたてて、なかなか出発しませんでした。篁の場合も、承和元（八三四）年に任命されながら、出帆がおくれるうちに大使藤原常嗣の船が破損したために、常嗣は副使篁の船ととりかえてしまったので篁は「西道謡《さいどうのうた》」という詩を作り、遣唐使のことを風刺したので、嵯峨天皇の怒りにふれ、承和五年十二月、隠岐の島に流されたのですが、そのときの歌です。

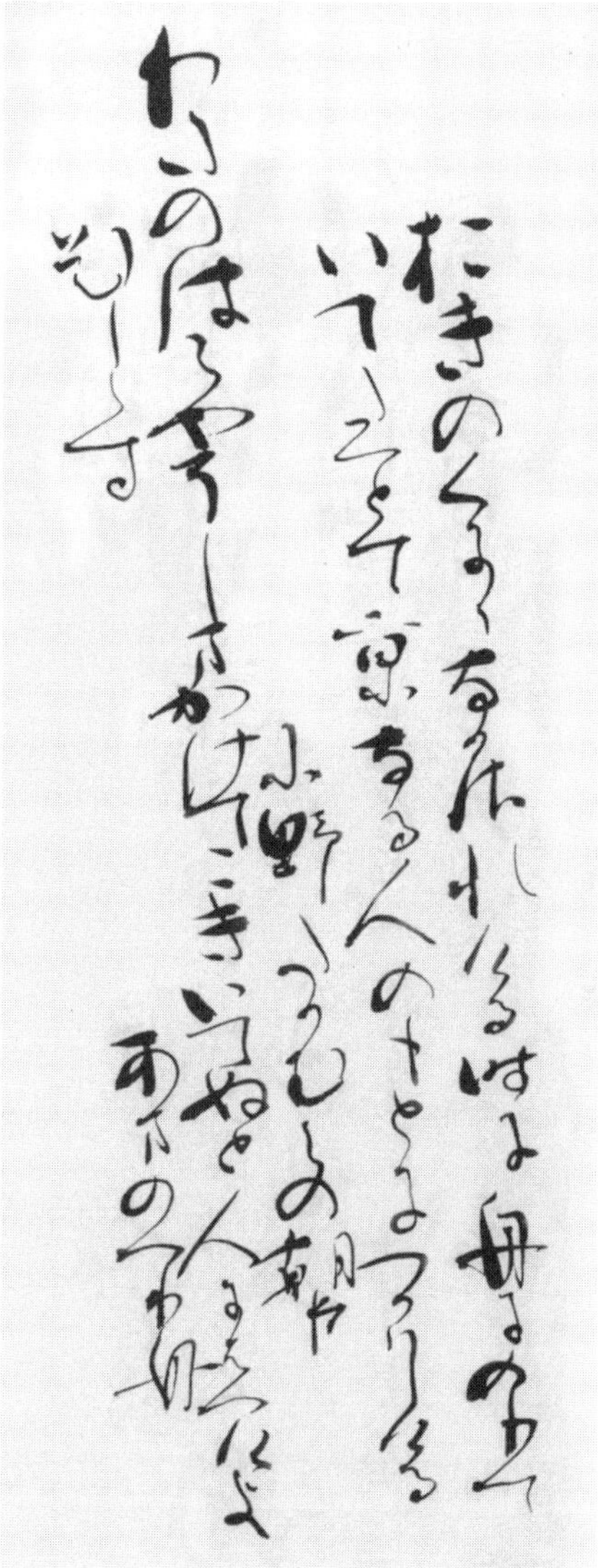
伊達本・古今和歌集（笠間影印叢刊より転載）

隠岐に流される時、どこから出航し、どのコースを通ったのだろう、という問題があります。主な説が二つありまして、一つは難波の津から、つまり大阪から瀬戸内海を通って、下関のあたりをぐるっと回って日本海に出て隠岐島に行ったというのが、通説であったようです。そうしますと、「八十島かけて」というのは、瀬戸内海の多くの島々ということになりますね。

もう一つの説は、山陽道もしくは山陰道を経て、境港の北の千酌《ちくみ》から日本海を、隠岐島を目ざして行ったという、前からあった考え方ですが、あらためて川村晃生さんからそういう説が出されています（「「八十島かけて」考」三田国文8、研究集成）。そうすると「八十島かけて」というのは、隠岐島は二百近い群島から成り立っていますが、そういうのを指しているのか、というようなことになるのだろうと思いますが、いまのところ、両説を紹介するに止めておきます。

この『百人一首』は、承久の乱の後に撰ばれていますから、おそらく後鳥羽院が隠岐島に流されたコースというのを、定家はもしかしたら頭に入れて、後鳥羽院への思いと重ねて選んだのではないかというのも川村さんの説だと思います。

配流されて行く悲しみ、孤独感、その情を主観的な言葉を表面に出さないで詠い上げた所に、却って哀切な感じが強められています。

この歌は、『新撰和歌』とか『和漢朗詠集』とかいろんなものにとられていますから、小野篁という人に対する大きな関心が平安時代の人にはあったわけですね。いろいろな逸話があっておもしろい学者ですね。あまりにも学者として優れていたので、死んだ後、閻魔大王の忠実な官僚になったという伝説があります。京都の六波羅に六道珍皇寺というお寺がありますが、あのお寺に古い井戸があって、その井戸をくぐっていくとあの世に行ける、篁はしょっちゅうそれを往復していたのだというような伝説があって、篁の才能というものは、平安時代の人々にとっては、非常に魅力的でもあったのでしょう。

この二つの「あまの原」の歌、それから「わたの原」の歌。詞書を全部取り払ってしまって、私が説明申しましたことを消してしまって、この歌だけ虚心坦懐に読んだときに、どういう解釈ができるかという問題が当然起ってくるわけです。これは両方とも何とか解釈はできますね。しかしその背景をなした物語・伝説のふくらみの多い世界は、歌だけでは分からない、というのが率直な感想だと思います。その点を一応御留意下さい。

35 人はいさ心も知らずふるさとは花ぞ昔の香ににほひける

紀貫之

【現代語訳】人の心は変わりやすいものだから、あなたのお気持ちは、さあどうかわからない。けれど、昔なじみのこの里は、梅の花だけは昔のままのなつかしい香で咲きにおっていることよ。

【出　典】古今集・巻一・春上（四二）が出典。詞書後掲。貫之集にも。

伊達本・古今和歌集（笠間影印叢刊より転載）

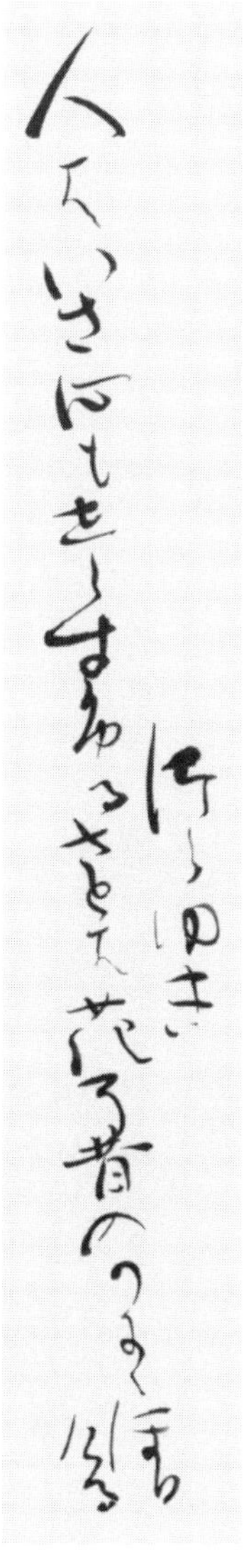

【作　者】貞観十（八六八）年ごろ～天慶八（九四五）または九年。古今集の中心的撰者で、その仮名序も書いた。新撰和歌集の撰者、土佐日記の作者。官位は従五位上木工権頭《もくごんのかみ》にすぎなかったが、古今集時代の代表的歌人であり、仮名文学の先駆者である。

『古今集』の詞書、貫之集の詞書ならびに宿のあるじとの贈答歌を掲げます。

初瀬《はつせ》に詣《まう》づるごとに宿りける人の家に、久しく宿らで、程経《ほどへ》て後に至れりければ、かの家の主《あるじ》、かく定かになむ宿りはあると、言ひ出だして侍りければ、そこに立てりける梅《むめ》の花を折りて、よめる

貫之集第九

むかしはせにまうづとてやどりしたりし人の、久しうよらでいきたりければ、たまさかになむ人の家はあるといひ出したりしかば、そこなりしむめの花をりているとて

人はいさ心もしらず故郷の花ぞむかしのかににほひける（八一四）

返し

花だにもおなじ心に咲くものをうゑたる人の心しらなん（八一五）

当時、初瀬寺（今は長谷寺《はせ》といいます。奈良県桜井市）へは、貴族はしょっちゅうお参りに行っていたのですが、旅籠とか、ホテルはもちろんないわけでして、知り合いの坊とかいろんな所があるわけですね。そういうところへ泊まっていた。だけど久しく行かないで、久しぶりに行ったら、その宿の主が「こんなふうにちゃんと宿がありますのに」といったというのですね。そこであやまって了っては話は終わりなので、「あなたはそうおっしゃるけれど人の心はどうでしょうか。自然だけは変わりませんけれどね」と逆襲します。馴れ合った親しい者同士だけが持つ機知に富んだ応酬でしょう。

さて、詞書の中に「かく定かになむ宿りはあると、言ひ出だして侍ければ」というふうにあります。『貫之集』のほうもだいたいそうなんですが、この「言ひ出だす」というのは、中から外に向かって言い出すので、要するに。つまり御簾などの中から言い出して来ることで、これは女性（女主人）であろうといわれています（片桐洋一『古今和歌集全評釈』）。その方が面白いかもしれません。華やかになりまして。

また、上では初瀬の坊を宿りとして……と記しましたが、「ふるさと」は当時、旧都奈良をさすので、これも初瀬に行く途次の奈良の中宿りをさすという説もあります（吉海直人著。渡辺輝道説を引く島津忠夫著）。

この歌は、常識的な答えをしないで、相手の皮肉に対してやり返すという、そのおもしろさということになるのだろうと思うのです。しかし、当時のある程度教養のある人が読むと、「年年歳歳

花相似たり　歳歳年年人同じからず」（唐の劉廷之《りゅうていし》）という詩をすぐ思い出したのではないか。詞書を離れてこの歌だけを読んだ場合には、この詩を思い出して、悠久な自然と、短い、はかない人間の営みの対比ということが浮かんでくると思います。そういう意味でこの歌は、詞書を離れて解釈できる歌、味わえる歌ということになるのではないかと思います。

往年、ある大学の帰りに、近代文学の偉い先生と私の友達と三人でよく新宿までタクシーで来て、その先生は甘いものがお好きで、喫茶店に入ってコーヒーをご馳走になったときに、「君は和歌が専門だそうだけど、私はこのごろつくづく『ひとはいさ』の歌はいい歌だなあと思うよ」とおっしゃったのですね。私が四十代で、その先生は七十近かったと思うんです。私は、そんなにいい歌かなあとそのころ思っていたのですけれども、このごろその先生のお歳と同じぐらいになりますと、やっぱりあの先生のおっしゃったとおりで、多分、上に述べたように先生は受けとめたのだろうなあ、きっとこの詞書のやり取りなどは無視してこの歌を味わっていたのだろうと、そんな感じがいたします。そういう性格が『百人一首』の歌の中にはあるということをちょっと申し上げておきたいと思います。

53　嘆きつつひとり寝《ぬ》る夜の明くる間はいかに久しきものとかは知る　右大将道綱母

【現代語訳】嘆き嘆きして、ひとりで寝る夜の明けるまでの間は、どんなに長いものであるか、ごぞんじですか（ごぞんじないでしょうね）。

【出　典】拾遺集・巻十四・恋四（九一二）に「入道摂政まかりたりけるに、門を遅くあけければ、立ちわづらひぬといひ入れて侍りければ　右大将道綱母」とあるのが出典。蜻蛉日記にも。

【作　者】承平七（九三七）ごろ～長徳元（九九五）年ごろ。陸奥守藤原倫寧《ともやす》のむすめで、天暦八（九五四）年、藤原兼家と結婚し、翌年道綱を生んだ。本朝三美人の一人とされるほど美人であったと伝えられる。歌にもすぐれ、家集に『道綱母集』、日記に有名な『蜻蛉日記』がある。

平安時代の女性の文学は、小野小町（古今集にみえる十七、八首の歌）から始まり、伊勢（家集の冒頭にみえる三十首の連続した歌）など、歌による女の愛の嘆きを経て、蜻蛉日記などに見るような散文へと転じて行くことがいわれています。

この歌は『蜻蛉日記』によりますと、天暦八年兼家と結婚し、道綱が生れますが、町の小路の女に通い出した兼家に対して怒りが爆発します。

『蜻蛉日記』の文章を全部引けばよいのですが、長くなりますから、短く引用しておきます。

（作者のもとに兼家は来たが、夕方出て行ったので人に後をつけさせると町の小路の女のもとに泊まったので）さればよと、いみじう心うしと思へども、いはむやうも知らであるほどに、二、三日ばかりありて暁方に門《かど》をたたくときあり。さなめりと思ふにうくてあけさせねば、例の家とおぼしき所にものしたり。つとめて、なほもあらじと思ひて

としてこの歌があります。二、三日して、暁がたに門を叩いた。あ、テキが来たなという感じがしたのですね。だけど開けさせなかった。しようがないから、兼家は、またその女性のもとへ行ったのでしょうね。道綱母は、放っておくわけにもいかない。それで「嘆きつつ」の歌を贈った。『拾遺集』は、それをいちばん肝心なところだけ詞書にしているわけです。「門を遅く開けければ」というこの詞書の文章、これはちょっと注意しておいてください。門を遅く開けたのではないのです。遅く＋動詞というのは、そのときが来てもそうしなかったという意味なのですね（坂本信男君の論文が『立教大学日本文学』49にあります）。開けるべきなのに開けなかった。それがこの文章の正確な解釈になるわけです。『蜻蛉日記』によれば、この歌を、枯れそうになった菊と一緒に送ったというのだから、これまたなかなか意味深長なんですよね。そうしたら、兼家から返事が来て、「げにやげに冬の夜ならぬまきの戸もおそくあくるはわびしかりけり」。しようがないから詠んだのでしょうね。

この歌は、状況と相俟って読むと切実な感情が込められているのが知られて面白いのですが、単独に歌だけ読んだらどうでしょうか。これは中国の詩によく出てくる閨怨詩（女性が独り寝の寂しさ

を嘆く詩）としてみられるのではないでしょうか。

物語的な背景が分かって面白く、分からなくても閨怨の姿が浮び上ってくる歌であり、いい歌だと思います。定家の好む所でもあったのでしょう。

57 めぐり逢ひて見しやそれともわかぬ間に雲隠れにし夜半の月かげ　紫式部

出典は後掲。（末句、普通は「夜半の月かな」だが、「夜半の月かげ」が原型と推定）

【現代語訳】めぐりめぐって逢って、見たのはそれ（月）であったかどうかもわからない間に、早くも雲に隠れてしまった夜半の月の光よ。――久しぶりにめぐり逢って、その方（幼な友達）であったかどうかもわからない間に、（月のように）あわただしく姿をお隠しになったあなたですよ。

【作　者】天禄元（九七〇）ごろ～長和五（一〇一六）年ごろ。27の歌の作者藤原兼輔の子孫で、越前守藤原為時のむすめ。藤原宣孝と結婚し、大弐三位（58の歌の作者）を産んだ。夫の死後、中宮彰子につかえた。源氏物語の作者、『紫式部日記』の筆者。家集は『紫式部集』。

まず出典関係の集を掲げておきます。

新古今集・巻十六・雑上（一四九九）

早くよりわらは友だちに侍りける人の、年ごろ経てゆきあひたる、ほのかにて、七月十日のころ、月にきほひて帰り侍りければ　紫式部

めぐり逢ひて見しやそれともわかぬまに雲隠れにしよはの月かげ

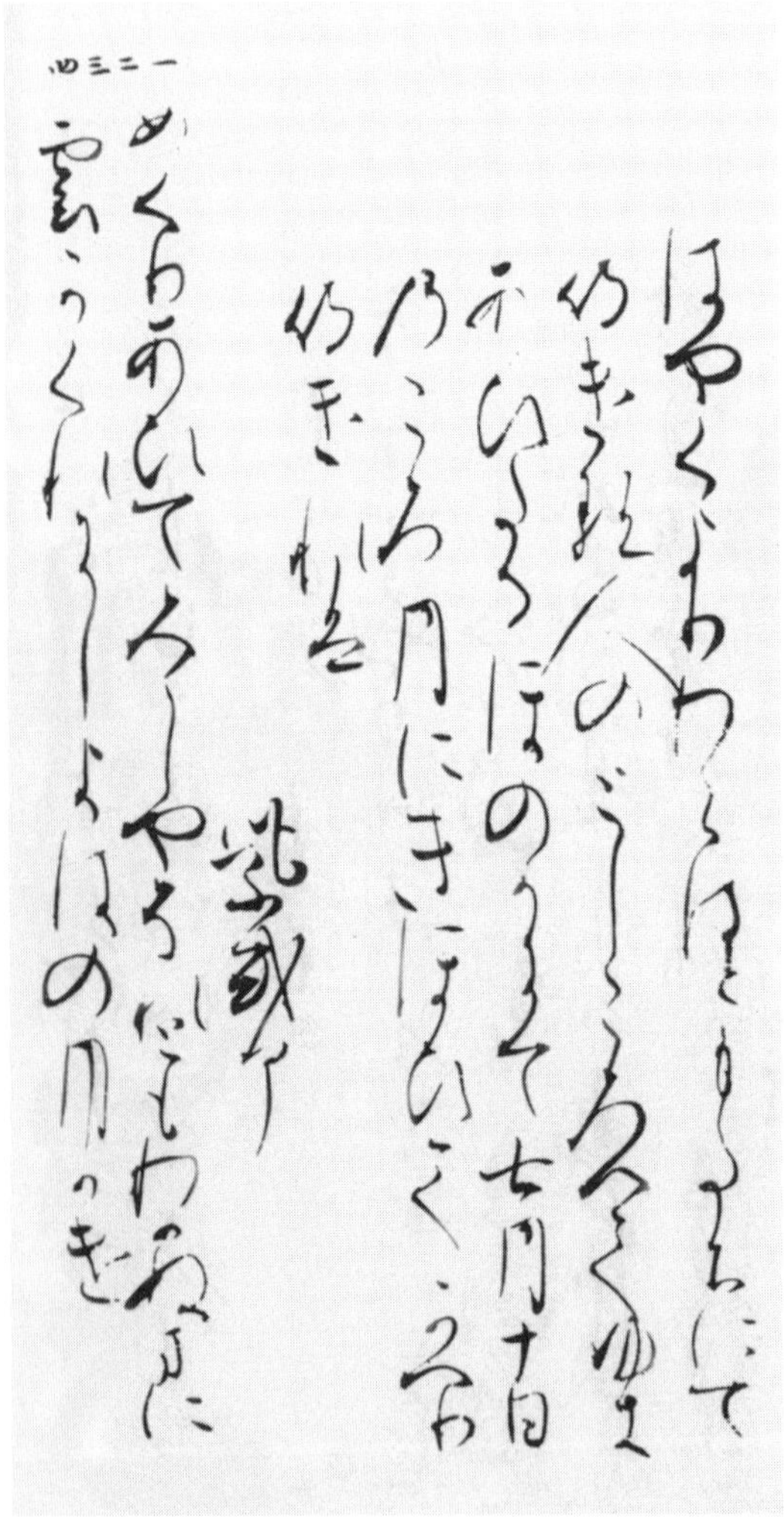

穂久邇文庫蔵　新古今和歌集（笠間影印叢刊より転載）

千載集・巻七・離別（四七八）

とほき所へまかりける人のまうできてあか月かへりけるに、九月つくる日、むしのねも
あはれなりければよめる　　紫式部

なきよわるまがきの虫もとめがたき秋のわかれやかなしかるらん

紫式部集（実践女子大学本）

はやうよりわらはともだちなりし人に、としごろへてゆきあひたるが、ほのかにて、十
月十日のほど、月にきほひてかへりにければ

めぐりあひて見しやそれともわかぬまにくもがくれにし夜はの月かげ

（一行空白）

その人とほきところへいくなりけり、あきのはつる日きたるあかつき、むしのこゑあは
れなり

なきよわるまがきのむしもとめがたきあきのわかれやかなしかるらむ

この歌は『紫式部集』の巻頭の歌で、『新古今集』に、次の歌が『千載集』に採られています。「めぐりあひて」の歌は、幼友達とばったり巡り会って、そして友達は十日ごろの月と一緒に帰っていった。十日の月というのは、早く出てきて、夜中にはもう西へ隠れてしまいます。巡り会って

見たのがその月であるかどうか分からないあいだに、雲隠れしてしまった夜半の月であるよ、――その月が、久しぶりで会った幼友達を比喩しているわけですね。巡り会って見たのが、あなたかどうか分からないあいだに、帰ってしまった、というのですが、おそらく紫式部は中流貴族の娘、受領の娘ですから、同じぐらいの階層の幼友達でしょうか、もう結婚していたのかもしれませんね。その友は、父親かもしれませんし、あるいは夫かもしれませんが、共に任地へ下って、久しぶりで帰ってきたらばったり会った。女性同士でゆっくり話をしたくても出来ないで、夜半にあわただしく彼女は帰って行った、というのですね。

出典関係資料を御覧になるとお分かりのように、勅撰集と『紫式部集』（家集）とでは月が違います。家集の二番の歌が先に『千載集』に入ります。これは家集で「秋果つる日」とあるのを、『千載集』の撰者が暦月の数え方（七・八・九月を秋とする）によって九月尽日としたらしいのです。従って家集の一番歌「めぐりあひて」を『新古今集』では（『千載集』の詞書を受けて）「十月」を秋の七月としてしまったのではないか、と推測されています。

季節の数え方はもう一つあります。秋は立秋から立冬の前日まで、という数え方です。家集一番の詞書「十月十日のほど」が、「秋果つる日」となります（この数え方ですと、秋が十月に入り込むことがよくあります）。家集によると、（一番歌と二番歌を一連のものと見た場合）一、二番歌とも秋の終わりの詠となり、私はいちおうこれを尊重しています（なお家集一、二の間に空白があるのは一連のものではないという見方もあります）。勅撰集と家集との矛盾の解明は困難ですが、資料としては家集を尊重して、今後考究する要があるでしょう。この問題については次の論があります。

田中新一『平安朝文学に見る二元的四季観』（平成二年以前の論文も掲出されています）

工藤重矩「紫式部集一・二番歌について」（福岡教育大学紀要47）

徳原茂実「紫式部集巻頭二首の詠作事情」

（『古代中世和歌文学の研究』藤岡忠美先生喜寿記念論文刊行会編）

単独でこの歌を読んだら、やはり月を惜しむ歌としか解せないのではないでしょうか。眼光紙背に徹しても幼友達との別れを惜しむ所までは読み取れないと思います。詞書によって物語的背景を持った歌として生きて来ます。

60 大江山いく野の道の遠ければまだふみもみず天の橋立　小式部内侍

【現代語訳】大江山を越えて行き、生野を通って行く道が遠いので、まだ丹後の天の橋立は踏んでみたこともなく、丹後の母からの文も見ていません。

【出　典】金葉集・巻九・雑上（金葉集は再奏本が流布し、それでは、五五〇、精撰された三奏本では五四三。以下、詞書は再奏本〈二度本ともいう〉による）に「和泉式部、保昌《やすまさ》に具して丹後国に侍りけるころ、都に歌合のありけるに、小式部内侍歌よみにとられて侍りけるを、中納言定頼つぼねのかたにまうできて、歌はいかがせさせ給ふ、丹後へ人はつかはしけむや、使はまうでこずや、いかに心もとなくおぼすらむ、などたはぶれて立ちけるをひきとどめてよめる　小式部内侍」とあるのが出典。

【作　者】生没年未詳〜万寿二（一〇二五）年。父は橘道貞、母は和泉式部。母とともに上東門院彰子につかえ、母に対して小式部と呼ばれた。藤原教通《のりみち》に愛されて、静円《じょうえん》らの子を産み、のち藤原公成《きんなり》の子を産んで没。二十八歳前後。なお、二、三の廷臣とも恋愛関係があった。

和泉式部が、夫の藤原保昌と共に丹後に下った頃、都に歌合があり、小式部内侍がその作者に選ばれた。64定頼（「あさぼらけ宇治の……」の作者）が、小式部内侍の局《つぼね》（賜わっている個室）にやって来て、今度の歌合の歌はどうしました。あなたは丹後へ使いを遣わして、お母さんに代作してもらうように使いを出したのですか。使いは帰ってきましたか。ずいぶん心配でしょうね」などとたわぶれて立ったのを引きとどめて詠んだ、それに対してすぐ「大江山」の歌で応じたわけです。この大江山はいろいろな説がありますが、酒呑童子の大江山ではなくて、京都の西の老の坂、いまは大枝と書きますけども、京の西の丹後のほうへ出る道。そこを行って生野（丹波）を通って最後は天の橋立に行くという。「いく」と「ふみ」という掛詞を二つ使って、とっさに詠んだ歌ですね。当意即妙という言葉がありますが、そういう歌です。

萩谷朴氏の『平安朝歌合大成』（三）によると、はっきりとは分からないが、として〔寛仁末・

治安頃〕或所歌合という項を立てています。ほぼ一〇二〇年頃ということでしょうか。小式部内侍は一〇二五年に若くして死んでいますから晩年の歌ですね。萩谷さんは、和泉式部が夫と共に丹後に下るに際して

大輔の命婦にとまる人よく教へよとて
別れゆく心を思へわが身をも人の上をも知る人ぞ知る（和泉式部集、四五九）

と詠んで、京に残る娘を心にかけていた事実があり、また定頼は、和泉式部が丹後下向に際して「行きやせせましいかがせまし」と迷っているのを

行き行かず聞かまほしきをいづ方にふみ定むらん足のうら山（定頼集・七二）

とからっているが、これらをからみあわせて虚構した架空の説話かもしれない、としています。『金葉集』の撰者源俊頼は、その歌論書『俊頼髄脳』で、「大江山」の歌について金葉集の詞書に近い文章を記し、次のように結んでいます。

……内侍、御簾《みす》よりなから出《い》でて、わづかに、（定頼の）直衣《なほし》の袖《そで》をひかへて、この歌を詠みか

けければ、いかにかかるやうはある〈どうしてこんな様《さま》になったのか〉とて、つい居て、この歌の返しせむとて、しばしば思ひけれど、え思ひ得ざりければ、ひきはり〈袖を引き払って〉逃げにけり。これを思へば、心疾《と》く詠めるもめでたし。

『俊頼髄脳』は天永二年（一一一一）～永久二年（一一一五）の間に成立したか、とされています。『金葉集』成立の十五年ほど前です。

この文章は既に説話化されているようです。多分、小式部内侍が何らかの才を働かしたことがあってこの歌が出来た、それが次第に面白い話に成長して行く。一〇二〇年から九十年ほどたつ間に説話化されたということでしょうか。俊頼はその興味で『金葉集』に入れ、しかし勅撰集だから勅撰集らしい詞書に仕立てた、というのではないでしょうか。

当意即妙の歌ですが、それは詞書と一体になって面白さが知られる歌であることは申すまでもありません。

61 いにしへの奈良の都の八重桜けふ九重ににほひぬるかな　伊勢大輔

〔現代語訳は後掲〕

【出　典】詞花集・巻一・春（二九）に「一条院の御時、奈良の八重桜を人の奉りけるを、その折、御前に侍りければ、その花を題にて歌よめとおほせごとありければ　伊勢大輔」とあるのが出典。金葉集（三奏本）・巻一・春（五八）にも。

【作　者】生没年未詳。十世紀の末から十一世紀にかけての女性歌人。大中臣輔親《おおなかとみのすけちか》のむすめ。能《よし》宣《のぶ》の孫。上東門院彰子につかえた女房。和泉式部・紫式部らと親交があった。高階成順《たけしなのなりのぶ》と結婚し、康資王母《やすすけおうのはは》らを産む。七十余歳で没。家集に『伊勢大輔集』がある。大輔はオオスケともタユウともよむ。

伊勢大輔というのは、和歌の名門の娘で、有名な人です。一条院の皇后である道長の娘の彰子に仕えた。寛弘四年（一〇〇七。またその前年頃）出仕したばかりの春、奈良の八重桜が奉られてきた。八重桜は奈良の名産だといわれていますね。ちょうどその折、御前に侍っていたので、その花を受け取った。そして歌を詠めということでこの歌を詠みました。「いにしへの奈良のみやこの八重桜」、昔のあの奈良の都の八重桜が、きょう九重、この平安の宮廷に美しく輝いていますよという歌です。「いにしへの奈良」と「けふ九重」、九重は平安京宮廷です。八重桜といったから宮中のことを九重というふうに配置させる。非常に見事な歌だと思います。

ところで、その家集『伊勢大輔集』（類従本＝一類本）には次のようにあります。

女院（上東門院）の中宮と申しける時、内におはしましししに、奈良から僧都のやへ櫻を参らせたるに、今年のとりいれ人は今参りぞとて、紫式部のゆづりしに入道《（道長）》殿きかせたまひて、たゞにはとりいれぬ物を、とおほせられしかば

古へのならの都の八重櫻けふこゝのへに匂ひぬるかな

とのの御まへ殿上にとりいださせたまひて、かんだちめ君達ひきつれて、よろこびにおはしたりしに、院の御返し

こゝのへに匂ふをみれば櫻がりかさねてきたる春かとぞ思ふ

上東門院彰子が中宮と申しましたとき、内裏にいらっしゃったところ、奈良から僧都が八重桜を献上した。そうしたら、それを受け取る係りは、今年の新参の女房だといって紫式部がそれを受け取るべきところを、伊勢大輔に譲ったという。そうしたらそこにいた入道殿道長が、お聞きになって、ただで取り入れてはいかんぞとおっしゃったので、この歌を詠んだ、というのです。

これは、この歌集によると、明らかに道長と紫式部が示し合わせて、新参の女房である伊勢大輔の才能をテストしているんですね。なかなかいじわるな女性ですね、紫式部というのは。その推測を話しましたら、私の先輩のある『源氏』の学者がたいへんお怒りになりまして、紫式部というのはそんないじわるな女性ではないと。しかしやはり道長の意を受けてテストを試みていると見るのが自然でしょうね。それが立場上当然だと思います。

この歌は詞書による状況説明がなくても一応の意味は通じます。でもやはり詞書によって広い世

界を透視できることのよさを痛感します。とりわけ家集の詞書がいいですね。

この歌における私家集の問題について後藤祥子さんの「家集の虚構の問題」（『王朝女流文学の新展望』所収）があります。

前の「大江山」の歌にしてもこの「いにしへの」の歌にしても、こういう雰囲気に合った歌、折に合った歌というのが、この時代のいちばんいい歌なのですね。王朝和歌の典型だろうという気がします。おまえが新参の女房だから、八重桜を受け取るのですよ、といわれて、「いや、もう私なんか、とても」なんて遠慮して場をしらけさせてはだめなので、その折に合わせてすぐ詠む歌というのが、いわゆる王朝和歌というものの本質だろうと思います。「大江山」とこの「いにしへの」の歌は、典型的なそういう感じの歌ですね。「いにしへの」のほうはどうやら単独な解釈ができますけれども、詞書と関わせて知られるその雰囲気そのものがこの歌の生命でもあるという気がいたします。

62 夜をこめて鳥の空音《そらね》ははかるともよに逢坂の関はゆるさじ　清少納言

【現代語訳】夜の明けぬうちに、鶏の鳴き声をまねしてだまして通ろうとしても、（あの函谷関なら番人をだまして通ることもできましょうが）逢坂の関はそうはゆきますまい。――私はあなたとは決して逢いますまいよ。

【出　典】後拾遺集・巻十六・雑上（九三九）。「大納言行成物語りなどし侍りけるに、内の御物忌に籠ればとて、急ぎ帰りてつとめて、鳥の声に催されてといひおこせて侍りければ、夜深かりける鳥の声は函谷関のことにやといひつかはしたりけるを、立ち帰り、これは逢坂の関に侍りとあれば、よみ侍りける」とあるのが出典。また枕草子「頭の弁の職《しき》にまゐり給ひて」の条。

【作　者】生没年未詳。九六〇年代半ばごろの生まれか。42清原元輔のむすめで、36深養父《ふかやぶ》の曽孫。橘則光と結婚。十世紀末ごろ、一条天皇の中宮定子の女房としてつかえた。『枕草子』の作者。のち藤原棟世《むねよ》の妻となり、晩年は不幸だったという伝えもある。家集に『清少納言集』。

藤原行成（書にすぐれた公卿として著名）とおしゃべりをしていた。その内、行成は、天皇の御物忌にお付き合いするというので退去していったその翌朝、鳥の声にそそのかされてといってきたので、これは中国の故事にある話なのだけれども、夜深い鳥の声というのは、あの有名な孟嘗君《もうしょうくん》の函谷関のことですかといってやったところ、いやいや、これは孟嘗君の函谷関の話ではなくて、あなたと逢うという逢坂の関ですよと、何かわけありそうにいってきたので詠んだ、というのです。

中国の戦国時代、斉の孟嘗君は秦に使いし、殺されそうになって深夜に函谷関（河北省西北部の関所。交通の要衝）まで逃げて来ましたが、この関では鶏が鳴かない内は開けない掟があったのです。

孟嘗君が沢山養っていた食客の一人に鶏の鳴きまねのうまい者がいて、まねて関所を開けさせて通過した、という故事（史記・孟嘗君伝）を踏まえています。

行成の返歌は「逢坂は人越えやすき関なれば鳥鳴かぬにもあけて待つとか」。親しい異性の友人間の機知的な、社交的なやりとりです。その場の雰囲気によく合った歌です。が、定家は才女の清少納言の性格にぴったりの歌を選んでいますね。でも、この歌も詞書がないと理解しにくい歌と思います。そして平安文学を担った女性作家たちの並びはここで終了します。道綱母のあと公任を除く九名の女性作家の歌はすべてといってよいほど場の歌です。最も王朝的な雰囲気の歌を選んだのでしょうか。

63 今はただ思ひ絶えなむとばかりを人づてならでいふよしもがな　左京大夫《さきやうのだいぶ》道雅

【現代語訳】今となってはただもう、あなたのことを思いきってしまおうと、ただそれだけを、人づてでなくて、直接あなたにいう方法があってほしいものですよ。

【出　典】後拾遺集・巻十三・恋三（七五〇）に「伊勢の斎宮《いつきのみや》わたりよりまかり上りて侍りける人に、忍びて通ひけることを、おほやけも聞こしめして、守りめなどつけさせ給ひて、忍びにも通はずなりにければよみ侍りける　左京大夫道雅」とあるのが出典。

【作　者】藤原道雅。正暦三（九二九）〜天喜二（一〇五四）年。内大臣伊周《これちか》の子。関白道隆《みちたか》の孫。

54儀同三司母《ぎどうさんしのはは》の孫。幼にして伊周の家（中関白家）が没落し、破滅的な生活を送ったが、中年以後は、世をあきらめたらしく、八条山荘で障子絵歌合を行うなど、風流な生活を送った。

作者の道雅という人の歌は、勅撰集に六首、伊勢大輔集に一首ぐらいが確実な所なのですが、その内五首がこの「今はただ」と同じ事件の折の歌なのです。同時代でも相当有名なスキャンダルであったようです。

まず『後拾遺集』は上記の詞書によって、次の一連、

逢坂は東路《あづまぢ》とこそ聞きしかど心づくしの関にぞありける（七四八）
さかき葉のゆふしでかけしそのかみにおしかへしても似たるころかな（七四九）
いまはたゞ思ひたえなんとばかりを人づてならでいふよしもがな
またおなじ所に結び付けさせ侍りける
みちのくの緒絶《をだえ》の橋やこれならんふみみふまずみ心まどはす（七五一）

の四首が掲出されています。

なおこの事件は、『栄花物語』（十三、ゆふしで）に詳しく出ています。恋の結末に、内親王は「あ

はれなる夕暮に、御手づから尼にならせ給ひぬ」と、手ずから髪を切ったといいます。『袋草紙』には、道雅は「いと歌仙とも不レ聞《きこえざる》に、斎宮秘通間、歌は多秀逸也」「思ふままのことを陳《の》ぶれば自然に秀歌にしてある也」とも評しています。

作者の道雅は、清少納言が仕えた定子の甥に当たります。幼少の折、中関白家は没落し、長ずるに従って変人めいた行動をとるようになって、いま風にいうと破滅型の半生を送ります。長和五年（一〇一六）二十五歳の九月、伊勢の斎宮をしていた当子内親王が（父三条天皇がこの年正月退位したため）勤めを終えて京に帰って来ました。そういう神聖な女性である前斎宮の所に忍んで行ったので、三条上皇が怒って逢わせないようにした折の歌ですね。なぜこういう絶望的ともみえる歌を詠んだのか、詞書や、『栄花物語』、『袋草紙』などを読むと、追いつめられた状況がよく分かり、せっぱつまった歌としての面白さが感じとられます。更に道雅という人物の自棄的な前半生を知ると、その根元も分かるような気がします。『百人一首』には珍しい直情的な歌です。

この歌の詠まれた状況を知ると、伊勢物語における「業平」と「斎宮」とのことも想起され、王朝悲恋の一つの典型として定家は百人一首にこれを選び入れたのではないでしょうか。状況が分からないで、歌単独で読むと辛うじて意味は了解されますが、面白さは分からないというのが本当の所でしょう。

ついでに申しますと、この歌を読む時は「いまはただ、思ひたえなん、とばかりを」と読んでください。「いまはただ思ひたえなんと」まで読んでしまうと、字足らずになるから、しょうがなくて「ばっかりを」とか読んでしまいますが、読むときは、「思ひたえなん、とばかりを」。歌では、上につく場合と下につく場合があります。「君待つとわが恋ひをれば」の場合は上につくわけですけれども、この場合は下につくわけですね。

67 春の夜の夢ばかりなる手枕にかひなく立たむ名こそ惜しけれ　周防内侍

【現代語訳】はかない春の夜の、夢のような、たわむれの手枕を借りたばかりに、つまらなく立ってしまう浮き名が残念ですよ。

【出　典】千載集・巻十六・雑上（九六四）に「二月ばかり、月のあかき夜、二条院にて人々あまたゐあかして、物語などし侍りけるに、内侍周防《ないしすはう》よりふして、枕もがな、としのびやかにいふを聞きて、大納言忠家、これを枕に、とて、かひなをみすの下よりさし入れて侍りければよみ侍りける　周防内侍」とあるのが出典。

【作　者】生没年未詳。天仁二（一一〇九）から天永二年（一一一一）ごろ、六十代末ぐらいで没したらしい。周防守平棟仲《むねなか》のむすめ。本名仲子。後冷泉天皇の女房としてつかえ、のち白河・堀河天皇にも仕えた。多くの歌合に出席し、当時一流の女性歌人であった。家集に『周防内侍集』がある。

太陽暦ですと三月でしょうか。二条院（後冷泉院中宮章子内親王の御所）で女性、男性が夜をあかしておしゃべりをしていた。周防の内侍という女房が、枕がほしいといったら、大納言忠家という人が、これを枕にといって、「腕を御簾の下よりさし入れて侍ければ」、御簾の下からにゅうっと腕が出てきたというのですね。それで詠んだというのです。腕を手枕にしたら、というところで腕の「かいな」と「かいがない」というのを掛けているわけです。十一世紀の後半の人ですけれども、王朝的な雰囲気をそのまま、すぐに詠み返した歌ですね。いわゆる王朝風の和歌だと思います。詞書を知って読むと、とくにいい。春の夜の甘美なサロンの風景というんでしょうか。そういう雰囲気がふっと想像させられて、いい歌だなあと思います。

忠家の返歌は「契りありて春の夜ふかき手枕をいかがかひなき夢になすべき」（千載集・九六五）ですが、内侍ほどの才気には乏しいでしょう。なお忠家は長家男、俊成の祖父。

68　心にもあらでうき世にながらへば恋しかるべき夜半の月かな　三条院

【現代語訳】わが本心でもなく、このつらいことの多い世の中に生き永らえたならば、そのときこの（宮中の）夜半の月は、きっと恋しく感ぜられることであろうよ。

【出　典】後拾遺集・巻十五・雑一（八六〇）に「例ならずおはしまして、位など去らむとおぼしめしけるころ、月の明かりけるを御覧じて　三条院御製」とあるのが出典。

【作　者】貞元元（九七六）〜寛仁元（一〇一七）年。名は居貞《おきさだ》。冷泉天皇第二皇子、母は摂政藤原兼家のむすめ超子。第六十七代天皇。寛弘八（一〇一一）年天皇となり、藤原道長の圧迫によって、長和五（一〇一六）年退位。在位五年。翌年出家し、すぐ他界した。

三条天皇は十一歳で東宮になりましたが、天皇となったのは三十六歳、東宮生活は長く、しかも病気がち、とくに眼が悪く、また在位中内裏が二度も炎上しています。道長は、娘彰子と先帝一条院との間に生れた皇子（のちの後一条天皇）を早く即位させようとして、陰に陽に退位を迫って来ます。

長和四年（一〇一五）「十二月《しはす》の十余日の月いみじう明きに、上《うへ》の御局《みつぼね》にて、宮の御前に申させ給ふ」（『栄花物語』玉のむらぎく）としてこの歌が掲げられています。「宮」すなわち中宮妍子（道長女）に心境を述べたのです。肉体的・精神的・政治的に追いつめられた天皇の、寂寥感・絶望感が激しく迫って来ます。せめて月だけを心の慰めにしようとしても、その月さえも曇りがち。この歌、単独で解せなくもないのですが、寒々とした、悲劇的な歌であることは、天皇をとりまく状況を知って初めて把握できるでしょう。代表的な王朝の悲歌・哀歌として定家は心ひかれたのでしょうか。

なお十二月十日余りの月、とするのは『栄花物語』です。冬の月を「恋しかるべき夜半の月かな」と自然に詠い上げられるには時代的にまだ早く、八、九月頃の詠とするのが至当で、十一月の内裏焼亡、翌年正月の退位という天皇の悲劇性の連続を緩和すべく十二月のこととして物語の作者が配慮したのではないか、という推測の存すること（中村康夫『栄花物語の基層』）も紹介しておきます。

75 契りおきしさせもが露を命にてあはれ今年の秋もいぬめり　藤原基俊

【現代語訳】お約束してくださいました（「頼みにせよ、しめじが原のさせも草」という）お恵みの露のようなお言葉を命としてまいりましたが、ああ、ことしの秋もむなしく行ってしまうようです。

【出　典】千載集・巻十六・雑上（一〇二六）に「僧都光覚、維摩会《ゆいまゑ》の講師《かうじ》の請を申しけるを、たびたび漏れにければ、法性寺入道前太政大臣に恨み申しけるを、「しめぢがはら」と侍りけれど、又その年も漏れにければ遣はしける　藤原基俊」とあるのが出典。書陵部本『基俊集』にも。

【作　者】康平三（一〇六〇）～康治元（一一四二）年。右大臣藤原俊家の子。名門の生まれで、博学だったが、従五位上左衛門佐にとどまった。新風を理想とする源俊頼（74の歌の作者）と対立した伝統派の大立者。家集に『基俊集』がある。

和歌と同時に詩も賦していて、その前書きに「九月尽日惜秋之志詩進殿下、光覚竪義《りふぎ》事、有御約束遅々比、しめちかはらのと被仰」として詩が載せられています。

現在でも、興福寺の維摩会というのは、非常に大事な行事のようですね。そこでその維摩経というお経を講義する講師というのは、非常に重要な職務で、坊さんとしては一種の出世のステップであったわけです。それで、藤原基俊が、自分の息子の光覚という坊さんを、何とかその講師にしてもらおうと思って、興福寺はご存知のように藤原氏の氏寺ですから、藤原氏の長者である法性寺入道前太政大臣忠通に頼んだ。しかし忠通はなかなかそれをやってくれないんですね。こういう人というのは、ほかからもいろいろ頼まれているのでしょうね。基俊というのは鼻っ柱だけ強くてあまり利用価値がないと思っていたからかもしれませんけれども、ともかく「しめぢが原」という言葉をいった。

これは清水観音の「なほ頼めしめぢが原のさせも草わが世の中にあらむ限りは」（新古今集・一九一六）をさしています。――やはりわれを頼みにせよ、どんなにつらくても私がこの世にあって衆生を救おうとする限りは――というのですが、要するに私を頼りにせよ、ということですね。しかしその年もならなかったので基俊は和歌で訴えたわけです。（維摩会は十月十日から七日間です）もう十月が来るというのに、今年の秋も逝ってしまうようです、という恨みの歌です。

なお以上に関わりあることに触れた佐藤道生氏の著『平安後期日本漢文学の研究』（笠間書院）が公刊されました。光覚は保延六年竪義となっている由。

基俊という人は、俊成の先生であったために、『百人一首』を選んだときに、定家は、どうしても歌よりも歌人として入れなければいけないという人が、前にも述べましたように、多分二人はいたのでしょう、一人は公任、一人は基俊だったと思う。それで親の子どもを思う情の非常に強く出ているこの歌を入れたのだと思います。おそらくこの歌は詞書がないと分かりにくい歌でしょう。

84　ながらへばまたこの頃やしのばれむ憂しと見し世ぞ今は恋しき　藤原清輔朝臣

【現代語訳】もし生き永らえたならば、つらいことの多い今この頃がなつかしくしのばれるのであろうか。あのつらかった昔が、今では恋しく思われるよ。

【出　典】新古今集・巻十八・雑下（一八四三）に「題しらず　清輔朝臣」とあるのが出典。

【作　者】長治元（一一〇四）〜治承元（一一七七）年。79の歌の作者顕輔の子。和歌の家六条家の歌人。正四位下太皇太后宮大進《だいじん》。二条天皇に信任されて『続詞花集』を撰んだが、奏覧前に天皇が他界し、勅撰集にはならなかった。博学で、歌学書に『和歌一字抄』『袋草紙』『奥儀抄』など、家集に『清輔集』がある。

この歌は『新古今集』には「題知らず」とだけあるのですが、家集の『清輔集』には少し長い詞書があります。そこで取り上げました。

いにしへおもひいでられけるころ、三条内大臣いまだ中将にておはしける時つかはしける

ながらへば又此ころやしのばれん　うしとみし世ぞ今はこひしき

右は善本と考えられている書陵部本によりましたが、群書類従本によりますと、右の「三条内大臣」が「三条大納言内大臣イ」となっています。三条内大臣とは藤原公教、母は清輔の祖父顕季の娘で、清輔とは従兄弟同士です。その中将時代は大治五年（一一三〇）四月から保延二年（一一三六）十一月までで、公教二十八歳から三十四歳の間、清輔二十七歳から三十三歳の間です。一方「三条大納言」としますと、公教の子実房で、その中将時代は保元三年（一一五八）三月から仁安元年（一一六六）六月まで、実房十二歳から二十歳までの間、清輔は五十五歳から六十三歳までの間です。

そこで「いにしへ思ひ出でられけるころ」とありますから、この歌は清輔老年の頃の詠ではないか、また二条天皇の死（永万元年、一一六五）で『続詞花集』が勅撰集とならなかった、との嘆き等々によって実房に贈ったもの、という説があります。一方、清輔は父と久しく不和で、三十代まで史料に殆ど名をあらわさず、不遇であったことは確かで、その気持を同年代の親しい従兄弟に伝えたもの、という考えがあります。私は後者と考えています。その証拠に、次の二点を強調いたします。一は、『清輔集』の善本と思われる本、および『中古六歌仙』（平安末六人の主要歌人の秀歌抄出。鎌倉初期成る。撰者未詳）の鎌倉初期写本にも「三条内大臣」とあること、また相手が実房としたら、何故六十歳前後の老歌人が、二十歳にも満たない若者に述懐（愚痴をこぼすこと）しているのだろう、ということが挙げられます。百人一首で清輔歌と並んでいる83俊成歌（世の中よ）も二十七歳の折の述懐歌で、共に一見老成しているように見えても、この時代、若い時の歌として全く不思議はないのです。前に述べましたように、院政期に述懐歌が多く詠まれた奥には、時代の憂鬱がひそんでいるからです。

『新古今集』には「題知らず」とありますが、定家はこの事情を知っていたか知らないか、どうかと思いまして、『新古今集』を見ますと、この歌は、有家・定家・家隆・雅経という撰者が推薦していいます。したがって定家は『清輔集』を見て、この状況を知った上で推薦したのだろうと思います。ところが「題知らず」にして入れたというのはなぜかというと、この歌は、何歳のときに詠んだということが不明であっても、よく分かる歌です。時間の推移によって、変わっていく人の心理というものを的確に表現した歌です。非常に感情のこもったいい歌だろうと思います。「順ぐりに昔のことを恋しがり」という、これをもじった川柳がありますが、単に個人的な愚痴ではない、人間心理の普遍性を込めた歌と思われます。歌だけで解釈できるから、「題知らず」として、家集の詞書は捨てて、『新古今集』に入れたのだろうと思います。

ここで、いま掲げて来ました十余首についての小括を行ってみたいと思います。

短詩型文学、とくに短歌や俳句の場合、その作品は表現されたものだけで勝負する、或は評価されるものなのでしょうか。それとも創られた状況とか作者とか、そういうものが分かって鑑賞したり評価したりするものなのでしょうか。

これは古くて新しい問題なので、いまさら私がここでそういう問いを問いかけるのもどうかと思うのですが。

昔、高等学校の教員をしていたころ、「五月雨や上野の山も見飽きたり」という正岡子規の句を批評をせよという問題を出したことがあります。そうしたら、全然別の専門の先生が、これは正岡子規が病気で寝ていたということが分かって鑑賞するの、それはなくて鑑賞するの、と、非常に痛いところを突かれて、困ったことがあります。そういう問題とも連なると思います。

それと関わる問題として、『後鳥羽院御口伝』を眺めてみたいと思います。

定家は、さうなき物なり。さしも殊勝なりし父の詠をだにもあさあさと思ひたりし上はまして余人の歌、沙汰にも及ばず。やさしくもみもみとあるやうに見ゆる姿、まことにありがたく見ゆ。道に達したるさまなど、殊勝なりき。歌見知りたるけしき、ゆゆしげなりき。ただし引汲の心になりぬれば、鹿をもて馬とせしがごとし。傍若無人、理も過ぎたりき。他人の詞も聞くに及ばず。

惣じて彼の卿が歌存知の趣、いささかも事により折によるといふ事なし。ぬしにすきたるところなきによりて、我が歌なれども、自讃歌にあらざるよしなどいへば、腹立の気色あり。先年に、大内の花の盛り、昔の春の面影思ひいでられて、忍びてかの木の下にて男共の歌つかうまつりしに、定家左近中将にて詠じていはく、

としを経てみゆきになるる花のかげふりぬる身をもあはれとや思ふ

左近次将として二十年に及びき。述懐の心もやさしく見えし上、ことがらも希代の勝事にてありき。もっとも自讃すべき歌と見えき。先達どもも、必ず歌の善悪にはよらず、事がらやさしく面白くもあるやうなる歌をば、必ず自讃歌とす。定家がこの歌詠みたりし日、大内より硯の箱のふたに庭の花をとり入れて中御門摂政のもとへつかはしたりしに、「誘はれぬ人のためとや残りけむ」と返歌せられたりしは、あながちに歌いみじきにてはなかりしかども、新古今に申し入れて、「このたびの撰集の我が歌にはこれ詮なり」と、たびたび自讃し申されけると聞き侍りき。昔よりかくこそ思ひならはしたれ。歌いかにいみじけれども、異様《ことやう》の振舞して詠みたる恋の歌などをば、勅撰うけ給はりたる人のもとへは送る事なし。これらの故実知らぬ物やはある。されども、左近の桜の詠うけられぬ由、たびたび歌の評定の座にても申しき。家隆等も聞きし事也。諸事これらにあらはなり。（下略）

後鳥羽院は多くの歌人たちの批評をしています。が、定家を評することが中心だったのではないかと思います。じつに長いんです。定家に対する批評は。

「定家はさうなき物なり。さしも殊勝なりし父の詠をだにもあさあさと思ひたりし上は、まして余人の歌、沙汰にも及ばず。やさしくもみもみとあるやうに見ゆる姿」という、「もみもみ」が出てきます。これは定家の姿ですね。定家というのは大変なものだ。あの優れた父親の歌でも浅々と、浅く思っていたんだから、もうほかの連中なんかは問題にしない。「道に達したるさまなど、殊勝なりき。歌見知りたるけしき」、つまり、人の歌、他人の歌を評価する様子もじつにゆゆしげであったと。ところが、非常に我が強いから、それを押し通そうとすると、もう馬をもって鹿だというような「他人の詞を聞くに及ばず」。

その次です。「惣じて彼の卿が歌存知の趣、いさゝかも事により折によるといふ事なし」。そこのところがポイントです。これに対する解釈は、私の知っている限りでは三つあります。田中裕先生の説です（『後鳥羽院と定家研究』）。「定家が自己の価値基準を固持するのに急で、時宜、事宜、要するに状況ですね、そのときその場所場面の配慮を欠く、それが定家の考えです。「時宜、事宜の配慮を欠く」、それを後鳥羽院が故実違反として批判しているのです。次に尼ヶ崎彬さんが、『花鳥の使』で、「歌の価値判定において、作歌事情を一切考慮しない」、その定家の立場を批判しているのだと。次に、清水賢一さんが『歌論全注釈集成』で「歌に対する批評の方法は、少しも作歌事情や、作歌の折を考えるという事を」定家はしなかった。

以上の解釈をまとめておきますと、定家は、歌をそれ自体で単独で評価することが、絶対であったというんですね。後鳥羽院の一言はじつに見事に定家の本質を突いている批評だと思います。定家は表現されたところだけで勝負する男だと。

そこで、例えばといってあがっている例がおもしろいのです。あるとき、これは年は分かっています。西暦でいうと一二〇三年、建仁三年二月でしたね。宮中のお花見をするわけです。お花見に定家がお供をするわけです。これは例年行っているわけですね。定家がその年に「としを経てみゆきになるゝ花のかげふりぬる身をもあはれとや思ふ」と詠みます。これは、「春を経て」となって『新古今』にとられています。要するに、何年も何年も年がたって、上皇の御幸《みゆき》に慣れてお供をしたこの花の陰、すっかり年をとってしまったこの身を、花は哀れと思うか、という歌でしょうね。「左近次将として廿年に及びき」と次に後鳥羽院は書いていますが、左少将、左中将という役目は、このとき実際は十五年なのですが、二十何歳から四十歳近くまでずっと定家は老いを重ねながら上皇のお供をして、花を見ている。そういう述懐の歌ですね。しかも、御幸《みゆき》というのは、花は雪のように降るわけでしょう。だから御幸と花が、縁語になっているわけですね。綺麗な、うまい歌だと思います。とっさに詠んだのだろうと思いますが、じつにいい歌だなあと思います。ところが定家は気に食わない。あんな折に触れ、事によった歌をほめて、と。

実は上引のあとにまだ興味深い話があるのですが、長くなるので省きました。要するに、定家は自分がいいと思わない歌をほめると怒ったというのですね。公式の場でも院に聞こえるようにそれを言うのですね。そこが定家と後鳥羽院との面白い所なのです。院は定家の考えがよく分かっているのだけれども、歌というものは伝統的にみると、定家のいうような狭いものではないのだ、その日に詠んだ良経の歌（誘はれぬ）を褒めたところ、良経は心底喜んだというように聞いている。わざと変な行いをして詠んだ恋の歌などは勅撰集には、いくらいい歌でも入れないのだ、歌というものは周りの雰囲気とか、歌人がどういう人か、とか総合的に判断して評価するものなのだ、（それが王朝以来の伝統つまり故実なのだ）というのが院の考え方。このやり取りは私は好きです（そして個人としては院の考え方に惹かれます）。

事によらぬ、折によらぬ歌、それが絶対だと思っているようにみえる定家ですが、ただ定家は『明月記』などを見ると、日常生活的な歌を詠んでいますし、息子為家を教訓する歌（「よにふればかつはなのため家の風吹きつたへてよわかのうらなみ」など）のような歌も詠み、定家はそういう歌を認めないわけではないのです。院の言い分も一面では認めるのでしょう。しかし基本の考えは、いわゆる晴の歌、公の場における歌、或は勅撰集に入れるような歌は、事により折によるものではない歌でなければならなかったのです。

『百人一首』に十何首か、長い詞書のある歌を、つまり折により事による歌を定家が載せているのはどうしてでしょう。所々で申しましたように、この内、詞書がなければ全然分からない歌、半分位分かる歌、辛うじてどうやら雰囲気が分かる歌、というようなことを申しましたが、全く分からない歌というのも幾つかありますね。なぜ入れたのでしょうか。

それは結局私にも分かりません。成立問題と関わりますので、また次章で申しますが、ここでは簡単に申しますと、『百人一首』を撰ぶ契機の一つが、息子の妻の父の別荘に飾るためのものであったわけですね。定家は染筆を固辞しながら結局は強く頼まれて、色紙に選歌したものを書いて送ったわけですね。この契機からすると、百人一首（次章に述べますように、多分それは百人秀歌の方ですが、いちおう百人一首で代表させます）は、やはり親戚の別荘を飾るための歌で、完全な晴の歌、公の歌だけを選ばなくてもよいのですから、やはり王朝的な美しさというものをある程度許容して選んだのだろうと思われます（晴の歌でない限り、定家は和歌の一定の限度で「折の歌」を許容していたことは上に述べました）。それ故に上記のような歌を取り入れたのではないでしょうか。

そういう歌を交えたところに『百人一首』のおもしろさがある。これが全部歌本文だけで勝負する歌を選んだら、かなり窮屈な『百人一首』になったのではないかという気がします。単独では解しにくいけれど、さまざまな雰囲気を持つ歌を入れたところに『百人一首』のおもしろさがあるのではないかというような、歯切れは悪いけれど、一応の結論だけ申し上げておきたいと思います。

(5) 三十五首歌略注

上記（第一章〜第三章(4)まで）に取り上げなかった三十五首歌の略注を掲げておく。

12 天つ風雲の通ひ路吹き閉ぢよをとめの姿しばしとどめむ　僧正遍昭

【現代語訳】空を吹く風よ、雲間の通路を吹き閉ざしてくれよ。舞いが終わって帰って行く天女たちの姿を、しばらくここにとどめておこうと思うから。

【出　典】古今集・巻十七・雑上（八七二）に「五節《ごせち》の舞姫を見てよめる　良岑宗貞《よしみねのむねさだ》」とあるのが出典。『古今六帖』にも。

【作　者】弘仁七（八一六）～寛平二（八九〇）年。俗名良岑宗貞。父安世は、桓武天皇の皇子。嘉祥三年（八五〇）仁明天皇の死にあって出家、叡山に上って遍昭と名を改め、のちに僧正（僧官の最高位）。六歌仙の一人。素性法師の父。

遍昭の歌は『古今集』に十七首はいっているが、そのうち三首は「良岑宗貞」と表記されている。これらはおそらく、三十五歳で出家した以前の殿上人時代に詠んだもので、この歌も、青春の日を記念する歌のようである。

陰暦十一月の豊明節会《とよのあかりのせちえ》で舞う美しい五人のおとめ（五節の舞姫）を、若き日の宗貞は胸をおどらせて眺めたのであろう。その舞も終わりに近づき、名残惜しい気持を、舞姫を天女に見立てて即興的に詠じた。

13 筑波嶺の峰より落つるみなの川恋ぞつもりて淵となりぬる　陽成院

【現代語訳】筑波山の峰から流れ落ちるみなの川の水が、つもりつもって深い淵となるように、あなたへの私の恋心も、今では淵のように深い思いになってしまったよ。

【出　典】後撰集・巻十一・恋三（七七六）に「釣殿のみこに遣はしける　陽成院御製」とあるのが出典。

【作　者】貞観十（八六八）～天暦三（九四九）年。清和天皇の第一皇子。母は藤原高子（藤原基経の妹）。第五十七代天皇。八歳で天皇となったが、精神の病による乱行が多いとされ、基経によって退位させられ、その後、六十数年間、上皇として過ごした。

「釣殿のみこ」は光孝天皇の皇女綏子《すいし》内親王で、院が内親王に恋心をうったえた歌。上の句は比喩、下の句が、自分の訴えたい気持。筑波嶺は常陸の山（筑波山）。みなの川はそこを源とする川。歌全体の運びは、恋心が次第に深まって行く様を示している。

18 住の江の岸に寄る波よるさへや夢の通ひ路人目よくらむ　藤原敏行朝臣

【現代語訳】住の江の岸に波が寄る、そのよる（夜）までも、夢の通い路で、あなたはどうして人目を避けようとしているのだろうか（夢の中でも逢ってくださらないことよ）。

【出　典】古今集・巻十二・恋二（五五九）に「寛平の御時きさいの宮の歌合の歌　藤原敏行朝臣」とあるのが出典。班子女王主催の歌合の歌。

【作　者】生没年未詳～延喜元（九〇一）年延喜七年没ともいう。藤原富士麿の子。母は紀名虎《きのなとら》のむすめ。従四位上右兵衛督に至る。書にすぐれ、歌人としても著名で、家集に『敏行集』がある。

第二句まで序詞。女性の立場で詠む。流麗な調べの中に恋の嘆きを詠い上げる。

20 わびぬれば今はた同じ難波なるみをつくしても逢はむとぞ思ふ　元良親王

【現代語訳】このように思い苦しんでいるからには、今はもう身をほろぼしたのも同じことだ。あの難波にある澪標《みおつくし》ということばのように、身をほろぼしても、あなたに逢おうと思う。

【出　典】後撰集・巻十三・恋五（九六〇）に「事いできてのちに京極の御息所《みやすんどころ》につかはしける元良親王」とあるのが出典。拾遺集・巻十二・恋二（七六六「題しらず」）に重出、『古今六帖』『元良親王集』にもはいっている。

【作　者】寛平二（八九〇）～天慶六（九四三）年。陽成天皇第一皇子。三品《さんぼん》兵部卿。好色風流な貴公子で、和歌をよくし、家集に『元良親王集』がある。声がよく、元日の大極殿における奏賀《そうが》の声が、鳥羽の作り道まで聞こえたという伝えを『徒然草』が記している。

上記の詞書によると、京極の御息所とのひめごとが露見して詠んだ歌である。京極の御息所は藤原時平の娘褒子、宇多天皇の女御で、雅明親王らの母。「みをつくし」は舟の通り道を示すための杭。難波（今の大阪）に多かった。「身を尽くし」との掛詞。絶望的な恋の心情の吐露。

22 吹くからに秋の草木のしをるればむべ山風をあらしといふらむ　文屋康秀《ふんやのやすひで》

【現代語訳】吹くやいなや秋の草木がしおれてしまうので、なるほど山風を荒い風（嵐）といっているのであろう。

【出　典】古今集・巻五・秋下（二四九）に「是貞《これさだ》のみこの家の歌合の歌　文屋康秀」とあるのが出典。古今集の写本によって作者を「文屋朝康」とするものもある。

【作　者】生没年未詳。九世紀の中ごろから後半にかけての歌人。三河掾《みかわのじょう》・山城大掾・縫殿助《ぬいどののすけ》などを歴任。身分の低い官人であったが、歌人としては著名で、六歌仙の一人。文琳と号した。ただし歌の残るものは少なく、『古今集』の五首と『後撰集』の一首だけである。

康秀の生存年代の下限は元慶三（八七九）年ごろで、寛平前期（八九〇年ごろ）に行われた是貞親王（光孝天皇皇子）家の歌合の作者としては、高齢すぎると考えて、子の朝康（37の歌の作者）のほうが妥当であるとする説もあるが、この歌合は撰歌合なので、生存中の歌人だけではなくてよく、康秀で差支えない、という（片桐洋一『古今和歌集全評釈』）。「山風」の二字を合せると「嵐」になる、という文字遊びで、中国の離合詩の影響という。なお野分のあわれさを感じとることができるという味わいも指摘されている。

24 このたびは幣《ぬさ》も取り敢へず手向山《たむけやま》紅葉の錦神のまにまに　菅家

【現代語訳】こんどの旅は、急なことでしたので、前もって幣の用意もしてまいりません。この手《た》向《むけ》山の、錦のように美しいもみじを、神様よ、お心のままにお受けください。

【出　典】古今集・巻九・羇旅（四二〇）に「朱雀院の、奈良におはしましける時に手向山にてよめる　菅原朝臣」とあるのが出典。

【作　者】菅原道真のこと。承和十二（八四五）～延喜三（九〇三）。参議是善の子。漢詩文にすぐれ、和歌も巧みであった。宇多天皇の信任をえて右大臣になったが、左大臣藤原時平の他氏排斥政策で大宰権帥として九州に流され、その地で没した。詩集に『菅家文草』などがある。

朱雀院は宇多上皇の御所で、ここでは宇多上皇をさす。すなわち宇多上皇が奈良に御幸した時に、道真が供をして手向山で詠んだ歌で、おそらく昌泰元（八九八）年十月、宮滝御幸の折の歌であろうと考えられている。手向山は山城から大和へ出る途中にあった山という（諸説あり）。「幣」は五色の絹や紙などを細かく切って神前にまいたもの。「紅葉の錦」は古今集に始まる新しい表現。

25 名にし負はば逢坂山のさねかづら人にしられでくるよしもがな　三条右大臣

【現代語訳】逢坂山のさねかずらが、そのように、「逢って寝る」という名をもっているならば、そのさねかずらが手繰ればくるように、人に知られないで来る（行く）方法があればよいがなあ。

【出　典】後撰集・巻十一・恋三（七〇〇）に「女のもとにつかはしける　三条右大臣」とあるのが出典。

【作　者】藤原定方のこと。貞観十五（八七三）～承平二（九三二）年。内大臣高藤の子。右大臣従二位に至る。邸が三条にあったので、三条右大臣と呼ばれた。管絃にすぐれ、また歌人としても有名で、家集に『三条右大臣集』がある。

この詞書にあるように、女性に贈った歌であるが、おそらく（逢坂山のものかどうかわからないが）さねかずらに添えて贈ったものであろう。歌だけ贈ったのでは、つまらないのである。「逢坂山」と「逢ふ」、「さねかづら」（蔓草の一。ビナンカズラ）と「さ寝」、「繰る」と「来る」とがそれぞれ掛詞。技巧を駆使して女性に贈った歌。

26 小倉山峰のもみぢ葉心あらばいまひとたびのみゆき待たなむ　貞信公《ていしんこう》

【現代語訳】小倉山の峰のもみじ葉よ、お前にもし心があるならば、もう一度天皇の行幸《みゆき》があるはずだから、散らないでいてほしいものだ。

【出　典】拾遺集・巻十七・雑秋（一一二八）に「亭子《ていじ》の院の大井川に御幸《みゆき》ありて、行幸《みゆき》もありぬべき所なりと仰せ給ふに、ことのよし奏せむと申して　小一条太政大臣貞信公」とあるのが出典。

【作　者】藤原忠平のこと。元慶四（八八〇）～天暦三（九四九）年。貞信公はおくり名。小一条太政大臣とも称せられた。基経の子で、兄時平の没後、政権をとり、関白太政大臣従一位に至った。この子孫が摂関家として栄えた。

延長四年（九二六）十月、宇多上皇が小倉山（京都市右京区嵯峨にある）の紅葉の美しさに感嘆し、わが子の醍醐天皇にも見せたい意向を体しての歌。小倉山は定家が長年親しんだ山。

28 山里は冬ぞさびしさまさりける人目も草もかれぬと思へば　源宗于《むねゆき》朝臣

【現代語訳】山里では、都と違って、冬はことにさびしさがまさって感ぜられることよ。人目も遠ざかり（人の来訪もなくなり）、草も枯れてしまうと思うと。

【出　典】古今集・巻六・冬（三一五）に「冬の歌とてよめる　源宗于朝臣《むねゆき》」とあるのが出典。

【作　者】生没年未詳〜天慶二（九三九）年。光孝天皇の皇子是忠親王の子。源氏の姓を賜って臣下となり、従四位下に叙せられた。のち正四位下右京大夫に至る。「寛平御時后宮歌合」の作者。歌人としてすぐれ、三十六歌仙の一人。家集に『宗于集』がある。

上の句をひとつの問いと見ると、下の句はそれに対してしゃれで答えている形式で、『古今集』の歌によくある構造の歌。下の句のポイントは掛詞（「かれ」が「離《か》れ」と「枯れ」と掛ける）だが、全体の雰囲気からすると、そう目だたない、さらりとした平明な詠みぶりに感ぜられ、それが宗于の手腕であろう。

29　心あてに折らばや折らむ初霜のおきまどはせる白菊の花　凡河内躬恒

【現代語訳】もし折るということならば心して折ることにしようか。初霜が、霜だか菊だか見分けにくいように、一面においている中の白菊の花を。

【出　典】古今集・巻五・秋下（二七七）に「白菊の花をよめる　凡河内躬恒」とあるのが出典。『古今六帖』にも。

【作　者】生没年未詳。九世紀の末から十世紀初めの歌人。凡河内《おおしこうち》氏は凡河内（のちの河内の国）の国造の子孫という。甲斐少目《しょうさかん》、和泉大掾など、卑官であったが、歌人としてすぐれ、『古今集』の撰者。家集に『躬恒集』がある。

「心あてに」は、従来あて推量にと解せられていたが、よく注意して、という解があり（徳原茂実「凡河内躬恒の一首から源氏物語へ」藤原忠美編『古今和歌集連環』。なお研究集成所収）、その解に従った。白菊の美へのあこがれ、耽美的な精神が基底にある。

31 朝ぼらけ有明の月と見るまでに吉野の里に降れる白雪　坂上是則

【現代語訳】夜がほのぼのと明けるころ、まだ空に残っている月の光がさしているかと思うほどに、しらじらと吉野の里に降り敷いている白雪よ。

【出　典】古今集・巻六・冬（三三二）に「大和国にまかりける時に雪の降りけるを見てよめる　坂上是則」とあるのが出典。『古今六帖』（第一）、『是則集』にもある。

【作　者】生没年未詳〜延長八（九三〇）年。蝦夷征伐に功のあった田村麻呂の子孫。延喜八年大和権少掾、累進して延長二（九二四）年従五位下加賀介に至った。「亭子院歌合」の作者で、古今集時代の代表的歌人の一人。家集に『是則集』がある。

吉野はかつて多くの天皇の離宮があった所であり、作者は、その山ふところの静かな里で迎えた感動的な明け方の一景を詠んでいる。

34 誰をかも知る人にせむ高砂の松も昔の友ならなくに　藤原興風《おきかぜ》

【現代語訳】年老いた今の私は、いったいだれを知り合いとしようか。知人は皆亡くなり、同じように年経たものといっては、あの高砂の松ぐらいだが、その老松とて、しょせん非情のもの、昔からの友ではないのだから。

【出　典】古今集・巻十七・雑上（九〇九）に「題しらず　藤原興風」とあるのが出典。『古今六帖』『興風集』にも。

【作　者】生没年未詳。九世紀末から十世紀初めごろの人。わた国最古の歌学書『歌経標式《かきょうひょうしき》』の著者藤原浜成の曾孫で、道成の子。延喜十四（九一四）年、下総大掾となるなど官位は低かったが、「寛平御時后宮歌合」はじめ歌界で活躍。家集に『興風集』。

孤独な晩年を迎えた老人の深い嘆きが、鮮明に表出されている。

36 夏の夜はまだ宵ながら明けぬるを雲のいづくに月宿るらむ　清原深養父《ふかやぶ》

【現代語訳】夏の夜は短いので、まだ宵のうちだと思っている間に、そのまま明けてしまったが、月は（これではとても西の山の端まで行きつけないだろう）いったい雲のどのあたりに宿っているのであろうか。

【出　典】古今集・巻三・夏（一六六）に「月の面白かりける夜、あかつきがたによめる　深養父」とあるのが出典。他に『古今六帖』にも。

【作　者】生没年未詳。九世紀末から十世紀初めの人。舎人《とねり》親王の子孫。元輔の祖父で、清少納言の曾祖父。古今集時代の歌人。官位は従五位下、内蔵大允《くらのだいじょう》。晩年、洛北の大原に補陀落寺《ふだらくじ》を建てて住んだと伝えられる。家集に『深養父集』がある。

月を擬人化し、機知的表現で明易い夏の夜を興じたもの。なお『百人秀歌』には「いつくに《こ》」とある。赤瀬信吾氏に、「いづこ」「いづく」の表し方を定家がどう考えていたか、の論がある（『京都冷泉家の八〇〇年　和歌編』の内）。

38 忘らるる身をば思はず誓ひてし人の命の惜しくもあるかな　右近

【現代語訳】あなたに忘れられるわが身のつらさは何とも思いません。ただ、愛を神に誓ったあなたの命が、神罰のためにちぢまるのではないかと、惜しまれるのです。

【出　典】拾遺集・巻十四・恋四（八七〇）に「題しらず　右近」とあるのが出典。『古今六帖』にも出ている。またこの歌は『大和物語』に「おなじ女（右近）、をとこの忘れじとよろづのことをかけて誓ひけれど、わすれにけるのちにいひやりける」として載っている。

【作　者】生没年未詳。十世紀中ごろの人。右近衛少将藤原季縄《すえなわ》（鷹匠、歌人）のむすめ（妹という説もある）。父の官名から右近と呼ばれた。醍醐天皇の后穏子《おんし》の女房。応和二（九六二）年、康保三（九六六）年等の歌合に出詠。敦忠、師輔、源順らと恋愛関係があった。

『大和物語』の記載順に従えば、右近の恋の相手は43権中納言敦忠《あつただ》かと考えられている。捨てられてなお男を慕う純情な女心か、不誠実な男への皮肉か。さまざまに味わいうる王朝女性の歌。

40 忍ぶれど色に出《い》でにけりわが恋は物や思ふと人の問ふまで　平兼盛

【現代語訳】心のうちに忍びつづけていたけれど、とうとう顔色に出てしまったよ、私の恋は。「何か物思いでもしているのか」と人がたずねるほどまでに。

【出　典】拾遺集・巻十一・恋一（六二二）に「天暦の御時の歌合　平兼盛」とあるのが出典。

【作　者】生没年未詳～正暦元（九九〇）年。光孝天皇の曾孫篤行王の子。初めは兼盛王と名乗っていたが、天暦四（九五〇）年に臣籍に降って、平氏となった。従五位上、駿河守と、地位はそれほど高くないが、平安中期の有力歌人で、三十六歌仙の一人。家集に『兼盛集』がある。

この天暦は年号ではなく、村上天皇の治めている御代の意で、天徳四年（九六〇）三月三十日内裏歌合のとき詠まれた歌。次の41の歌「恋すてふ……」とつがえられて優劣を争ったもので、勝負の判定に関しての逸話が有名。両歌ともにすぐれ、判者左大臣藤原実頼が勝負をつけられず、大納言源高明に判定を下させようとしたが、高明もきめられずにいたところ、天皇が低く「忍ぶれど……」と口ずさんでいたので、この歌に天意ありと判じて、勝ちとしたという。

41 恋すてふわが名はまだき立ちにけり人知れずこそ思ひそめしか　壬生忠見

【現代語訳】歌の意味　恋をしているという私の評判は、早くも立ってしまったよ。私は、人知れず、ひそかに恋しはじめたのだが。

【出　典】拾遺集・巻十一・恋一（六二一）に「天暦の御時の歌合　壬生忠見」とあるのが出典。

【作　者】生没年未詳。十世紀中ごろの歌人。幼名は名多《なた》（異名とも）。30の歌の作者、忠岑の子である。摂津大目《だいさかん》、六位という低い官位であったが、歌人としては有名で、多くの歌合の作者として活躍している。家集に『忠見集』がある。

天徳四年三月三十日内裏歌合で、40の「忍ぶれど……」の歌とつがえられ、負けとなった歌（前歌参照）。「初めの恋」（恋の初めの段階）の気分を、素直に、優美に詠い上げている。40の兼盛の歌が、曲折ある調べで才気の感じられる歌とすれば、これは静かにひとり口ずさむときに、しみじみとした情趣のにじみ出てくる歌である。しかし、歌合などのはなやかな場では、不利であったか。

42 契りきなかたみに袖をしぼりつつ末の松山波越さじとは　清原元輔

【現代語訳】かたく約束したことでしたね、お互いに涙の袖を何度もしぼっては、あの末の松山は波が決して越すまい、それと同じように、二人の仲も末長く変わるまいと（それなのに何というあなたの変わりようでしょう）。

【出　典】後拾遺集・巻十四・恋四（七七〇）に「心変はり侍りける女に、人に代りて　清原元輔」とあるのが出典。代作歌。

【作　者】延喜八（九〇八）〜永祚二（九九〇）年。36清原深養父の孫。下総守春光の子（父の名については異説がある）。62清少納言の父。天暦五（九五一）年に和歌所の寄人（役員）になり、『後撰集』の撰者となった。従五位上肥後守。家集に『元輔集』。

『古今集』巻二十・みちのく歌（一〇九三）に「君をおきてあだし心をばわがもたば末の松山波もこえなむ」（あなた以外に浮わついた心を、もし私がもったなら、あの末の松山を波もこえてしまうだろう。そんなことは絶対にないように、私は浮気心をもたない）とあるのを踏まえた歌。「末の松山」は宮城県多賀城市にある歌枕。海に近いが波は越えないという伝説で有名。初句切れ、倒置法、古歌を踏まえるなどの、さまざまな技巧を用いて、曲折した表現で、わが恨み、思慕の情の強さを訴えようとしている。

43 逢ひ見ての後の心にくらぶれば昔は物を思はざりけり　権中納言敦忠

【現代語訳】逢って契りを結んだあとの、このせつない心にくらべると、逢わない前の物思いなどは、しなかったも同然の、何でもないものでしたよ。

【出　典】拾遺集・巻十二・恋二（七一〇）に「題知らず　権中納言敦忠」とあるのが出典。
【作　者】藤原敦忠。延喜六（九〇六）〜天慶六（九四三）年。左大臣藤原時平の三男。従三位権中納言（「権」は正に対して、仮に任ずる意。ただ「中納言」とあるのは正官）。琵琶と和歌に巧みで、三十六歌仙の一人。本院中納言・琵琶中納言と呼ばれた。家集に『敦忠集』がある。

『古今六帖』（巻五）には「あした」の歌として見え、『拾遺集』の少し前に成立した『拾遺抄』（藤原公任撰とされる私撰集で、拾遺集の母胎といってもよい）の巻七には、一首前に大中臣能宣（49の歌の作者）の歌があり、その詞書に「はじめて女のもとにまかりて、又のあしたにつかはしける」（「又のあした」は翌朝）とあり、敦忠の歌もこれを受けているので、もともと後朝の歌と思われる。しかし後朝の歌と見なくても、切ない恋の気持がひとすじに詠い上げられている秀歌。なお第四句「昔は物も」が原形であるが（拾遺集など）、ここでは尭孝本百人一首など通行の形に従った。

45 あはれともいふべき人は思ほえで身のいたづらになりぬべきかな　謙徳公

【現代語訳】ああ、かわいそうだ、と同情してくれそうな人は、だれも思い浮んでこないで、この（悲恋の）まま、わが身はきっと、むなしく死んでしまうことでしょうよ。

【出　典】拾遺集・巻十五・恋五（九五〇）に「物いひ侍りける女の、後につれなく侍りて更にあはず侍りければ　一条摂政」とあるのが出典。

【作　者】藤原伊尹《これまさ》。これただ、ともよむ。延長二（九二四）～天禄三（九七二）年。謙徳公はおくり名。師輔の長男で、貞信公（26の歌の作者）の孫。摂政太政大臣正二位。和歌所の別当。梨壷の五人を監督する立場に立ち、『後撰集』の撰に関与。家集に『一条摂政御集』がある。

謙徳公藤原伊尹は、文才もあり、容貌にもひいで、優雅華麗な生活を好んだ。その家集である『一条摂政御集』は二部に分かれるが、前半は、大蔵史生倉橋豊蔭《おおくらのししょう》という身分の低い架空の役人に自分を託し、女性との恋愛贈答を歌物語的に構成し、後半も「おなじおきなのうた」として贈答歌を中心に集め、合わせて百九十四首。後半は伊尹の死後に身近の人によって編まれたものかと思われるが、前半はおそらく伊尹が自己を物語中の人物として、すさび（なぐさみ、あそび）に作ったものと思われ、彼の人となりや、また時代の好みもうかがわれて興味深い。その家集の巻頭歌で、女に捨てられた男の孤独な心を強調して相手に訴えかける。

47 八重葎《やへむぐら》しげれる宿のさびしきに人こそ見えね秋は来にけり　恵慶《ゑぎやう》法師

【現代語訳】むぐらが幾重にも生い茂っているこの荒れた宿がさびしいのに——訪れる人とてないけれども——秋だけはやってきたなあ。
【出　典】拾遺集・巻三・秋（一四〇）に「河原院にて、荒れたる宿に秋来たるといふ心を、人々よみ侍りけるに　恵慶法師」とあるのが出典。
【作　者】生没年未詳。十世紀後半の人で、40兼盛・48重之・49能宣らと親交があった。くわしい伝記は明らかでないが、播磨《はりま》の国（兵庫県）の国分寺の講師になったこともある。有名な歌人であった。家集に『恵慶集』。

詞書にあるように、河原院での作。河原院は源融（14の作者）の邸で、その後、宇多院の所有となったりしたが、恵慶がこの歌を詠んだと思われる十世紀の末ごろには、約百年の歳月を経過し、かなり荒廃していたらしい。しかし由緒ある邸宅として、一種の名所とされ、多くの文人墨客がここを訪れた。ここには融の曽孫に当たる安法法師という和歌を好む僧が住み、中下流の官人たちによる自由な風雅の交わりがもたれていた。そういう人々とともに詠じた河原院の立秋の歌である。人は訪れないが、秋は間違いなくやって来た、と秋を擬人化している。歴史と自然の推移とを重ね合せ、しみじみとした哀感が湧き上ってくる見事な作。

48 風をいたみ岩うつ波のおのれのみ砕けて物を思ふころかな　源重之

【現代語訳】風がはげしいので、岩をうつ波が（岩は平気でいるのに）自分だけ砕けてしまうように、相手はつれなくて、私だけが心も千々に砕けて物思いをするこのごろであることよ。

【出　典】詞花集・巻七・恋上（三二）に「冷泉院、春宮と申しける時、百首の歌奉りけるによめる　源重之」とあるのが出典。

【作　者】生年未詳〜長保二（一〇〇〇）年。清和天皇の皇子貞元親王の子孫。従五位下兼信の子。冷泉天皇の皇太子時代の帯刀先生《たちはきせんじょう》（東宮警固の士の長）。相模権守。その足跡は九州・東国・東北に及び、陸奥で没した。46曽禰好忠らと親交があった。家集に『重之集』がある。

「百首の歌」といえば、平安末期以後広く行われたのであるが、重之の百首の歌は、それらのさきがけをなした、形式の整った古いものである。冷泉天皇（六十三代の天皇）の東宮時代は、天暦（九五〇）年から康保四（九六七）年までの間。その間に奉った百首で、恋十首の三首目にこの歌が見える。初二句が「砕けて」の序詞。第三句以下が主想で、求愛に応えてくれぬ相手の冷たさに思い乱れるわが身を、岩に砕ける波の様子にたとえている。

50 君がため惜しからざりし命さへ長くもがなと思ひぬるかな　藤原義孝

【現代語訳】あなたに逢うためなら惜しくはないと思った命までもが、（お逢いしたあとでは）長くあってほしい（そしていつまでも逢い続けたい）と思うようになったことよ。

【出　典】後拾遺集・巻十二・恋（六六九）に「女のもとより帰りて遣はしける　少将藤原義孝」とあるのが出典。『義孝集』には「人のもとよりかへりてつとめて」とある。末句「思ほゆるかな」。

【作　者】天暦八（九五四）～天延二（九七四）年。45の歌の作者謙徳公伊尹の子。正五位下右少将。兄挙賢《たかかた》が前少将と呼ばれたのに対して後少将と称せられた。家集に『義孝集』がある。

なかなか逢えない女性に、ようやくのことで逢うことのできた喜びの情が背後にこめられているが、恋の歓喜は王朝和歌ではあえて激しくは詠い上げないのである。その情をおさえ、その逢った（契りを結んだ）ことによって、いよいよ高まってゆく思いを直線的に詠んだ歌である。なお末句は普通「思ひけるかな」とあるが、『後拾遺集』や『百人秀歌』の形に従った。

52 明けぬれば暮るるものとは知りながらなほ恨めしき朝ぼらけかな　藤原道信朝臣

【現代語訳】夜が明けると、やがては日が暮れる（そしてあなたに逢える）とは知っていながらも、やはり恨めしい（後朝の別れの）朝ぼらけであるよ。

【出　典】後拾遺集・巻十二・恋二（六七二）の歌だが、六七一の歌とその詞書は「女のもとより雪ふり侍りける日かへりてつかはしける　藤原道信朝臣　帰るさの道やはかはるかはらねど解くるにまどふ今朝のあは雪」。『道信集』では別の時の歌とするが、『後拾遺集』では続き（一連）の歌となる。

【作　者】天禄三（九七二）～正暦五（九九四）年。太政大臣藤原為光の子。母は謙徳公伊尹のむすめ。55公任・51実方らと親交があり、和歌に巧みであったが、従四位上左中将で、二十三歳で没した。家集に『道信集』がある。大鏡に「いみじき和歌の上手」とある。

『道信集』では「同じ人のもとよりかへりて」と詞書があり、「かへるさの」の歌の前にある。妹尾好信『王朝和歌・日記文学試論』によると、『後拾遺集』にあった詞書の脱落、または撰者の削除かという。朝の光の中に別れを惜しむ貴公子——典型的な後朝の歌。定家は早世したこの「和歌の上手」を愛惜していたのかもしれない。『新古今集』には九首入集（五首を定家が推している内、四首が定家のみの推挙）。

54 忘れじの行末まではかたければ今日を限りの命ともがな　儀同三司母《ぎどうさんしのはは》

【現代語訳】いつまでも忘れまい、とおっしゃるそのお言葉が、末長く変わらないことはむずかしいので（きっと変わると思いますので）、そうおっしゃってくださる今日を最後とする命であってほしいものです。

【出　典】新古今集・巻十三・恋三（一一四九）に「中関白かよひそめ侍りけるころ　儀同三司母」とあるのが出典。中関白は藤原道隆のこと。

【作　者】生没年未詳～長徳二（九九六）年。儀同三司（准大臣）藤原伊周《これちか》の母。高階成忠のむすめ貴子のこと。円融院につかえて高内侍と呼ばれたが、中関白道隆の妻となり、伊周・隆家・一条天皇皇后定子を産んだ。晩年は中関白家が道長に圧迫され、不幸であった。

男を待つほかはない当時の女性の切実な気持の表明。

59 やすらはで寝なましものを小夜ふけてかたぶくまでの月を見しかな　赤染衛門

【現代語訳】ためらわずに寝てしまえばよかったのになあ。（あなたがいらっしゃるというのであてにして）

夜がふけて、西の山に傾くまでの月を見てしまいましたよ。

【出　典】後拾遺集・巻十二・恋二（六八〇）に「中の関白、少将に侍りける時、はらからなる人に物いひわたり侍りけり。たのめて来ざりけるつとめて、女にかはりてよめる　赤染衛門」とある。

【作　者】生没年未詳。天徳二（九五八）年ごろの生まれか。長久二（一〇四一）年には八十余歳で生存。赤染時用《ときもち》のむすめ。藤原道長の妻倫子《りんし》につかえ、上東門院彰子のもとにも出入りした。大江匡衡の妻となり、江侍従・挙周を産む。良妻賢母であった。家集に『赤染衛門集』。

関白道隆がまだ少将であったとき、赤染衛門の姉妹と情を交わしていたが、あてにさせてこなかった翌朝、姉妹に代わって赤染衛門が詠んだ、という代作歌である。道隆が少将であったのは天延二（九七四）年十月～貞元二（九七七）年正月だから、赤染衛門は十代の末ごろである。待ちに待ってついにこなかった男への恨みを、月に託して素直にまとめた歌である。西山に傾く月を、吐息とともにながめる嘆きの女性の姿が浮かんでくる。優艶な歌である。

66 もろともにあはれと思へ山桜花よりほかに知る人もなし　前大僧正行尊《さきのだいそうじやうぎやうそん》

【現代語訳】（私がお前をなつかしく思うように）お前も私をしみじみとなつかしく思ってくれ、山桜よ。こんな山奥にいる今、花のお前よりほかに、私の心を知る人もいないのだ。

【出　典】金葉集・巻九・雑上（再奏本五二一、三奏本五一二。再奏本・三奏本については一八〇ページ参照）に「大峯にて思ひかけずさくらの花をみてよめる　僧正行尊」（再奏本＝二度本による）とあるのが出典。

【作　者】天喜三（一〇五五）〜保延元（一一三五）年。敦明《あつあきら》親王の孫。参議源基平の子。三井寺で修行し、園城寺長吏となる。山伏修験の行者として著名であり、修験の加持祈祷に誉れ高かった。和歌にもすぐれ、家集に『行尊大僧正集』がある。大僧正は僧正の最上位。

行尊が修行した修験道というのは、山岳信仰を基盤にし、仏教の密教的信仰などが合体したもので、山岳に登り、修行をつみ、呪力を体得し、それによって加持祈祷などを行った。奈良県の熊野川上流にある大峯は、山伏修行の代表的な霊地。行尊の家集によると、山中深く、思いもかけず山桜を見出し、「風に吹き折れてもなほめでたく咲きて侍りしかば」という様子に、苦しい修行中、吹き折れても美しく咲いている花を、わが心境に通うものとして感動した。

73 高砂の尾上《をのへ》の桜咲きにけり外山《とやま》の霞立たずもあらなむ　権中納言匡房

【現代語訳】高い山の峰の桜が咲いたなあ。人里近い山の霞よ、（花が見えなくなるから）どうか立たないでほしいものだ。

【出　典】後拾遺集・巻一・春上（一二〇）に「内のおほいまうち君の家にて、人々酒たうべて歌よみ侍りけるに、遥かに山の桜を望むといふ心をよめる　大江匡房朝臣」とあるのが出典。

【作　者】大江匡房。長久二（一〇四一）～天永二（一一一一）年。成衡《なりひら》の子で、大江匡衡・赤染衛門（59の歌の作者）夫妻の曽孫。儒者・漢詩人として重きをなした。正二位権中納言兼大宰権帥。著書はきわめて多い。家集に『江帥集《ごうのそち》』がある。

「内のおほいまうち君」とは内大臣で、後二条関白といわれた藤原師通。「高砂」を播磨国の歌枕（固有名詞）とする説もあるが、詞書を尊重すれば、二条の師通邸から東山の辺を望んでの詠らしいから普通名詞（高い山）であろう。大きな景を詠じた格調高い歌（たけある歌）と見られていた。

82 思ひわびさても命はあるものを憂きに堪へぬは涙なりけり　道因法師

【現代語訳】つれない人を思い、悩み悲しんで、そんなふうでもやはり命は永らえているのに、つらさに堪えきれないで流れ落ちてくるのは、涙であるよ。

【出　典】千載集・巻十三・恋三（八一八）に「題しらず　道因法師」とあるのが出典。

【作　者】寛治四（一〇九〇）年～没年未詳。俗名藤原敦頼。治部丞清孝の子。従五位上左馬助。承安二（一一七二）年に出家して道因と称した。しばしば歌合に出席し、治承三（一一七九）年十月、右大臣兼実家の歌合にも出席している。時に九十歳。この後まもなく没か。和歌に執した人として著名。

「命」はかろうじて堪えて存在しているのだが、「涙」のほうは堪えきれない、という対照の技巧が眼目である。この技巧によって、つれない相手に訴える形にしたもので、当時の歌風からいえば、きわめて正統な手法である。絶望とあきらめの奥に、なお相手を恋い慕う…という気持ちで、述懐調の沈んだ感じの歌である。流麗な調べにのせて、哀感がにじみ出ており、この沈んだ調子と流麗な調べから、俊成によって『千載集』に撰入されたものであろう。ただ定家は、この歌を『二四代集』（定家八代抄）をはじめとした秀歌撰の中には採っていないのだが、歌道執心の人柄に感じてか、『百人秀歌』『百人一首』には選びとっている。

87 村雨の露もまだひぬまきの葉に霧たちのぼる秋の夕暮　寂蓮法師

【現代語訳】ひとしきり降り過ぎていった雨の残した露も、まだかわいていない真木の葉のあたりに、白々と霧がたち昇ってくる秋の夕暮れどきよ。

【出　典】新古今集・巻五・秋下（四九一）に「五十首の歌奉りしとき　寂蓮法師」とあるのが出典。「五十首の歌」とは建仁元（一二〇一）年二月、老若五十首歌合をさす。『寂蓮法師集』にも見える。

【作　者】保延五（一一三九）ころ～建仁二（一二〇二）年。俊成の兄弟阿闍梨俊海《しゅんかい》の子。俊成の養子。俗名藤原定長。従五位上中務少輔。承安二（一一七二）年ごろ出家。御子左家の有力歌人であった。『新古今集』の撰者の一人となったが、撰歌中に没した。家集に『寂蓮法師集』がある。

寂蓮は出家ののち、約三十年の後半生を、高野ほか各地を行脚もしているから、この「村雨の」の歌も、かつて見た風景が彼の心の中に蔵せられていたものであろうか。秋の夕暮の静寂な情景を印象的に詠出。

90 見せばやな雄島のあまの袖だにも濡れにぞ濡れし色はかはらず　殷富門院大輔《いんぷもんゐんのたいふ》

【現代語訳】（涙で色まで変わってしまった私の衣の袖を）お見せしたいものです。あの松島の雄島の漁夫《あま》の袖でさえ、いつも波に濡れに濡れてはいるけれど、色まで変わることはないということですのに。

【出　典】千載集・巻十四・恋四（八八六）「歌合し侍りけるとき恋の歌とてよめる　殷富門院大輔」とあるのが出典。

【作　者】正治二年（一二〇〇）ごろ七十歳ほどで没か。従五位下藤原信成のむすめ。殷富門院（後白河院第一皇女亮子内親王）の女房。清輔家歌合以下に参加。二条院讃岐（92の歌の作者）・小侍従らとともに、十二世紀末ごろの代表的女性歌人の一人。家集に『殷富門院大輔集』。

この詞書は『千載集』の前歌（八八五）の俊恵歌を受けており、某年歌林苑歌合の歌と思われる。これは明らかに本歌取の歌として詠まれた一首である。本歌は、『後拾遺集』（八二七）源重之の「松島や雄島の磯にあさりせしあまの袖こそかくはぬれしか」（松島の雄島の磯で漁をする海人の袖こそは、私の涙の袖と同じように濡れているのです。私はそれほどつらい恋に泣いているのです）である。この歌のことばをもとにして、作者が答えたような形をとった一首である。色の変わった衣の袖とは紅涙（血の涙）によって変わったものと解せられる。初句切・本歌取・複雑な趣向など、典型的な歌合の歌。

92 わが袖は潮干に見えぬ沖の石の人こそ知らね乾く間もなし　二条院讃岐

【現代語訳】私の袖は、潮が引いたときでさえ姿を現さない沖の石のように、人は知らないでしょうけれど、(あの方を思う涙のために)乾くひまもないのです。

【出　典】千載集・巻十二・恋二(七六〇)に「寄《スル》レ石《ニ》恋といへる心を　二条院讃岐」とあるのが出典。『二条院讃岐集』には初句「わが恋は」、末句「乾く間ぞなき」とする本もある。

【作　者】永治元(一一四二)ころ〜建保五(一二一七)年ころ。源三位頼政のむすめ。二条天皇の女房。天皇崩御ののち藤原重頼と結婚。宜秋門院《ぎしゅうもんいん》(後鳥羽天皇中宮任子)に仕えたが、のちに出家。「正治初度百首」「千五百番歌合」の作者。家集に『二条院讃岐集』がある。

この歌の主想は「わが袖は、(人は知らないが)乾く間もなし」という初句と下句で、第二句以下は、末句をも含めて、すべて沖の石の描写・叙述である。第二、三句は序詞といってよい。人の知らぬ沖の海底のぬれた石が、映像として浮かんできて、それが涙で袖をぬらして嘆く女性の姿態と重なってくる、という手法の歌である。艶の境地をこめながら、さびしい感じのする歌である。

93 世の中は常にもがもな渚漕ぐあまの小舟の綱手かなしも　鎌倉右大臣

【現代語訳】世の中というものは、永遠に変わらないものであってほしいなあ。浜べを漕ぎゆく漁夫の小舟が綱手を引く、そうした光景に、しみじみと心が動かされることであるよ。

【出　典】新勅撰集・巻八・羇旅（五二五）に「題しらず　鎌倉右大臣」とあるのが出典。『金槐《きんかい》集』にも。

【作　者】源実朝。建久三（一一九二）～承久元（一二一九）年。頼朝の二男。鎌倉三代将軍。定家に師事し、『近代秀歌』を贈られる。右大臣拝賀の夜、鶴ケ岡八幡宮社頭で、おいの公暁《くぎょう》に暗殺された。家集に『金槐集』があり、その中に存する万葉風の歌と個性的な実朝の秀歌が注目されている。

この歌は、『万葉集』巻一（二二）「川上《かはのへ》のゆつ岩むらに草むさず常にもがもな常《とこ》をとめにて」（河のほとりの神聖な岩に草が生えぬように、永久に若い乙女であってほしい）、『古今集』巻二十・陸奥《みちのく》歌（一〇八八）「陸奥はいづくはあれど塩釜の浦こぐ舟の綱手かなしも」（陸奥では他のどこにもまして……）を本歌としながら、まったく新しい実朝独自の歌としている。「綱手」は船を引くために舳につけた綱。綱手の光景の面白さ、その感動が誘う常住不変への願い。それは無常観に支えられていたのかもしれない。全体の調子は不思議に感傷的である。

94 み吉野の山の秋風小夜《さよ》ふけてふるさと寒く衣うつなり　参議雅経

【現代語訳】吉野の山の秋風が吹きおろし、夜はふけて、晩秋の夜寒の古都吉野の里には、衣を打つ砧《きぬた》の音が寒々と聞こえてくることよ。

【出　典】新古今集・巻五・秋下（四八三）に「擣衣《たうい》の心を　藤原雅経」とあるのが出典。『明日香井集《あすかいしゅう》』中の「詠百首和歌」（建仁二年八月二十五日）にあり、すなわち一二〇二年の作。

【作　者】藤原雅経。嘉応二（一一七〇）〜承久三（一二二一）年。刑部卿藤原頼経《よりつね》の子。従三位参議。俊成に師事し、鞠にも巧みで、後鳥羽院の信任を得て新古今集撰者の一人となった。「千五百番歌合」などに加わる。和歌・蹴鞠の家である飛鳥井家の祖。家集に『明日香井集《あすかいしゅう》』がある。

『古今集』巻六・冬（三二五）の「み吉野の山の白雪つもるらしふるさと寒くなりまさるなり」（坂上是則）を本歌とする。「衣うつ」は布を柔かくし、光沢を出すため木槌で打つ、砧のこと。聴覚（秋風・衣打つ）的世界によって夜寒の吉野の情景を表そうとした所が主眼。

96 花さそふ嵐の庭の雪ならでふりゆくものはわが身なりけり　入道前太政大臣

【現代語訳】花を誘って散らす嵐の庭には、雪のように桜が降るのだが、降りゆくのは花吹雪ではなく、古りゆく（老いぼれてゆく）のは実はわが身であるのだなあ。

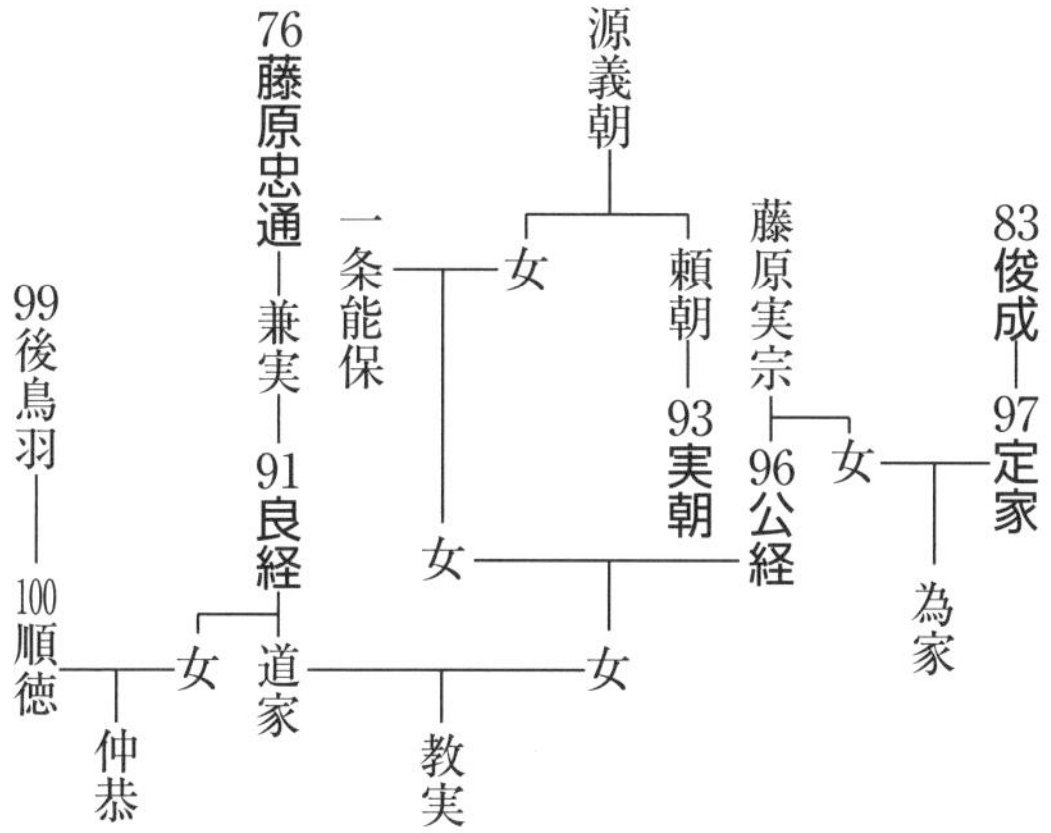

（数字は歌番号）

【出　典】新勅撰集・巻十六・雑（一〇五二）に「落花をよみ侍りける　入道前太政大臣」とあるのが出典。

【作　者】藤原公経。承安元（一一七一）〜寛元二（一二四四）年。内大臣実宗の子。公経の姉は定家の室。また公経の室は源頼朝の妹婿一条能保のむすめ。承久の乱後、親幕派の大立者として権勢をにぎり、従一位太政大臣に至る。定家一家をも大いに庇護した。北山の別荘に西園寺を造営、家名となった。

比類ない栄華を一身に集め、春昼春夜、連々たる遊宴の中で、ふと嘆ずる老いの到来——圧縮された「花さそふ嵐の庭の雪」という表現からは、けんらんたる花吹雪がまずイメージとして浮かび、一転してそれを否定し、老いを嘆く白髪の老人の姿がある。すぐれた述懐の歌である。

98 風そよぐならの小川の夕暮はみそぎぞ夏のしるしなりける　従二位家隆

【現代語訳】風がそよそよと楢の葉に吹いている、（上賀茂神社のほとりを流れる）このならの小川の夕暮れは、（涼しくて秋がきたような感じだが）みそぎが行われているのが夏の証拠《しるし》であるよ。

【出　典】新勅撰集・巻三・夏（一九二）に「寛喜元年女御入内の屏風　正三位家隆」とあるのが

出典。

【作　者】藤原家隆。保元三（一一五八）〜嘉禎三（一二三七）年。光隆の子。俊成の門にはいって、いわゆる御子左新風を推進する歌人となった。『新古今集』の撰者の一人。後鳥羽院に深く信任された。従二位宮内卿。壬生《みぶ》に住んだので壬生二位と呼ばれた。家集は『壬二集』。

寛喜元（一二二九）年十一月、前関白九条道家の女竴子《しゅんし》（のちの藻璧門院《そうへきもんいん》）が、後堀河天皇の中宮として入内するとき、人々から屛風歌を召したが、そのうちの一首。「みそぎ」は罪やけがれを水によって清めること。六月と十二月の末日に行われたが、ここでは六月祓《みなづきばら》えのこと。この歌は「みそぎするならの小川の川風に祈りぞわたる下に絶えじと」（古今六帖・新古今集一三七六、八代女王《やしろのおおきみ》の作。みそぎするならの小川の川風の中で、恋人との仲が人に知られないで絶えないように祈り続けることだ）と、「夏山の楢の葉そよぐ夕暮はことしも秋の心ちこそすれ」（後拾遺集二三一、源頼綱の歌）の二首が、発想の源（広義の本歌）になっている。その点で、独創性には乏しいが、平明なよみぶりの中に、世俗離れの、清涼な感じのする歌である。屛風歌としてもふさわしい。

第四章●百人一首の成立

——撰者藤原定家をめぐって——

中世から現代に至るまで、「秋の田の」で始まる、百人の歌人のそれぞれ一首を集めた『百人一首』を享受して参りました。ところが、昭和二十六年（一九五一）有吉保さんが宮内庁書陵部から『百人秀歌』という、『百人一首』と近似した百首（実際は百一首）を発見しました。これは『百人一首』の研究史上たいへん大きな事件であったと思われます。

『百人秀歌』はのち久曽神昇本の存在が知られ（以上、江戸期写。日本歌学大系所収）、近年冷泉家に存する一本が冷泉家時雨亭叢書『五代簡要　定家歌学』（朝日新聞社刊）に影印で収められました。時雨亭本は南北朝期の写本ですが、何れかの時期に冷泉家に入ったもののようです。

巻頭に「百人秀歌 嵯峨山庄色紙形 京極黄門撰」とあり、「あきのたの」の歌から始まりますが、『百人一首』と歌の配列にかなり違いがあり、後に述べますように歌に若干の出入りがあり、巻軸部分は、次のようになっています。

新　きのくにのゆらのみさきにひろふてふたまさかにだにあひみてしがな　権中納言長方
千　みせばやなをじまのあまのそでだにもぬれにぞぬれしいろはかはらず　殷富門院大輔
新　たまのをよたえなばたえねながらへばしのぶることのよは《わ》りもぞする　式子内親王
同　むらさめのつゆもまだひぬまきの葉にきりたちのぼる秋のゆふぐれ　寂蓮法師
千　わがそではしほひにみえぬおきのいしの人こそしらねかは《わ》くまもなし　二條院讃岐
新　きり〴〵すなくやしもよのさむしろにころもかたしきひとりかもねん　後京極摂政前太政大臣

千　おほけなくうき世のたみにおほふかな我たつそまにすみぞめのそで　前大僧正慈円

新　みよし野ゝやまの秋かぜ小夜ふけてふるさとさむくころも打なり　参議雅経

新勅　よのなかはつねにもがもななぎさこぐあまのをぶねのつなでかなしも　鎌倉右大臣

同　かぜそよぐならのをがはのゆふぐれはみそぎぞなつのしるしなりける　正三位家隆

同　こぬ人をまつほのうらのゆふなぎにやくやもしほの身もこがれつゝ　権中納言定家

同　はなさそふあらしのにはのゆきならでふり行ものは我身なりけり　入道前太政大臣

上古以来歌仙之一首、随二思出一書二出之一。名誉之人秀逸之詠、皆漏レ之。用捨在レ心。自他不レ可レ有二傍難一歟。

右の「上古以来……」の識語は定家の記したものであろうとされています。

まず後鳥羽・順徳両院の歌がありません。そして次のような歌の出入りがあります。

よもすがら契りしことを忘れずは恋ひむ涙の色ぞゆかしき

一条院皇后宮（後拾遺集・哀傷・五三六）

（夜通し約束されたことをお忘れでなければ、私を恋うて下さる涙の色の紅を知りたいものです。――一条院を慕って生前詠じてあった歌）

春日野の下萌えわたる草の上につれなく見ゆる春の淡雪　権中納言国信《くにざね》（新古今・春上・一〇）

（春を待ちこがれて萌え出た春日野の草の上に、そ知らぬ顔で降り置いている春の淡雪よ。——恋の趣向に仕立てた早春歌）

きのくにのゆらのみさきに拾ふてふたまさかにだに逢ひ見てしがな

権中納言長方（新古今・恋一・一〇七五）

（紀伊国の由良のみなとで拾うという玉、（そのたまということばのように）たまにでも会いたいものよ。——上の句は序詞）

従って計百一首となる。また74源俊頼の歌が、「憂かりける……」の歌ではなく、次の歌です。

山桜咲きそめしより久方の雲ゐに見ゆる滝の白糸（金葉・春・五〇）

（山桜が咲き始めてから白雲のかかった空に、滝の白糸が見えることよ。——山桜の遠望を滝の白糸に見立てる）

そしてこの『百人秀歌』も上記巻頭内題の割注に従えば、定家撰ということになります。『百人一首』と『百人秀歌』が共に定家撰であるとすると、この両書はどういう関わりで成立したのでしょうか。それに先立って次の点を述べておきます。

かつては、『百人一首』だけを考えていたのが研究者の動向だったわけです。ところが、戦後の研究というのは、非常に広がりを見せ、同時に深まりを見せまして、『百人一首』だけ考えてもだめなのだ、定家とその周辺の色々な問題を考えないと、正確な『百人一首』の成立は分からないというふうに考えられてきたわけです。その先鞭を切ったのが『新古今集』や定家の研究者、樋口芳麻呂さん。たくさんの資料をご覧になって書かれたご論の一つの大きなポイントは、『時代不同歌合』というものが、じつは『百人一首』の成立と関係があるのではないかということを指摘なさったわけです。じつにすぐれた指摘であったと思います。

『時代不同歌合』というのは、どういうものかといいますと、後鳥羽院が撰者であることは確かです。百人の歌人を、だいたい古い時代から、定家とほぼ同じ時代、『新古今』ぐらいまでの歌人百人を選んで、その百人の歌人のそれぞれ三首を秀歌として抜き出して、合計三百首になりますね。それを歌合の形式でAという歌人とBという歌人を番える。そうすると百五十番になるわけですね。時代の違っている歌人を番える。それで『時代不同歌合』ということになると思います。

この歌合には初撰本（前稿本）と再撰本（後稿本）とありますが、差当たり必要な前者の一部を掲げておきます。

（初撰本）時代不同歌合（後鳥羽院撰。貞永元年（一二三二）～文暦二年（一二三五））

一番　左　龍田川もみぢ葉ながる神なびのみむろの山に時雨ふるらし　柿本人麿
右　夕さればかど田のいなばおとづれて葦のまろやに秋風ぞふく　大納言経信
廿四番　左　いとゞしく過ぎにしかたの恋しきにうらやましくも帰る浪かな　業平
右　なげゝとて月やは物をおもはするかこちがほなるわが涙かな　西行
卌一番　左　花の色はむかしながらにみし人の心のみこそうつろひにけれ　元良親王
右　さむしろやまつ夜の秋の風ふけて月をかたしく宇治のはしひめ　権中納言定家
卌二番　左　あふ事は遠山ずりのかりごろもきてはかひなきねをのみぞなく　（元良親王）
右　ひとりぬるやま鳥の尾のしだりをに霜おきまよふ床の月影　（定家）
卌三番　左　侘ぬれば今はたおなじ難波なる身をつくしてもあはんとぞおもふ　（元良親王）
右　きえわびぬうつろふ人の秋の色に身を木枯の森の下露　（定家）

一番が、柿本人磨と経信の組み合わせになりますね。これは『万葉』時代の歌人と平安後期の一流歌人とが組み合わせられているわけです。また業平と西行が組み合わされています。その西行の歌には、『百人一首』と同じ「なげゝとて」が、なお経信も『百人一首』と同じ歌が選ばれています。樋口氏によると、『百人一首』と同じ歌が三十九首もダブっています。

定家は、元良親王と番えられています。元良親王の「侘びぬれば」の歌も『百人一首』に入っています。

この『時代不同歌合』がいつできたかというと、一度できて、その後また直したらしいのですが、前にできた（初撰本）のは、貞永元年から文暦二年のあいだ、西暦でいうと一二三二年から一二三五年の、多分三月以前だろうと樋口さんは考証し、更に天福二年（一二三四）から文暦二年（一二三五）春までの間、ほぼ一二三四年頃ではないかと狭めています。

この『時代不同歌合』は「歌合」の形をとっておりますが、優れた歌を選んでいる秀歌撰です。これを定家が見たかどうかというのが問題なのですが、おそらく見る機会があったのではないか。つまり、ご存知のように後鳥羽院は隠岐島でいろんなことをしたわけです。『定家家隆両卿撰歌合』を撰び、いちばん有名なのは『新古今集』を読み直して削ったりしていわゆる隠岐本『新古今』が出来上がっています。

定家と後鳥羽院は、お互いに和歌の力量を認めていたわけですけれども、ちょっとしたことで承久の乱の直前に仲たがいをしたという話は、どなたもご存知だろうと思います。仲たがいといっても、一人は上皇で、一人は廷臣ですから、対等の争いではないわけで、勅勘といっていますね。天皇から勘当されるということです。そして後鳥羽院はまもなく隠岐島へ流され、定家は、それがかえってよくて、承久の乱後、歌壇における指導者としての地位を得るのですが、両者は直接交渉がなかったわけです。

ところが、後鳥羽院の側近であり、あるいは可愛がられたお公家さんたちは京都にいて、そういう人と後鳥羽院とのあいだの交渉というのは、相当頻繁であったということが考えられているわけです。例えば家隆は非常に後鳥羽院に近かったわけです。しょっちゅう便りの往復があった。そういう人たちから、隠岐島の後鳥羽院の消息というものが京都の人々に伝えられる。おそらくはその経路を通して、定家は『時代不同歌合』を知っていたのではないか。実際に見たかどうかは分からない。しかし、ある程度詳しく聞いていたとしたら、見ていなくても百人の歌人の歌を選んで云々ということを知っていただろうというふうに、一応考えられるわけです。

定家の没後百年頃に、歌壇で大活躍をした頓阿という歌僧がいます。『井蛙抄《せいあしょう》』という歌論書を書いています。

> 或人云、時代不同歌合に、定家卿被レ合二元良親王一ける時、「元良親王といふ歌よみのおはしける事、初めてしりたる」と利口被レ申けり。家隆は、小野小町につがふ。まことに、定家、相手不レ被レ請もことはり也。但、後鳥羽院、常仰に「元良親王、殊勝歌よみなり」と仰せありければ、御意には、わろき相手ともおぼしめされざりけるにこそ。

話が少し面白くて、また後のものですから信憑度は高くないにしても、見たということになっていますね。（「利口」は、ここでは皮肉っぽい冗談。定家は番えられた相手に不満だったというわけです）なお、樋口さんの『時代不同歌合』と『百人一首』とについての詳しい関わりについては『平安・鎌倉時代秀歌撰の研究』（ひたく書房）、定家・元良親王の番えを中心とした考察には寺島恒世「時代不同歌合の一性格」（言語と文芸95）があります。

ところで、定家はこのころどういう状態であったのでしょうか。

一二三二年六月、定家は後堀河天皇から勅撰集を撰べと命令されました。定家は、早速それにとりかかって、天皇が上皇になる直前十月に一応仮名序と目録を奏覧、天皇に見せました。翌々年六月草稿本を奏覧します。ところが後堀河院は体もあまり丈夫でなかったらしいのですが、急に八月他界してしまう。定家はがっかりして、草稿本を焼いてしまった。が、その年の十月になると、当時の政界の実力者であった前関白九条道家が、後堀河院の手元にあった草稿本を発見して、定家に、これで勅撰集を完成せよという命令を下したわけです。定家はそれを承ってやり直そうと発奮したのでしょうね。そのときに、道家は、定家に対して何か示すことがあったのですね。何か要請したというのです。定家は結局、百余首をこの中から除いて、翌年の一二三五年三月完成したのが、九番目の勅撰集である『新勅撰集』です。

ちょうど承久の乱からこの年まで十五年です。十五年という年が長いか短いかというのは、これは人によって違うと思いますね。どうでしょう、昭和二十年の敗戦の玉音放送をお聞きになった方、私も聞きましたけど、それから十五年というと、昭和三十五年ですね。昭和三十五年というのは、もう相当落ち着いてきた時代であった。しかしまだ戦争の記憶は鮮やかで、強烈でした。人によってはその強烈さがそのまま保持されていたでしょう。短いといえば短い。長いといえば相当な時間がたって、世の中も落ち着いてきた。人によっていろいろ違うと思うんですが、おそらく幕府を倒そういう首謀者であった後鳥羽院と順徳院については、やはり鎌倉幕府にとってこの両院に対する警戒感というのが消えたとはとても思えないのですね。やはり道家が定家に何か示す旨があったというのは、結果的に見ると後鳥羽院と順徳院の歌を削れということであったということが、これはかなりはっきり推定できると思います。

その結果、結局定家は百首あまりを削ったわけですね。この百首あまりというのが、おそらく後鳥羽院と順徳院と、それから承久の乱では中立的な立場であったけれども自ら希望して京を離れた土御門天皇の歌もふくめての承久の乱の関係者たちの歌を定家は削ったのだろうと思います。定家としては、芸術的良心と、政治的な圧力というものに挟まれて、苦悩の結果であっただろうと考えられております。これらは、近代人の考え方がかなり推定の中に入っていますけれども、歌人としてのプライドを抑えて、勅撰集の完成ということを第一義にしたというふうに、考えられているわけです。

さて、ここで『百人一首』の問題に戻りたいと思います。

繰返し申しますように、『百人一首』は秀歌撰です。それでは何故ここで秀歌撰を撰びたかったのか。定家はこれまでに『八代抄』をはじめ、『近代秀歌』(自筆本系統)や『詠歌大概』に付載されたもののように、幾つかの秀歌撰を撰んでいます(定家は、和歌の歴史・理論・創作法を叙述した時に、必ず秀歌例を付していて、啓発家というか教育者的な性格が豊かでした)。ですから、あらためて決意したというより、晩年の好尚を反映した秀歌撰を作りたい気持を持っていた、あるいは『新勅撰集』撰集と並行してその気持が起った、あるいは強まったのかもしれません。

それではなぜ百人の秀歌撰か。それはやはり『時代不同歌合』を意識したかもしれません。そして院政期以来の百首歌——これは一人が百首を詠むわけですが——にみるように、久保田淳さんも指摘する通り、百という数には定家の時代の歌の関わりとの強さがあったと思われます。

そしてもう一つ次元の異なる契機として、その呼び水となったのは息為家の舅、蓮生の別荘の襖障子の色紙依頼が重なったのではないでしょうか。

さて、『百人一首』成立の経緯については多くの説がありますが、すべてお話し申す力もございませんし、また時間もありません。私の考えた所を簡単に申し上げます。

定家が『時代不同歌合』を知ったのは、早くて文暦元年（一二三四。後半カ）、遅くて二年の春。これと前後して蓮生から選歌と色紙執筆を頼まれます（二年四月二十三日か五月一日に定家が蓮生を訪れた折に頼まれた、という考え方もあり、その可能性もありますが、五月二十七日に色紙を送っているということから考えると少し慌しいか）。早くて文暦元年『新勅撰集』整備後か、あるいは二年に入ってからか、本格的な選歌を始めたと思います。

定家はおそらく新しい秀歌撰を撰ぶのに、かつて八代集九千四百首ぐらいの歌から二千首ほどを抄出して作った『定家八代抄』（二四代集）から抜出しました。『百人一首』の中、九十二首は重なります。それに『新勅撰集』から選んだものをも加えて百首の秀歌撰を構想したのではないでしょうか。そしてそこには当初『新勅撰集』に予定していた後鳥羽院・順徳院の歌が入っていたかもしれません。但し、完成した『新勅撰集』から選んだとしたら入っていなかったでしょう。曖昧な言い方ですが、私としてはこれ以上の推定はできません。

五月に入って選歌は続けられていたと思いますが、そこに衝撃的な事件が起こります。

このころ京都の貴族たちの上層部では、土御門院は四国で亡くなっているわけですが、順徳院は佐渡で、後鳥羽院は隠岐で、十五年も流されている。そろそろ京都へ帰ってきてもらってもいいのではないかということを幕府に打診するんですね。

その結果、幕府は、いわゆる御家人たちの総意で、それはだめであるという、執権泰時の名前によって京都に返事が来たのが五月の十四日なのです。つまり、二人の上皇を京都に帰すことはまかりならんという、幕府の、まったくにべもない返事であったわけです。これは定家が『明月記』に為家がいったこととして、密々の話だがといって書いているわけです。

私の臆測ですが、この事件は定家にとって衝撃ではあったでしょうが、両院が帰京していたら、『新勅撰集』を見ると「私らの歌がない」と両院の不満と怒りとが起ったでしょう。既に遠島でそれは承知していたとしても、帰京すれば改めて怒りは高じたでしょう。定家にすれば、それは政治的な圧力で、といえるにしても、やはり撰者としての責任は感ずるでしょうから、定家としては帰京拒否でほっとした面があったのではないでしょうか。

定家はこの事件で、入道はしているがもともとは有力武家であり、人々も沢山訪れる蓮生の山荘の襖障子を飾る色紙に、両院の歌を入れることは、はっきり断念したと思います。従って五月二十七日に送ったのは『百人秀歌』と考えられます。異説も勿論あるのですが、そして成立経過の道筋がいろいろ違う見解はありますが、この折の色紙形は『百人秀歌』という説の方が多いと思います。定家はその後やはり『新勅撰集』『百人秀歌』に両院の歌を入れなかった痛みもあって両院の歌を入れ、若干の手直しをして自家用に百人一首に改めたのではないでしょうか。初め百人秀歌の色紙を蓮生に送る時に、おおげさなものでなく冊子（ノート）の形にして添えたと想察されますが、そこには「正三位家隆」と書いた、しかし百人一首に改めた折「従二位家隆」（嘉禎元年＝一二三五＝九月に昇叙）にしたのではないかと思います。

以上が（私見をも含めて）『百人秀歌』先行説といわれるものです。

なお「入道前太政大臣」（公経）という表記は新勅撰集のそれと同じで、その没する寛元二年（一二四四）八月以前を示します（没後は西園寺前太政大臣）。そして「後鳥羽院」という諡名は仁治三年（一二四二）、「順徳院」は建長元年（一二四九）に贈られたので（共に定家没後）、それ以前、定家生存中は「隠岐院」（本院）、「佐渡院」（新院）のような表記であったのでしょうが、建長以後、例えば為家辺が改めたかと考えられます。

『百人秀歌』より前に『百人一首』が成立していた、とする考え方が、比較的最近ですが、相当多くなっていることについて述べておきます。それは片桐洋一・加藤惣一・伊井春樹・徳原茂実そして最近の島津さんの御論です。皆さん少しずつニュアンスが違いますし、一つ一つ紹介するほど私も勉強しておりませんので、大づかみに申しますと、『時代不同歌合』に対して定家は自分の秀歌撰を撰ぼうとした。当時『新勅撰集』を撰んでいるさ中であったので、除棄を命ぜられる以前の草稿本までを資料とし、初めは両院の歌を入れて『百人一首』を撰び、五月十四日問題で両院の歌を除いたりして『百人秀歌』とし、五月二十七日にはそれを蓮生に送った、と考える立場です（なお『百人秀歌』は色紙のみで、秀歌撰としての最終形態は『百人一首』である、という見解もあります）。いちおう『百人一首』先行説とします。こんなに大ざっぱに申しますと説を出した方々に怒られますが、御容赦願います。

私見では『百人秀歌』というのは、半分は（世人に見せるという点で）公のもの、晴れのものであって、あと半分は定家と蓮生とのあいだの個人的なもので、しかも定家が悪筆（?）を揮って書いたという点では、プライベートなものであったのではないでしょうか。そのように『百人秀歌』には二つの性格が込められていたのではないかという気がいたします。定家は、その後の段階で、本当に純粋に私の秀歌撰を、『百人秀歌』に基づいてつくるとしたら、後鳥羽院、順徳院を入れて、あとの三人（俊頼歌を入れると四人）の歌を入れ替えて、『百人一首』を定家の秀歌撰として最終的に家に伝えるということにしたのではないかと思います。そして撰の一つの契機が蓮生の為のものである（つまり窮屈なものではない）という点で、定家は自らが許容しうる範囲で（「事により折による」歌を含めて）相当広く和歌の幅を認めたのではないか、と思います。

蓮生に贈られた『百人秀歌』には歌仙絵（肖像画）が添えられていたのではないか、といわれています。『時代不同歌合』には伝為家筆ほかすぐれた歌仙絵があります。それを描いたのは、定家の甥に当たる有名な藤原信実ではないか、など諸説があります。

左に『水蛙眼目』の一文を掲げておきます。

後堀川院へ書き進ぜられたる秀歌大体、梶井宮へ進ぜられたる詠歌大概、各数十首古歌をのせられたる、たゞしくうるはしき一体なり。又嵯峨の山庄の障子に、上古以来歌仙百人のにせ絵を書きて、各一首のうたをかきそへたる。更にこのうるはしき体のほか、別の体なし。

あまり聞き馴れない書名でしょうが、おそらく鎌倉最末か南北朝初期頃に、歌僧頓阿が『井蛙抄』という歌学書を書いた、その一部と思われるのですが、そこに「嵯峨山庄の障子に、上古以来歌仙百人のにせ絵を書きて、各一首のうたをかきそへたる」という文によると、歌仙絵と色紙は南北朝の初め頃まであったようです。そして色紙は南北朝写の時雨亭本百人秀歌にも「嵯峨山庄色紙形」とある点からも存在が推測されます。頓阿のいうことには、何かの根拠、伝えのあることが多いのです。その後邸が倒壊するか何かして失せて了ったのか、現在一切残っておりません。

最後に、後鳥羽院は『百人一首』を果して見たかどうか、について一言します。これについては今井明「後鳥羽院は百人一首を知っていたか」（国文学'92・1）の論があります。後鳥羽院撰『定家家隆両卿撰歌合』（嘉禎二年七月以後成る）とも関わる複雑な問題がありますが、院が生前に知る可能性のあったことの追求が近年行われていることを指摘しています（今井氏の文章は慎重で、関心がある方は直接この論文を披見してください）。

参考文献としては、樋口芳麻呂『平安・鎌倉時代秀歌撰の研究』（ひたく書房、'83）、松村雄二『百人一首』（平凡社、'95）、島津忠夫『新版百人一首』（角川ソフィア文庫、'01）などの単行本が注意されます。論文として、片桐洋一「百人一首雑談　その後」（'75）、加藤惣一「百人一首の成立・性格について」（'87）、伊井春樹「百人一首の成立」（'90）、徳原茂実「百人一首成立試論」（'95）はこの稿を書く段階で、『百人一首研究集成』（和泉書院、'03）に収められました。

次に関係略年表を載せておきます。

貞永元　1232	6月定家『新勅撰集』の撰集を後堀河天皇より下命。10月2日譲位直前の天皇に仮名序・目録を奏覧。
天福二（文暦元）1234	六月三日草稿本（1498首所収）を奏覧。8月6日院崩御、定家落胆、草稿本を自邸で焼却。10月下旬、前関白道家、院の手許にあった草稿本を入手。11月9日定家は前関白邸にて当代歌人の詠について承る旨があり、完成を命ぜられ、翌日百余首を除いて進上。 文暦元年から遅くとも2年春までの間に『時代不同歌合』（初撰本）成る。
文暦二年（嘉禎元）1235	3月12日世尊寺行能により清書された精撰本が道家に進上。『新勅撰集』は完成した。『新編国歌大観』所収の精撰本は1374首所収。4月23日・5月1日定家は蓮生の中院山荘に招かれる。5月14日幕府、後鳥羽・順徳両院の帰京案を拒否。27日定家、色紙形に和歌を染筆して蓮生に送る（『百人秀歌』か。こののち『百人一首』に改訂か）。 9月12日正三位家隆、従二位に昇叙。
延応元　1239	2月22日後鳥羽院隠岐に崩御、次いで顕徳院とおくり名。
仁治二　1241	8月20日定家没。
三　1242	7月8日顕徳院のおくり名を後鳥羽院と改める。9月12日順徳院佐渡に崩ず。
寛元二　1244	8月29日入道前太政大臣西園寺公経没。『百人一首』の作者表記は（両院の名を除き）これ以前の形。
建長元　1249	7月20日順徳院とおくり名する。（こののち某が両院の名を現行のそれに改める。）

第五章●百人一首以後

――百人一首はどう受けとめられたか――

今まで何のことわりもなく、「百人一首」という言葉を用いて来ましたが、鎌倉時代には「百人一首」もそれに類する言葉も全くといってよいほど出て参りません。『水蛙眼目』が鎌倉最末期に書かれたとしたら「百人の……」は珍しい例です。また後に述べますが、『古今和歌東家極秘』という書に「百人一首に清角抄といふ題号あり。是為氏卿の説……」とありまして、もしこれが事実ならば、これも実に珍しい例ですが、確かめる為の裏づけが今の所見当たりません。

書陵部に『百人一首抄 応永十三年写』と外題のある室町末期頃の写本があります（これも有吉保さんの発見にかかります）。巻頭は、

小椋山庄色紙和哥

右百首は京極黄門小倉山庄色紙和哥也、それを世に百人一首と号する也

とありまして、奥書に「応永十三年仲夏下旬　藤原満基」とあります。これは西暦一四〇六年で、仲夏は五月です。つまり室町時代の初めのころです。したがって、『百人一首』の享受、受けとめる歴史としては、これが非常に古いのだというふうにいわれてきました。

しかしこの奥書には問題があるといわれるようになりまして、この注釈書は七十年位後の『宗祇抄』（の系統に属する）一本ではないか、とする説が最近出ています（『研究集成』所収座談会。なお石神秀美「『百人一首応永抄』小論」〈山田昭全編『中世文学の展開と仏教』所収〉参照）。

書陵部に文安二年（一四四五）に写された本があります。『詠哥大概』に合綴されていますが、初めに『百人一首』とあり、天智天皇の「秋の田の」に始まり、順徳院の「も、しきや」に至ります。

奥書に、

此一冊凌老眼馳禿筆畢
文安第二季冬中旬飛雪点

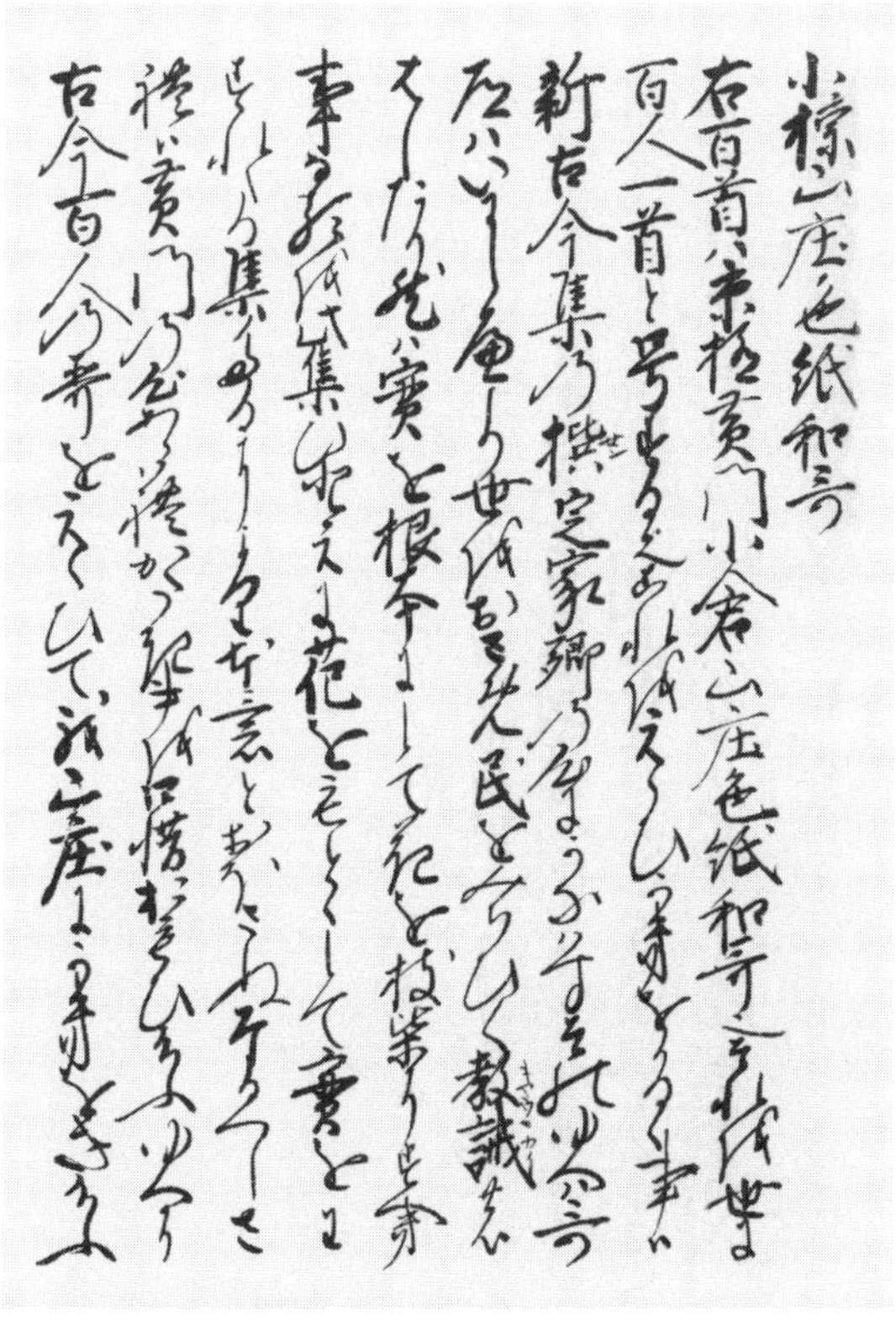

宮内庁書陵部蔵「百人一首抄　応永十三年写」巻頭
（笠間影印叢刊より転載）

閑窓手不亀之期也
和歌所老拙法印（花押）

とあります。和歌所老拙法印というのは尭孝《ぎょうこう》で、頓阿の曽孫、室町初期の重要歌人で、『新続古今集』の開闔を勤めています。これが「百人一首」という語の最も古い例とされています。既述の南北朝期写本が「百人秀歌」とあり、また「嵯峨山庄色紙形」とある点から、その頃も「百人秀歌」より類推して「百人一首」と呼ばれた可能性はあります。が、明徴は右の書陵部本です。

さて、文明三年（一四七一）に、東常縁という武家歌人が、連歌師として著名な宗祇に古今伝授ということを行っています。常縁は千葉氏の支流で、代々歌人を出した家です。常縁の本拠地は美濃の郡上《ぐじょう》（今の郡上市大和町）で、往年、上述の尭孝やそのライバルであった正徹に和歌を学び、正式には尭孝に入門しています。二条家の血統が絶えた後は尭孝の流が二条派の中心として名声高いものがあり、後世、尭孝門の常縁が二条流の道統を嗣いだ人と目せられました。

古今伝授について簡単に申します。中世歌人の作歌の手本でもあった古今集の約千百首を読解して行くと、難しい所があったり、色々な説のある所があります。昔は学問の自由とか公開という精神がありませんから、ある弟子に段階的に教えて行って、いま風にいうとカリキュラムの最後の所で最も大事なことを非公開で授ける、それが古今伝授ですね。中世では非常に権威があったわけです。東常縁が宗祇に文明三年に行ったのが有名です。

それは文明三年の正月二十八日から四月八日まで初度。常縁は武家ですから伊豆三島辺に出陣していた、そこで宗祇に教えたといわれています。二度目は六月十二日から七月二十五日。場所に二説ありまして、三島と、もう一つ常縁の本拠地、美濃（郡上市大和町篠脇城）で行ったといいますが、今はそれに立入りません。その文明三年古今伝授の折に宗祇は『百人一首』の講釈も受けた、というのです。そして文明十年に百人一首の講義をまとめ、更に十年余りのち明応二年（一四九三）にも若干の修正を行っています（なお数回の変改があるといわれています）。いわゆる『百人一首宗祇抄』です（笠間書院から明応二年本の影印が出されています）。両本の奥書を掲げておきます。

文明十年奥書

右百首は東野州于時左近大夫にあひ奉て、ある人文明第三の年発起し侍し時予も同聴つかふまつりしを、其比古今伝授の中ばにて明らかならず侍るを、此度北路の旅行にあひ伴ひ、あらち山の露を払ひ老の坂の袖をひく心ざし切にして、しかもこの和哥の心を尋給ひ侍れば、辞がたう侍てほのぐ〳〵しるし侍る者也。しかれば外見努々ゆるすべからず。但彼野州にあひ給ふこと侍らばひそかに見せたてまつり、なにはのうらのよしあしをきはめて、いせの海の玉の光をあらはし給ふべくなむ。

文明十年夏四月十八日　　宗祇判

明応二年奥書

此一巻は、東野州平つねよりの家の説をうけて、れん〳〵くふうをめぐらすところに、文明三に同伝じゆつかふまつりしを、其比古今伝じゆの半にて明ならず侍を、旅行に相ともなひ、あらち山の露をはらひ、老の坂の袖をひき、和哥の心をたづね侍れば、なにはのよしあしをやはらめて、伊勢のうみの玉のひかりをあらはしたまひはんべるなり。

明応二年四月廿日　　宗祇在判

上に述べた『百人一首抄 応永抄』は右の明応二年本の一伝本かと最近考えられています。

宗祇抄の文章も同様である点から、文明~明応頃には、序文にあるように「小椋（倉）山庄色紙和歌」という書名と共に、世上では「百人一首」と称せられていたことが知られます。そしてこの宗祇抄は常縁の講説に宗祇の説も入っていると見られますが、明応奥書にみえるように常縁の家説が基本にはあったのでしょうか。因みに「百人一首」という名が、前に述べましたように常縁の師尭孝写本に存することは注意されます。

常縁から頼常に口伝したという『古今和歌東家極秘』に、

是宗順伝

一、百人一首に清角抄といふ題号あり。是為氏卿の説、此心は一切獣の角は一ある者也。此百人一首道と読方とをかねたれは題号すといへり。清はほめたる心也。
花の色はあはれなり、我身のはてや、此両首にて小町か一期ははてたると云々、是又宗順之伝。
文明十年八月廿三日三代集題号口伝先人病中也

とあります。解し難い点があるのですが、文明十年の年時がある点も一応注意されます（宗順は常縁と関係あった人物――門弟か――のようです。また頼常も常縁息らしく思われます。拙著『中世歌壇史の研究室町前期〔改訂新版〕』参照）。

この宗祇注を契機にして、こののち『百人一首』の注が多くなります。吉海さんの諸著書や、『研究集成』に入った赤瀬信吾・菊地仁・上條彰次さんの御論を見ていただくことにして、ここには立入りません。ただ注釈が多くなるということは、この『百人一首』というものが、多くの人々に受けとめられてきたということを意味しています。鎌倉時代までは、武士を含めて歌を詠もうというような人は、古典の教養が篤かった。武士・僧侶をもちろん含めまして、八代集などをよく読んでいた。全部は読んでいたかどうかは知りませんけれども、相当読んでいただろうと、いわれております。

ところが、室町時代になると、歌が階層的に下のほうへ下りてくるわけですね。つまり、一種のステータスシンボルとして歌を詠もうとした人々が、下のほうの階層まで広がっていくのです。そういう人たちが、八代集を全部読めるわけがなく、また『定家八代抄』の二千首も読めない。ではどうしたらいいか。手っ取り早く古典和歌のエッセンスを知るためには、やはり百首ぐらいがちょうどいいんだという感覚。それがこの『百人一首』を普及させた、おそらくいちばん基本的な原因ではないかというふうに、一応考えられます。

かつて井上は『百人一首』注の源流は頓阿辺にあると推測しましたが、『応永抄』の満基説が否定され、それが『宗祇抄』の一本であることが推定されると、いま注のもとはやはり常縁・宗祇あたりと思っています。ただ『百人一首』の伝流に頓阿…尭孝の流れがあったらしいことは上記の資料から推測されます。

さて、普及と関わりがあると思われますが、室町期以降、顕著になったものに小倉色紙があります。小倉色紙とは『百人一首』の歌を、定家が書いたとされている色紙のことです（『百人秀歌』の独自歌を記した色紙はまだ見つかっていません）。現在、六十枚とか百枚とか残っているといわれているのですが、正確なことは分かりません。ほぼ定家風の字ですが、定家の字は模倣しやすいというので、色々な問題があるわけです。

『常縁口伝和歌』という定家の『拾遺愚草』の短い注があります。冒頭に常縁が宗祇に送った十二月十八日付の手紙があります。文明十四年とも十五年ともいわれています。

黄門色紙一枚、御約束を不違遙々被取寄候而給候芳恩難算候、是は先度申候つる常縁此已前久所持候を賊ニ被奪失脚候、余念不止候キ、奇特ニ再領候、昔を存出候て一入感涙候（下略）

右は石川常彦さんの校注『拾遺愚草古注（上）』に依りました。石川さんはこの「黄門色紙」を「定家筆の色紙であろうが内容不詳」と注していますが、50％以上小倉色紙とみてよくはないでしょうか。とすれば最初の史料です。

宗祇の弟子、著名な公卿三条西実隆の『実隆公記』延徳二年（一四九〇）十一月廿九日の条に次の記事があります。

天晴、宗祇法師来話、京極黄門陽成院水無能河哥也真筆色紙形正真之由、予為二証明一可レ筆之由所望、更雖レ不レ可レ有二信用一可二染筆一之由領状了、

宗祇は実隆に、この「みなの川」の歌、つまり「筑波嶺の」の歌の色紙を持って来て、これは間違いなく定家真筆であることを証明してくれ、というのです。見ると真赤な偽物ですが、先生のいうことだから仕方がない、書いてやった、というのです。

これはじつはおもしろい記事でして、このころ、おそらく小倉色紙というものの偽物が出回っていたのでしょう。宗祇は、これはおそらくどこかの大名のところへ行くときにお土産にしたのか、あるいは売りつけたかもしれません。そのとき、宗祇がこれは真筆間違いないといくらいってもだめですね。やっぱり衰えたりといえどもお公家さんが一筆書いてくれれば、地方の武士は信用する

わけです。それで、実隆に証明書を書かせたというわけですね。この時、宗祇は七十歳、権中納言実隆は三十六歳。親子ほどの年齢差があり、また古今伝授の大事な師匠でもありました。なお有名なことですが、『実隆公記』享禄三年（一五三〇）十二月八日の条に、

武野来（中略）定家卿色紙表背絵結構令見之

とあり、茶人武野紹鷗の所持によって知られるように、茶道の普及と関わって尊重流布されて行きます。なお秋定弥生「宗祇と「小倉色紙―飛鳥井栄雅からの譲渡をめぐって―」」（武庫川国文60, '02・11）などを参照して下さい。

またこの小倉色紙に関しましては、梓澤要さんの『百枚の定家』という推理小説がありますが、後ろに、梓澤さんが、現在小倉色紙がどういうふうに伝わってきたか、現在はないようだが、昔の記事にはどうあったかという、一覧表をつくっています。これは非常に重宝なものです。新人物往来社版にあります。後で文庫で出たんですが、文庫で出たときはカットしてしまっていて、もったいないと思いました。

もう一つは、五島美術館の名児耶明さんの「定家様と小倉色紙」（『百人一首と秀歌撰』所収）という、これにも表があります。しかも写真版があるのです。梓澤さんのは小説の後ろに付録でつけたのですが、名児耶さんのは、これは論文として書かれたものです。

また、これは梓澤さんが指摘しているのですが、小倉色紙で現在残っている何十枚かの内、一枚も重文にも国宝にもなっていない。それはやっぱり定家の字は模倣しやすく偽筆があって確定がしにくいからだといわれています。

室町時代において、もう一つ『百人一首』の影響顕著なるものを挙げておきます。それは文明十五年（一四八三）に将軍足利義尚の撰んだ『新百人一首』（新撰百人一首）です（続群書類従に残欠本が、日本歌学大系別巻六に完本が入っています）。実隆が『実隆公記』文明十五年（一四八三）十月廿四日の条で

晴、参㆓室町殿㆒、大樹御新撰百人一首以㆓色紙㆒被㆑遊㆑之、拝見驚㆑目者也、御中書申㆓出之㆒、退出、可㆑謂㆓末代之鴻宝㆒、自愛々々、

と褒めています。「百人一首」という名は既に定着しているようです。

巻頭は「龍田川紅葉乱れて流るめり渡らば錦中や絶えなん」（文武天皇）で、次に聖武天皇というように二代の父子を据え、『百人一首』と重複しない歌を勅撰集から選んでいます。国信の、「春日野の下もえわたる草の上につれなく見ゆる春の淡雪」という『百人秀歌』の歌があります。義尚は『百人秀歌』を見ていない可能性があるので、鑑識眼が高いといえるのでしょうか。なお「従二位成忠女」が入っていて、これは儀同三司母と同一人ですから、多分うっかりしたのでしょう。巻軸

を伏見院・花園院父子に据えているのは巻頭との対応で、明らかに『百人一首』を意識しています。十九歳の将軍の撰としては大変見事なものと思います（なお、野中春水「新百人一首と後撰百人一首」国文論叢7、'58・12があります）。江戸時代から現代に至るまで、『百人一首』を模したものが実に沢山出来ます（異種百人一首とか変わり百人一首とかいいます）。太平洋戦争中には『愛国百人一首』というものも撰ばれました（テーマに普遍性がないのであまり流行ったとは思えません）。おそらく数えきれないほど撰ばれた異種百人一首の嚆矢として、すなわち室町期における『百人一首』の影響を最も具体的に示した作品として『新百人一首』は一顧の価値がありましょう。

繰返しになる点もありますが、まとめに入ります。

さて、戦後、といっても半世紀はゆうに超えてしまいましたが、その間いったい古典の和歌史というのは、どういうふうに変化してきたかという問題が、多くの学者によって議論されてきたわけです。非常に乱暴に、私なりの見方——それは独断と偏見の多いものでしょうが——それをお話し申し上げてまとめを兼ねてみたいと思います。以上と重複の多いのは御容赦下さい。

平安初・中期の和歌、というのは王朝和歌ですが、和歌は、実用品であるとともに文芸品であるという、窪田空穂の有名な言葉があります。第一章に掲げましたが、例えば十五番の「君がため春の野に出でて若菜つむわが衣手に雪は降りつつ」。これは、手紙の代わりで、そういう意味では実用的な歌です。しかしそれが、単なる手紙にとどまらないで、一人の、貴公子が淡雪の降る春の野原に降り立つ、という、王朝絵巻のような風景が表わされている、これがつまり空穂のいう「実用品であるとともに文芸品である」。「王朝和歌は雅びな宮廷や貴族のサロンへの奉仕であり、総合美を目指す『折り』の一環であった」。これは橋本不美男さんの意見（『王朝和歌史の研究』）。その「折り」の文学としての平安和歌、これは久保木哲夫さんの言葉ですが、例えば「いにしへの奈良の都の八重桜」とか、あるいは「大江山いく野の道の遠ければ」、あるいは少し時代は下りますけれども、「春の夜の夢ばかりなる手枕に」というような、その場の雰囲気に合った、雅びな、見事な歌をつくるということが、王朝和歌の真髄であった考えられます。

　平安初・中期は、多くの研究者のいわれるように、（歌合歌や屏風歌のように美しく磨いた歌を含めて）日常の場の歌（褻《け》の歌）が中心です。恋の歌で人を口説く場合に、例えば「逢坂山のさねかづら」といって蔓草から何かを添えて贈る。いわば実用的な歌ですね。しかし貴族生活そのものが雅びを基調にしていますから、俗に堕ちることなく文芸性をも獲得しているわけです。そして「奥山に」「月見れば」「久方の」のような、日本の自然や風土から育まれた日本的な美の原郷を詠い上げた歌があります。以上が王朝和歌の性格といえましょう。

　それが十一世紀の終わりから十二世紀にかけて、しだいしだいに変質してきて、上野理さんの言葉に従えば「褻の歌から晴れの歌へ」（『後拾遺集前後』）。つまり一首で完結する芸術的な和歌、創作的な和歌というものが主流になってくる。橋本さんにいわせると「折りにあう宮廷詩から個の文芸としての中世和歌へ」と変化していく。そういう一つのあらわれ方として、例えば自然とか風景に対する、素直な詠み方というものが出てくる。「ほととぎす鳴きつる方を眺むればただ有明の月ぞ残れる」というような、初夏のさわやかな感覚を詠み、「秋風にたなびく雲の絶え間よりもれ出づる月の影のさやけさ」とか、あるいは「夕されば門田の稲葉おとづれて蘆のまろやに秋風ぞ吹く」など、自然の風景とか、田園の風景とかというものを一首の中にまとめるという一つの行き方が出てくる。

一方では、「淡路島かよふ千鳥の鳴く声に」というような『源氏物語』的な世界、王朝物語的な世界というものを、虚構として、美の世界を構築する歌が出てくる。定家の「来ぬ人をまつほの浦の夕なぎに」というような、女装した定家ですか、そういう淡路島の一人の乙女に定家がなり代わって、なかなか訪れてこない男を「焼くや藻塩の身もこがれつつ」という形で待つ。こういう物語的な和歌、創作詩が、主流となって行く。これは定家がめざした姿だろうと思うのです。

もう一つ大きな特色は、素直な述懐、当時の言葉でいうと「しゅっかい」ですね。自分の心を素直に叙情するという歌がこのころからかなり多く出てくる。「世の中よ道こそなけれ思ひ入る」というような俊成の歌。清輔の「ながらへばまたこのごろやしのばれむ憂しと見し世ぞ今は恋しき」というような述懐の歌、素直に自分の感情を述べる歌というのが出てくる。「おほけなくうき世の民におほふかな」というようなものもそうですね。それから後鳥羽院と順徳院の歌がそうだと思います。いわゆる為政者としての感懐を述べる。いま申し上げましたような歌、「ながらへば」にしても、「世の中よ道こそなけれ」にしても、それが単なる個人の愚痴であることを超えて、人間の感情の普遍性をあらわしている、というところが、一つの大きな特色だろうと思います。だれでも、いろんな形でそれを受けとめることができる述懐歌、それが時代の特色です。以上、すっきりとした自然詠とか、述懐歌とか、あるいは虚構に基づいた美的な世界の歌とか、そういうものがこの『百人一首』の中世和歌的なものとして、かなり顕著ではないかという感じがいたします。

『百人一首』の歌は大まかに見てきますと、だいだい六十番台ぐらいを境にして、王朝和歌から中世和歌へという推移が見てとれると思います。全体的に見た場合に、この歴史の推移を踏まえて多様な美しさというものが、この『百人一首』の大きな特色ではないでしょうか。そしてこれが定家の許容していた古典和歌の幅だろうと思います。

この幅の広い、多様な美しさが『百人一首』の生命力の長さというものにつながるのだろうと思います。石田吉貞という偉い先生が、だれでも百首を選べば、それが長く好まれると思ったら大間違いだということをいっておられますが、そのとおりだろうと思います。この多様な美しさ、洗練された美しさというものが、『百人一首』に現在まで長い生命力を持たせて来たのだろうというふうに思います。あまり一面的な主題のものだと、生命力がないのでしょう。そういう点では、この『小倉百人一首』に、批判があるにしても、古典和歌入門としても非常に優れた、いいものではないかと、そういう感じがいたしております。

私はどうも詰めも悪いし、話し方も非論理的で、たいへん申しわけなかったと思いますが、以上、ご清聴をまことに感謝申し上げます。

百人一首歌の勅撰集・秀歌撰等への入集（表）

『百人一首』および『百人秀歌』の歌が、勅撰集の何れから採られたか、またその歌が公任以降鎌倉時代初めまでの秀歌撰類にどのように採られたかを表にしたものである。秀歌撰の略称などについては後掲の〔注〕参照。なおこの表は『国文学解釈と鑑賞』'83・1所収の「百人一首の選歌意識」所載の表に僅少の改変を加えたものである。

歌番号	作者	出典	公任	平安後期	俊成	定家	後鳥羽院	家隆・基家
1 1	天智天皇	後撰・秋中			風	二四・秀歌・大略・大体・秀逸・五	別本	別 ●
2 2	持統天皇	新古今・夏			風	二四・大略・大体		
3 3	人麿	拾遺・恋三	三十・歌仙・朗詠・深窓		歌合	二四・秀歌・大略・大体・秀逸	歌合・別本	別
4 4	赤人	新古今・冬				二四・大体		
5 8	猿丸	古今・秋上	歌仙		風・歌合	二四・秀歌・大略		
6 5	家持	新古今・冬			歌合	二四・大体	歌合	
7 6	仲麿	古今・羇旅	朗詠・金玉・深窓	西公	風	二四・大体・五		

8 14	喜撰	古今・雑下				二四・大体・五		
9 13	小町	古今・春下	歌仙	西公	歌合	二四・秀歌・大略・ 秀逸・五	歌合・別本	
10 16	蟬丸	後撰・雑一			風	二四・秀歌・秀逸・五	歌合	別
11 7	篁	古今・羇旅	朗詠・金玉・深窓		風	二四・五	歌合	別
12 15	遍昭	古今・雑上	朗詠		風	二四・秀歌・五		
13 12	陽成院	後撰・恋三				二四・五		
14 17	融	古今・恋四			風	二四・五		
15 18	光孝天皇	古今・春上		新朗		二四・大略・大体・五		別 ●
16 9	行平	古今・離別			風	二四・秀歌・大略・ 秀逸・五	歌合	
17 10	業平	古今・秋下			風	二四・大略・五		
18 11	敏行	古今・恋二				二四・秀歌・五		
19 19	伊勢	新古今・恋一				二四・秀歌・大略		
20 20	元良親王	後撰・恋五 拾遺・恋二	抄		風	二四・秀歌・大略・ 秀逸・五	歌合・別本	別
21 22	素性	古今・恋四	三十・歌仙・朗詠・ 前十五・金玉・深窓		風・歌合	二四・秀歌・大略・五	歌合	

歌番号	作者	出典	公任	平安後期	俊成	定家	後鳥羽院	家隆・基家
22 27	康秀	古今・秋下	（九品和歌）	後六		二四・大略・五		●
23 30	千里	古今・秋上		後六・西公	風	二四・秀歌・大略・五	歌合・別本	別
24 23	道真	古今・羇旅			風	二四・大略・秀逸・五	別本	別
25 35	定方	後撰・恋三				二四・五		●
26 34	忠平	拾遺・雑秋	抄	（大鏡）		二四・秀逸・五		
27 36	兼輔	新古今・恋一			歌合	二四	歌合	
28 21	宗于	古今・冬	歌仙・朗詠		歌合	二四・五		●
29 25	躬恒	古今・秋下	三十・歌仙・朗詠・金玉・深窓		風	二四・大略・五		
30 24	忠岑	古今・恋三		新朗・西公	歌合	二四・秀歌・大略・秀逸・五	歌合・別本	別
31 29	是則	古今・冬			歌合	二四・秀歌・大略・秀逸・五	歌合	
32 32	列樹	古今・秋下				二四・大略・五		
33 26	友則	古今・春下				二四・秀歌・大略・大体・五		

34	31	興風	古今・雑上	三十・歌仙・朗詠		風・歌合	二四・五		●
35	28	貫之	古今・春上				二四・大略・五		
36	33	深養父	古今・夏		新朗・後六	風	二四・秀歌・五	歌合	
37	38	朝康	後撰・秋中				二四・秀歌・大略・秀逸・五		
38	39	右近	拾遺・恋四	抄			二四・秀逸・五	歌合	
39	37	等	後撰・恋一				二四・秀歌・大略・秀逸・五	歌合・別本	
40	41	兼盛	拾遺・恋一	抄	新朗	風・歌合	二四・五	歌合	
41	42	忠見	拾遺・恋一	抄		風・歌合	二四・五		●
42	45	元輔	後拾遺・恋四			風・歌合	二四・秀歌・大略・秀逸・五	歌合	
43	40	敦忠	拾遺・恋二	抄・三十・歌仙・深窓			二四・五		
44	44	朝忠	拾遺・恋一	抄・三十・歌仙・前十五・金玉・深窓		歌合	二四・五		
45	43	伊尹	拾遺・恋五	抄			二四・秀逸・五	歌合	
46	47	好忠	新古今・恋一				二四・秀歌		

歌番号	作者	出典	公任	平安後期	俊成	定家	後鳥羽院	家隆・基家
47 52	恵慶	拾遺・秋	抄・後十五	玄・後六		二四・秀歌・大略・ 秀逸・五	歌合・別本	別
48 46	重之	詞花・恋上	三十・歌仙・深窓	玄	風(初撰)・ 歌合	二四・秀逸	歌合	別
49 48	能宣	詞花・恋上		後葉	歌合	二四・秀逸	歌合・別本	
50 49	義孝	後拾遺・恋二		後六		二四・五		●
51 50	実方	後拾遺・恋一			風	二四・五		
52 51	道信	後拾遺・恋二		後六		二四・秀逸・五	歌合	
53 56	道綱母	拾遺・恋四・	抄・前十五・深窓	玄（大鏡）	風	二四・五	歌合	
54 55	儀同三司母	新古今・恋三	前十五			二四	歌合・別本	
55 59	公任	拾遺・雑上 千載・雑上						
56 61	和泉式部	後拾遺・恋三				二四・秀逸・五		
57 64	紫式部	新古今・雑上				二四		
58 62	大弐三位	後拾遺・恋二				二四・五		●
59 63	赤染衛門	後拾遺・恋二			風	二四・五	歌合	

60 66	小式部内侍	金葉・雑上				二四・秀逸	歌合	
61 65	伊勢大輔	詞花・春、〈金三奏〉	後十五	玄・新朗・後六		二四・秀逸	別本	別 ●
62 60	清少納言	後拾遺・雑二		後六	風	二四・五		●
63 68	道雅	後拾遺・恋三		後六		二四・秀逸・五	別本	
64 67	定頼	千載・冬		続詞		二四		●
65 75	相模	後拾遺・恋四		新朗・後六（栄花）	風	二四・秀逸・五	歌合	
66 71	行尊	金葉・雑上				二四・秀逸	歌合	
67 69	周防内侍	千載・雑上				二四		●
68 54	三条院	後拾遺・雑一		（栄花）	風	二四・五		別 ●
69 57	能因	後拾遺・秋下		後六		二四		
70 58	良暹	後拾遺・秋上				二四・秀逸・五	歌合	
71 70	経信	金葉・秋		西公	風	二四・秀歌（流布も）・大略・秀逸	歌合・別本	別
72 74	紀伊	金葉・恋下				二四・秀歌・秀逸	歌合・別本	
73 72	匡房	後拾遺・春上		西公		二四・五	歌合・別本	別

歌番号	作者	出典	公任	平安後期	俊成	定家	後鳥羽院	家隆・基家
74	俊頼	千載・恋二				二四・秀歌（流布も）・大略・秀逸	歌合	
75 82	基俊	千載・雑上		続詞		二四・秀歌（流布も）・秀逸	別本	
76 79	忠通	詞花・雑下		後葉（今鏡）	風	二四・秀逸	歌合・別本	別
77 77	崇徳院	詞花・恋上			風	二四・大略・秀逸	歌合・別本	別
78 81	兼昌	金葉・冬				二四・秀逸	別本	別
79 80	顕輔	新古今・秋上				二四・秀歌（流布）		
80 78	堀河	千載・恋三		続詞		二四		
81 86	実定	千載・夏		仙落・治承		二四	歌合	
82 83	道因	千載・恋三						
83 87	俊成	千載・雑中				二四・秀歌（流布も）・秀逸	歌合	
84 84	清輔	新古今・雑下		仙落・治承		二四・秀歌（流布も）		別 ○
85 85	俊恵	千載・恋二				二四		

86	88	西行	千載・恋五				二四・秀歌・大略・秀逸	歌合・別本	別
87	93	寂蓮	新古今・秋下				二四		
88	89	別当	千載・恋三				二四		
89	92	式子内親王	新古今・恋一				二四		別 ○
90	91	大輔	千載・恋四		仙落		二四		
91	95	良経	新古今・秋下				二四・秀逸		○
92	94	讃岐	千載・恋三				二四		
93	98	実朝	新勅撰・羇旅						
94	97	雅経	新古今・秋下				二四		○
95	96	慈円	千載・雑中				二四	歌合	別
96	101	公経	新勅撰・雑一						
97	100	定家	新勅撰・恋三						
98	99	家隆	新勅撰・夏						
99		後鳥羽院	続後撰・雑中						
100		順徳院	続後撰・雑下						●
	53	一条院皇后	後拾遺・哀傷		（栄花）	風	二四・五		別

歌番号	作者	出典	公任	平安後期	俊成	定家	後鳥羽院	家隆・基家
73	国信	新古今・春上				二四	歌合	
76	俊頼	金葉・春			風	二四・秀歌（流布も）・大略・秀逸	歌合	別
90	長方	新古今・恋一						●

〔注〕

○歌番号欄。上段が百人一首、下段が百人秀歌の一連番号である。

○公任欄。抄＝拾遺抄、三十＝三十人撰、歌仙＝三十六人撰、朗詠＝和漢朗詠集、前十五＝前十五番歌合、後十五＝後十五番歌合、金玉＝金玉集、深窓＝深窓秘抄（上記の内、久曽神昇『西本願寺本三十六人集精成』所収のものはそれに依る）

○平安後期欄。玄＝玄々集、新朗＝新撰朗詠集、後六＝後六々撰、後葉＝後葉和歌集、続詞＝続詞花和歌集、治承＝治承三十六人歌合、仙落＝歌仙落書、西公＝西公談抄、栄花＝栄花物語。

○俊成欄。風＝古来風躰抄、歌合＝古三十六人歌合（松野陽一『藤原俊成の研究』に依る）

○定家欄。二四＝二四代集（定家八代抄）、秀歌＝自筆本近代秀歌（流布＝流布本〈遣送本〉）、大略＝秀歌体大略、大体＝秀歌大体、秀逸＝八代集秀逸、五＝五代簡要（万物部類和歌抄）（以上の内、樋口芳麻呂『定家八代抄と研究』所収のものはそれに依る）

○後鳥羽院欄。歌合＝時代不同歌合、別本＝別本八代集秀逸（樋口上掲本に依る）

○家隆・基家欄。別＝別本八代集秀逸（樋口上掲本に依る）、○＝新撰歌仙、●＝新時代不同歌合（終りの二つは樋口芳麻呂「新撰歌仙・新時代不同歌合の撰者と成立時期について」愛知教育大研究報告20に依る。後者は文永期の成立だが、基家が百人一首より二年ほど前に撰んだらしい新撰歌仙を挙げたので、参考のため掲げた）

右の表は上に述べたように『解釈と鑑賞』誌（昭58・1）の拙稿「百人一首の選歌意識」所載のものに依ったが、なおこの表作成について有吉保氏より受けた恩恵を謝する。

百人一首関係の勅撰集について

『百人一首』の歌は、すべて勅撰集にある（万葉集にある歌も勅撰集を典拠としている）。内訳は次の通りである（算用数字は百人一首の番号。順序は勅撰集中の配列順）。

◆古今集（醍醐天皇下命。九〇五年ごろ成る。撰者、紀友則・紀貫之・凡河内躬恒・壬生忠岑）15、35、33、9、36、23、5、22、29、17、32、28、31、16、7、11、24、18、30、21、14、12、34、8……二十四首

◆後撰集（村上天皇九五一年下命。九六〇年前後に成る。撰者、清原元輔・紀時文・大中臣能宣・源順・坂上望城）1、37、39、25、13、20、10……七首

◆拾遺集（花山上皇親撰か。一〇〇七年ごろ成る）47、(55)、41、40、44、43、(20)、3、38、53、45、26……十（十二）首

◆後拾遺集（白河天皇下命。一〇八六年に成る。撰者、藤原通俊）73、70、69、51、50、52、59、58、63、56、42、65、68、62……十四首

◆金葉集（白河法皇下命。一一二六年ごろ成る。撰者、源俊頼）71、78、72、66、60……五首

◆詞花集（崇徳上皇下命。一一五一年ごろ成る。撰者、藤原顕輔）61、48、49、77、76……五首

◆千載集（後白河法皇下命。一一八八年完成。撰者、藤原俊成）81、64、74、92、85、80、88、

82、90、86、67、55、75、95、83……十五首

◆新古今集（後鳥羽上皇下命。一二〇五年一応成る。撰者、源通具・藤原有家・同定家・同家隆・同雅経）2、79、94、87、91、6、4、27、89、19、46、54、57、84……十四首

◆新勅撰集（後堀河天皇下命。一二三五年完成。撰者、藤原定家）98、93、97、96……四首

◆続後撰集（後嵯峨上皇下命。一二五一年成立。撰者、藤原為家。この集のみ定家没後の成立だが、上記のように、入集した二首は、かつて新勅撰集に一度は定家が入れたものと考えられている）99、100……二首

なお、20（元良親王歌）が後撰・拾遺両集に重出する。また55（公任歌）が拾遺・千載両集に重出する。なお百人秀歌は、前述のように後拾遺・金葉集から各一首、新古今集から二首を採り、百人一首の74（千載集）、99、100（続後撰集）がない。次に、百人一首を勅撰集の部立（大分類）によって分けると、次のような数になる。

◆春……六首、夏……四首、秋……十六首、冬……六首、恋……四十三首、羇旅……四首、離別……一首、雑……二十首

なお男は七十九名（うち僧十三名）、女は二十一名。

百人一首の歌人表記について

百人一首歌人名の表記の仕方はほぼ勅撰集のそれを襲っているとみてよい。その原則を簡単に記しておこう。

番号は百人一首の番号。なお若干、表記を例示しておいた。

一　故人の上皇・天皇はその諡名による。1（天智天皇）2・13・15・68・77・99・100（注）

二　親王・内親王は実名の下に「親王」「内親王」と記す。20（元良親王）・89

三　摂政・関白・大臣は、故人についてはその諡《し》号もしくは称号（通称）で、現存者については現在の官職（または極官）で記す。14（河原左大臣）・25・26（貞信公）、45（謙徳公）、76・81・91・93・96（現存者、入道前太政大臣）（注）

四　公卿（官は太政官の次官以上、位は三位以上の者）は官職または位に実名を記す。6（中納言家持）・11・16・27・39・43・44・55・63・64・71・73・79・83・94・97・98（従二位家隆）（注）

五　四位の人は氏―実名―朝臣を記す。17（在原業平朝臣）・18・28・49・51・52・74・84（注）

六　五位以下は氏―実名を記す。3（柿本人麿）・4・5・7・10・22・23・29・30・31・32・33・34・35・36・37・40・41・42・46・48・50・75・78（注）

七　僧官を持つ僧は僧官―法名を記す。12（僧正遍昭）・66・95（注）
八　僧位・僧官を持たぬ僧は法名―法師を記す。8（喜撰法師）・21・47・69・70・82・85・86・87
九　女性は女房名または男性の親族関係によって記される。9（小野小町）・19・38・53（右大将道綱母）・54・56・57・58・59・60・61・62・65・67・72・80・88・90・92（注）
一〇　特殊例　24（菅家）（注）

注

一　99後鳥羽院・100順徳院はおそらくおくり名された後に改めて記されたもの。現存の天皇・上皇は勅撰集では「今上御製」「太上天皇」「新院御製」のように記される。
三　摂関・大臣に実名（諱）を記さないのは敬意によるか。
四　いわゆる非参議の公卿は、官・職名（左京大夫道雅など）か、位（従二位家隆）によって記す。また正官・権官をも区別する。なお太政官の長官は大臣、次官は大納言・中納言・参議。
五　四位は正四位上、正四位下、従四位上、従四位下とあるが、それは区別しない。また四位以下は官職を帯びていてもそれは記さない。
六　五位と六位以下の区別は行わない。
七　勅撰集では僧官（僧正・僧都《ず》・律師）および僧位（法印・法眼《ほうげん》・法橋《ほっきょう》）は記す。それに倣ったとみられる。

九　内侍所の判官である掌侍《しょうじ》（内侍）は女房名の下に表記している（小式部内侍・周防内侍）。

一〇　道真は古今では「すがはらの朝臣」、後撰では「菅原右大臣」、拾遺では「贈太政大臣」、新古今では「菅贈太政大臣」。「菅家」という表記は異例で「平安末期以降の天神信仰の中から発生した呼称」（吉海）とする。

【参考文献】

『百人一首』は現在古典和歌の入門として評価され、テキスト・注釈書も汗牛充棟といえるほど多い。特に注意されるもの、本書執筆に当たって参照した最近刊行されたもの（単行本）を掲出する。なお文中しばしば言及した『百人秀歌』は活字本が『日本歌学大系　第三巻』（風間書房）所収、影印版では書陵部本が笠間書院から、冷泉家時雨亭文庫本が朝日新聞社から（冷泉家時雨亭叢書『五代簡要　定家歌学』の内）刊行されている。

・日本のかるた——濱口博章・山口格太郎　保育社　'73
・百人一首必携——久保田淳編　学燈社　'82
・百人一首　全訳注——有吉保　講談社学術文庫　'83

・百人一首　秀歌選──久保田淳　ホルプ出版　'87
・百人一首の手帖──久保田淳監修　小学館　'89
・小倉百人一首の言語空間──糸井通浩・吉田究編　世界思想社　'89
・百人一首──井上宗雄・村松友視　新潮古典アルバム　'90
・百人一首と秀歌撰──風間書房（和歌文学論集9。島津忠夫・樋口芳麻呂・川村晃生・渡部泰明・寺島恒世・辻勝美・徳原茂実・髙城功夫・名児耶明・菊地仁・河田昌之・岡利幸・中田大成による秀歌撰の性格、百人一首成立の問題などの諸論考を収める）'94
・百人一首定家とカルタの文学史──松村雄二　平凡社　'95
・百人一首研究ハンドブック──吉海直人編　おうふう　'96
・百人一首への招待──吉海直人　ちくま新書　'98
・小倉百人一首を学ぶ人のために──糸井通浩編　世界思想社　'98
・百人一首　為家本・尊円親王本考──吉田幸一編　笠間書院　'99
・百人一首の新研究──吉海直人　和泉書院　'01
・新版百人一首──島津忠夫　角川ソフィア文庫　'01（'74、角川文庫より刊行。初めて定家の立場で注釈したユニークな書。その後、改版が重ねられ、上記は新版の再版）。なお島津「百人一首成立論の諸問題」（武庫川国文56、'00・12）においても見解が述べられている。
・百人一首　注釈叢刊（二十巻）──島津忠夫・上條彰次・大坪利絹編集責任　和泉書院　'00

完結。この叢刊の別刊1『百人一首研究集成』'03

・右の吉海・島津著に、雑誌特集などを含む注意すべき参考文献類の一覧がある。

【付　記】

成稿ののち、校正などで手間どっている間に、百人一首関係の著書・論文や読解についての文章が幾つも発表された。私の未見のものなども多いが、その論著の名などは、新たに作成された『百人一首歌別研究文献目録』――吉海直人　同志社女子大学大学院文学研究科紀要4、'04・3――を参照されたい。

以下、管見に入った比較的近時の文献を掲出する。なお単行本の題名は『　』に、論文名は「　」に入れて示した。

・「『百人秀歌』の再検討――『百人一首』との比較を通して」――吉海直人　国学院雑誌、'00・7

・『知っておきたい　百人一首』――三省堂編修所編　三省堂　'01・1

・『カラー総覧　百人一首』――田辺聖子監修　学習研究社　'02・12

・(平成十二年国語国文学界の動向)「中世・韻文」――中川博夫　文学・語学172、'02・3

・『口語訳詩で味わう百人一首』――佐佐木幸綱　さ・え・ら書房　'03

・「『百人一首』の成立——言い残したいこと 第四」——片桐洋一 礫 '04・4
　右の外、『後鳥羽院御集』寺島恒世校注（明治書院、'97）に「時代不同歌合」を含む参考文献が掲出されており、『藤平春男著作集』全五巻（笠間書院）は'03に完結したが、百人一首や定家の歌論・歌風の論が多い。『「百人一首」を旅しよう』竹西寛子（講談社文庫、'97）も興味深い。なお『新編和歌の解釈と鑑賞事典』（井上宗雄編、笠間書院、'99）にも、百人一首歌はすべて収められ、評釈されている。

・『遠聞郭公 中世和歌秘注』——田中裕 和泉書院 '03 百人一首歌中、「かささぎの」「憂かりける」「世の中は」「風そよぐ」「人もをし」の解釈・鑑賞を収める。
・『平安和歌と日記』——犬養廉（笠間書院、'04）猿丸集・能因・相模・西行ほかの論を収める。
・「『古今集』の歌「天の川紅葉を橋に渡せばや」をめぐって」—岩井宏子『日本語の伝統と現代』の内。和泉書院 '01「鵲の橋」について詳しい言及がある。
・「『百人一首』喜撰歌の「都のたつみ」表現について」——吉海直人 滄37、'03・5
・「素性法師「今こむと」歌解釈の振幅と変容——文学史として読む百人一首——」——神野藤昭夫 平安朝文学研究（復刊第12号）'03・12
・「歌語「思ひけるかな」の考察」——杉浦清志 人文論究69、'00・3、語学文学'01・3、北海

道教育大学紀要（人文・社会）'01・3、'01・9
・「実方歌の「かくとだに」＋「言ふ」について」――吉海直人　解釈、'03　3・4号
・「『紫式部集』「九重に」歌をめぐって」――吉海直人　南波浩編『紫式部の方法』　笠間書院
'02　伊勢大輔「いにしへの」歌の検討を含む
・「小式部内侍「大江山」歌の背景」――武田早苗　相模国文30、'03・3
・「『清輔集』にみられる三条家――「ながらへば……」詠の詠作年代に及ぶ――」――芦田耕一　島大
国文36、'03・3（『六条藤家清輔の研究』和泉書院　'04に所収）
・「式子内親王と「玉の緒よ」歌」――中村文　『〈新しい作品論〉へ、〈新しい教材論〉へ［古典
編2］』　右文書院　'03
・「教材論「玉の緒よ」」――錦仁　同右所収
・「「ももしきの」の歌をめぐって――定家はどうやって時間を超えたか――」――赤羽淑『神部宏泰
先生退職記念論文集』の内　'04〈定家「ももしきのとのへをいづる」歌を中心に、順徳院歌
に言及〉
・「藤原定家『百人一首』自撰歌考――万葉摂取を中心に――」――五月女肇志　国語と国文学
'04・5

【著者紹介】

井上宗雄（いのうえ　むねお）
1926年生まれ。早稲田大学大学院修了。早稲田大学高等学院教諭、立教大学教授、早稲田大学教授を経て、現在、立教大学名誉教授。専攻は中古・中世和歌史。
主著に、『中世歌壇史の研究』（3冊。風間書房・明治書院）、『平安後期歌人伝の研究』（笠間書院）、『鎌倉時代歌人伝の研究』（風間書房）など。

百人一首《ひゃくにんいっしゅ》——王朝和歌から中世和歌へ　　古典ルネッサンス

2004年11月30日　初版第1刷発行

著　者　井上宗雄
装　幀　右澤康之
発行者　池田つや子
発行所　有限会社 笠間書院
東京都千代田区猿楽町2-2-5［〒101-0064］
電話 03-3295-1331　Fax 03-3294-0996

NDC分類：911.147

ISBN4-305-00272-8
印刷・製本　モリモト印刷
（本文用紙・中性紙使用）